Degelo

Lucrecia Zappi

Degelo

todavia

para Benjamin

nawa kuin nukun bais xateni
Os estrangeiros são nossa metade partida há muito tempo

Canto Kaxinawá

Parte 1
Ossos

I

Tomávamos o café da manhã no restaurante do hotel em Praga, um ano e meio antes do meu reencontro com Eleonora em Nova York. Quase todas as mesas do salão estavam ocupadas, e no relógio grande sobre a entrada não eram nem oito horas. Max e eu estávamos no meio de uma turnê pela Europa, ele o pianista e eu a viradora de páginas. Éramos como uma roda movendo-se dentro de outra, ele dizia, e em Praga essa engrenagem não seria diferente.

Sem tirar os olhos do jornal, Max me perguntou por que eu não saía para passear um pouco. Vou ensaiar o dia todo, foi explicando, mas bem que gostaria de visitar a galeria Národní. Tem uns quadros importantes do Bronzino lá.

Nas diversas vezes que circulamos pela coleção do Frick em Nova York, Max sempre dava um jeito de topar com o retrato de Lodovico Capponi. Como se fosse amor à primeira vista, estacava na frente do dândi de olhar elevado rodeado de verde-esmeralda. Para mim, havia algo desequilibrado, ligeiramente deformado naquela pintura de 1550. Sinceramente, não entendia a fascinação de Max por Bronzino.

O quadro daqui de Praga foi feito um pouco antes do que aquele que está no Frick. Sempre interessante comparar. É a pintura de uma mulher.

Sempre interessante comparar, repeti.

Aproveita que você está em Praga. Eu tenho que repassar o Chopin. Sabe o que eu estava pensando para o bis, se tiver? O Villa-Lobos.

Rudepoema.
Mas é muito longo e complicado.
Você sempre diz isso.
Dia desses encaixo a peça em alguma programação, talvez seja melhor. Uma homenagem a você.
Seria lindo, Max.
Bom, *sweetheart*. Vou me concentrar no Chopin. Saio para o teatro daqui a pouco, mas no fim do dia estarei de volta para me trocar. Até mais tarde, então.
Max se inclinou para me beijar as duas faces. Cada vez que o fazia, era com delicadeza medida, como se testasse o próprio equilíbrio ao imprimir duas marcas num rosto alheio.

Fiquei no meu quarto respondendo e-mails do Max e esqueci da pintura. Só pela tarde lembrei de sair do hotel para dar uma volta.
Fui caminhando até a praça do museu, e lá me indicaram uma ruela encurvada, de paralelepípedos, que levaria até a entrada.
Paguei o ingresso, seguindo a direção assinalada pela mulher do caixa. Pra lá, ela fez com o dedo, e depois de passar pelo pátio interno que se estendia para um jardim mal aparado marcado por estatuetas, comecei a subir a escadaria alinhada ao prédio. No mezanino me surpreendi com uma porta que parecia reservada aos funcionários. Estava fechada e a maçaneta era pequena e comum.
Resolvi abrir e, depois de passar por salas e salas vazias, perguntei ao único guarda que avistei onde estava exposta a pintura. Ele me disse para virar à esquerda, e dei de cara com dois quadros do Bronzino. Cosimo de Medici e ao lado, à direita, sua mulher, Eleonora. Era o que indicavam as placas.
Impossível, pensei. O cabelo cor de cobre e o olhar carregado pelo branco abaixo da íris eram idênticos ao da pessoa que eu tinha encontrado em São Paulo. E o nome era o mesmo. Até

a roupa bordada de pérolas trazia à tona certo espírito rebelde de Eleonora. Em Praga, no entanto, eu não enxergava ainda as pérolas como miçangas, nem soube antecipar a jovem de carne e osso que iria me visitar em Nova York, mas fiquei obcecada pela expressão que não se deixava materializar, talvez pela pose estudada, pelos excessos na roupa, pelo brilho dos anéis.

Foi Max quem me disse depois. Aquele olhar, com o branco exposto entre a íris e a pálpebra inferior, era algo que os japoneses chamavam de *sanpaku*, ou "três brancos". Um indicador de que seu portador estava destinado a um fim trágico, bem como a uma vida difícil.

Quanto mais encarava o quadro, mais ia percebendo que minha assimilação do passado fora uma fantasia, ou que as coisas não estavam tão resolvidas assim. A lembrança da noite em que saímos juntas começou a aflorar e isso foi me angustiando.

Vieram as lágrimas, os soluços abafados, até que não consegui segurar mais. Chorei como uma criança frustrada, e o guarda do museu me acudiu. Pôs a mão no meu ombro, oferecendo em seguida água e algumas palavras em tcheco.

Enquanto eu segurava o copo de plástico, fazendo força para me tranquilizar, o homem ficou ao meu lado, talvez surpreso com o efeito da pintura. Era, afinal, uma das obras em destaque. Voltou a apoiar a mão no meu ombro e eu assenti com a cabeça. Afastou-se no seu passo arrastado.

Novamente estava sozinha com Eleonora. Minha atenção adentrou as pinceladas sobrepostas de azul-cobalto no fundo do quadro, uma cor que atraía um ruído crepuscular, como um céu de insetos. Aos poucos, o azul da pintura voltou a ser só azul. Era espesso como as lágrimas que secavam e enrijeciam minha pele, e a sensação de sono foi sedimentando meu rosto no dela. Agora Eleonora era uma mulher serena, ou parecia ser.

Saí do museu tentando entender por que Max insistiu que eu visse a pintura. Não seria só por amor ao maneirismo. De manhã precisava das suas horas de estudo, e ambos sabíamos dessa necessidade maior em dia de concerto, dos últimos ajustes a fazer.

Max expressou também desejo de um doce que provara da última vez que estivera na cidade, caso eu o encontrasse pelo caminho.

Trdelník, esse é o nome, ele disse, roçando os dedos para descrever o açúcar salpicado em cima. É um pãozinho doce como o *spit cake*, enrolado num espeto e assado na hora.

Sempre tive apetite por muitas camadas, Max riu, desviando o olhar. É um dos meus pequenos prazeres, confessou, encolhendo os ombros, transformando-se ele próprio num diminutivo.

Fiquei assistindo a empolgação de Max, que tapava de leve a boca ao falar, como se admitisse uma pequena transgressão. Ele mesmo adorava fazer bolos clássicos, como o Red Velvet e o Angel Food, e era capaz de passar horas na cozinha, testando receitas de todo tipo para comentar por telefone com a mãe, que trabalhara a vida toda no *diner* do tio, no Lower East Side.

Sem avistar o guarda, desci a escadaria ampla. Percorri a ruela que ligava o museu ao largo lotado de turistas, parando antes na lojinha da entrada para comprar um cartão-postal com o retrato de Eleonora de Toledo que vi na janela. Tinha o pensamento fixo no concerto, e a impressão de estar atrasada.

Max entraria no palco alguns passos à frente para que os aplausos e os holofotes caíssem apenas sobre ele. Ser invisível era parte do meu trabalho, e até gostava disso. Protegida na sua sombra, eu me sentia mais livre. Assistia à performance do grande artista, enquanto esperava por sinais do seu corpo, pequenos comandos discretos para virar a página.

As barraquinhas de comida estavam no canto da praça e a vista panorâmica da cidade me atraiu. Quis ficar mais, mas um táxi, alguns metros adiante, deixava uma mulher. Fiz sinal e pedi que me esperasse. Comprei o *trdelník* rolado no açúcar, entregue pelo homem da barraca com o cuidado de quem entrega um filho recém-nascido. Não pode tapar. Senão murcha, avisou. Entrei no carro e dei o endereço do hotel.

Durante o concerto virei de uma vez duas páginas da partitura. Estavam coladas uma na outra e não deu para soltá-las a tempo. Ninguém notou, porque Max seguiu adiante. Era uma peça que ele conhecia tão bem que nem precisava de mim por perto, concluí depois. Ouvi dele uma vez que todo artista tinha suas superstições, e que eu era uma delas. Só me mantinha ao seu lado para que tudo saísse bem.

Mesmo assim, no jantar, fiquei enrolando para pedir desculpas. Estava tão aborrecida que não sabia o que dizer. Tampouco queria aceitar que aquele tropeço estivesse relacionado à descoberta da pintura horas mais cedo, apesar de que um pouco de tudo aquilo era por causa de Max, foi ele quem sugeriu o museu.

Desculpa, Max, sinto muito.

Max me olhou como se não soubesse do que eu falava. Agia assim quando estava irritado, com uma frieza que impunha distância. Muito o quê, *sweetie*. Saúde, ele ergueu a taça, indiferente.

Você sabe o quê, Max.

O quê.

Não, deixa.

Sou todo ouvidos.

Por que sugeriu que eu fosse até o museu?

Estava tão fora de mão assim?

Não.

Porque achei que fosse ser instrutivo para você.
Instrutivo como? Ver quadros maneiristas?
Você não tinha uma amiga chamada Eleonor — Eleonora?
Não sabia que você lembrava do nome dela.
Tudo bem, foi ao museu e não gostou, isso acontece. Agora me faz outra pergunta.
Tá... O que você fez à tarde enquanto eu fui ao museu? Porque tentei ligar no teu quarto e no teatro, só pra te convidar, caso estivesse cansado do piano.
Eu? Tentei repassar o concerto, mas não deu.
Não quis ir ao museu comigo.
Claro que sim, mas de repente preferi outro tipo de distração. Fui a uma das saunas gloriosas da cidade.
Pra conhecer melhor os meninos de Praga.

Isso mesmo, *sweetheart*, ele disse no restaurante, alcançando minha mão com um beijo para em seguida encher as taças com mais champanhe. Quero estar com você o tempo todo, em todas as viagens. O que passou, acontece. As páginas colam mesmo. Mas só por curiosidade. O que você acha do executivo tcheco?

O sujeito magro sentado diante de Max usava uma camisa de seda preta e girava a taça cheia no sentido horário. Antes de encostá-la nos lábios, arranhou os arabescos na superfície do cristal da Boêmia e me mandou um sorriso afiado.

Prefiro o executivo que sentou do teu lado no avião.
Ah, você notou.
Não, eu ri. Não vi nada.

Max e o passageiro tinham trocado algumas palavras durante a decolagem, e antes de dormir reparei que dividiam a manta por baixo das mesinhas retráteis.

O fato de Scott, o namorado de longa data, costumar ficar em Nova York por medo de avião simplificava a vida de Max e suas aventuras com outros homens. Ainda assim, sentia necessidade de se explicar. Fosse por meio de um brinde ou de um beijinho galante na minha mão. Apesar da minha falha durante o concerto, Max havia tocado bem e estava de bom humor.

Perguntei a Max se queria respirar um pouco depois do jantar. Ainda estava quente em setembro e respirar para ele significava dar uma volta. Desviando dos vãos da calçada de paralelepípedos, eu me abri numa voz quebrada e desconforme, tentando explicar que não fazia ideia do quanto minhas lembranças ainda se revolviam em torno de Eleonora.

Contei-lhe em detalhes desde a ida até a praça do museu com o motorista do hotel e onde desci, em frente a uma estátua com um mirante. Vi anunciado o museu Národní, eram diversos edifícios, mas o palácio de Sternberg me chamou a atenção por situar-se no fim de uma ruazinha estreita de pedras. Comprei o ingresso, subi um lance de escadas, e ainda sem saber direito para onde me dirigir, entrei no mezanino. A porta pequena bateu atrás de mim, e enquanto eu caminhava, ouvia apenas meus passos no chão de madeira. Parecia que estava sozinha. Andei por uma, duas, três salas, chegando até as janelas, onde vi um segurança que me saudou em tcheco. Ele me indicou o único caminho possível, a esquerda.

Antes de eu terminar o relato, Max me perguntou se a descoberta realmente havia me incomodado.

Foi assustador, exclamei.

O que me forçava ao inevitável. Se ela andava por aí, e o que fazia. E como tinha sobrevivido ao que eu sobrevivi. Com a ajuda de psicólogos e de assistentes sociais, quando estive detida trabalhei essa existência em paralelo, a de Eleonora, e como eu a absorvia em outro lugar, quase como se fosse uma imagem duplicada minha. Sei lá o que isso queria dizer. Olhei para ele.

Nessa noite pedi para dormir no seu quarto e ele riu. Disse que de forma alguma, porque roncava muito, e pior ainda porque tinha esquecido sua máquina CPAP, que lhe ajudava a respirar.

Quer mais oxigênio pra quê, brinquei.

Deviam ser umas seis da manhã quando o telefone tocou no meu quarto. Max me convidava para um café em seu terraço. Tomei um banho rápido, enfiei um moletom e subi dois andares.

Max fazia a barba quando entrei. Considerei se tinha intimidade com ele a ponto de sentar na sua cama com o cabelo molhado. Servi-me de café e deitei a cabeça na mão enquanto ele terminava de puxar a espuma branca da orelha até o queixo. De olho no espelho, arrastava a lâmina devagar, como uma máquina de cortar grama contornando o desenho do rosto. A água quente escorria. Da cama eu via o vapor emergindo da pia.

Virou-se para mim. Já trariam os pães, e perguntou se eu tinha dormido bem. Logo me disse que havíamos sido convidados para a final de um campeonato de tênis. A Laver Cup. Perguntei se o convite viera do executivo. O garoto-propaganda do cristal da Boêmia.

Max riu. Sim, do magrelo principesco do outro lado da mesa.

Depois de Praga passei duas semanas praticamente sem dormir. Percebi que Eleonora nunca tinha deixado de ser uma sombra na minha vida, e as pinceladas controladas de Bronzino só intensificavam essa impressão.

O curioso era que, antes de Praga, durante mais de cinco anos eu não ficara obcecada pela imagem da ruiva de bochechas rosadas, a vizinha do meu namorado, parada no portão no fim da tarde. Pensava em Eleonora quando topava com alguma notícia solta na internet, mas eu diria que era com um distanciamento saudável. Até o momento em que encontrei o retrato de Praga. Queria que a pintura correspondesse ao que eu tinha como bem resolvido na minha vida, mas o que me vinha era a memória crua e pulsante da Eleonora de anos antes, e isso passou a me assombrar.

Como duas lâminas transparentes de anatomia humana, senti a urgência de colocar uma imagem sobre a outra. Essa associação das duas Eleonoras tornou-se uma necessidade para seguir adiante.

Certo dia, em Long Island, olhava as ondas batendo com força. Fiquei ouvindo a música da água e observando o movimento do mar, como nunca se repetia. A água deitava sobre a areia em camadas, como duas mãos se acariciando, ligeiramente desencontradas.

Não sabia como justificar a volta de Eleonora à minha vida, mas algo tinha se desencadeado em mim. Cogitei enviar a ela o cartão-postal que comprara no museu. Seria um gesto mais físico do que um e-mail, então coloquei o cartão num envelope e pedi a Max que fosse o remetente.

2

Dez minutos depois, e essa vigilância ia desde as seis da manhã, voltei a olhar o painel eletrônico. Aterrissado. Comemorei aliviando o peso de uma perna para a outra, voltando a apoiar o corpo sobre a barra de metal, um espaço já difícil de disputar, considerando a espera geral. Uma dúzia de motoristas de aparência praticamente idêntica, com casaco preto e nomes de passageiros em placas na altura do peito, à procura de um rosto correspondente, forçava o deslocamento dos outros.

Ao meu lado dois cachorros continuavam sentados, apesar das pessoas que avançavam a cotoveladas para assistir de perto a procissão lenta de malas e de passageiros amarrotados. Balões, buquês e outras credenciais sentimentais sempre funcionavam para ganhar a frente no saguão de chegada.

Um passageiro, enquanto tirava o agasalho da cintura para vestir, fixou os olhos em mim, detido num reconhecimento distante mas inevitável. Prendia o celular entre o ombro e o queixo para não perder a chamada, e por falar português calculei que estava no voo de São Paulo. Inclinou-se para o lado da mala e trocou de mão para puxá-la. Ao passar por mim, observei com o coração disparado os outros passageiros. Olhei na direção dos táxis e massageei as mãos para livrar a mente de incertezas. A rigidez nas articulações as tornava mais estreitas, um embolado interno.

Não queria arriscar nenhuma opinião precipitada, mas um crime hediondo sempre excitava a curiosidade das pessoas. Nos vimos uma vez, em dezembro de 2010, e só voltamos a nos falar anos depois. Das conversas brotou uma camaradagem imprevista, e o fato de eu estar à espera de Eleonora não tinha nada de encontro macabro.

A viagem de Eleonora certamente fora notícia. Ocorreu-me que alguém devia tê-la reconhecido no aeroporto de São Paulo. Puxei o celular para vasculhar a internet e, com a cabeça inclinada sobre a tela, aproveitei para me refugiar ali, acortinando meu rosto com o cabelo que escapava de trás das orelhas.

Quem acompanhou nossa trajetória de uma noite de crime e anos na Justiça, um caso de repercussão nacional, não teria se esquecido da imagem com uma tarja preta sobre os meus olhos, num esforço inútil para me proteger como menor infratora, isso só porque a defesa chegou tarde, bem depois do retrato original ter rodado nas mídias sociais. Na foto sem tarja meus olhos azuis apareciam sorridentes antes da balada, fixos na câmera, ao lado de Eleonora e do meu namorado, Matias. Foi a única foto que fizemos juntos.

Depois de cumprir pena na Fundação Casa, eu me mandei para Nova York, há pouco mais de seis anos, novamente algo que não deveria ter sido noticiado, mas as pessoas quando querem farejam as ruas. A mudança de país me tornava ainda menos cívica aos olhos do povo, porque não deixava de ser uma atitude arrogante e até discriminatória, uma insensibilidade a um lugar que supostamente teria me reformado.

O fluxo de passageiros desembarcados aumentou, e por um momento imaginei que ela escaparia da minha atenção. Ao meu lado pararam dois sujeitos falando um idioma que não reconheci. Segui o olhar de um deles até o painel eletrônico dos voos que iam chegando. Apontou para a tela, e seu colega, tendo abocanhado um sanduíche que segurava com as duas mãos, confirmou com um movimento de cabeça. O cheiro de queijo derretido me remeteu ao micro-ondas de alguma loja de conveniência. Busquei um ponto de fuga na contracorrente de filas desorientadas.

***

Ana, sou eu. O salpicado encanecido das sardas e o cabelo ruivo saturado confirmavam o que ela dizia, enquanto seus olhos se comprimiam num sorriso maroto, sustentado pelo queixo ligeiramente elevado, insinuando determinação natural. Você veio me pegar. Que bacana, obrigada.

É o mínimo, Eleonora, disse, e sorri de volta, tentando esconder a estranheza de pronunciar seu nome. Quer ajuda com a mala?

Eleonora examinou as pessoas ao seu redor e voltou a sorrir. Não, deixa que eu levo. Nem acredito que vim, Ana. Dá um abraço.

Lembrei da viagem a Praga que tinha feito um ano e meio antes, viagem que me reaproximou dela depois de encontrar o quadro de uma certa Eleonora.

Ficara parada diante da pintura durante horas. Não só tinha o mesmo nome, mas a mulher retratada se parecia mesmo com ela. Um calafrio percorreu meu corpo e me afastei da recém-chegada para examiná-la de frente. O branco do olho bastante aparente sob a íris lhe dava um ar de gravidade, e quando deixava de sorrir os lábios permaneciam entreabertos, como se lhe faltasse ar. Isso eu desconhecia.

Ao atravessar a porta de vidro, cruzamos o bafo da calefação e logo veio o tombo da temperatura externa.

Caralho.

Pois é. Em dezembro é assim.

Era um dia seco, sem sol ainda, e Eleonora sentiria frio nos dentes caso não fechasse a boca. Girei os pulsos e estiquei os dedos, sentindo aflição por ela. Adiante as pessoas encapotadas fitavam o tráfego impacientes, enfiando o passo entre os carros para atravessar a rua. Logo mais o sol se cristalizaria na neve marrom da área de desembarque, e o branco voltaria gradativamente ao Queens, no rastro dos semáforos cada vez menos frequentes, acumulando-se no acostamento gelado.

Indiquei a fila de táxi e Eleonora olhou por cima do meu ombro. Acompanhei sua atenção, virando para trás rapidamente.

A sensação de que alguém me seguia havia começado um dia após o crime, e até passara um pouco durante os anos em que estive detida, mas quando saí voltara a ser constante, não importando onde eu estivesse. Virei para trás. Os dois caras do sanduíche que estavam comigo na espera do desembarque avançaram de uma vez na nossa direção, além de uma mulher que vinha empurrando um homem em cadeira de rodas, o pescoço enrolado num cachecol, rígido de frio.

Que foi, Ana? Relaxa, ela disse em voz baixa, erguendo as sobrancelhas. A gente chama a atenção mesmo, fazer o quê. Ou pelo menos acha que chama.

Senti-me meio envergonhada por Eleonora ler o mais óbvio em mim. Sabia exatamente como eu me sentia, até porque estava acostumada com isso.

Por ser maior de idade, pegou uma pena muito mais extensa que a minha, e mesmo na cadeia tudo o que fazia era notícia. O engraçado é que no exílio norte-americano eu não queria ser reconhecida nas ruas, e até havia saído do Brasil por causa disso, mas secretamente invejava a popularidade dela.

Eleonora adormeceu no carro. Tínhamos nos falado algumas vezes nos dias que antecederam seu embarque. Lembrei da reação da sua mãe ao saber que comprara uma passagem para os Estados Unidos. Pra que vai cutucar essa história de novo? E tá mais do que provado que essa Ana é uma psicopata. Agora poderia ameaçá-la de longe, mas não serviria para nada, nem para alimentar a própria vaidade.

Eleonora me contou que justificara a viagem falando da importância do reencontro. Na última ligação ela tentava abafar a gritaria ao fundo, dizendo à mãe para deixá-la em paz, a mãe culpando a filha pela vida miserável que tivera nos últimos anos. Isabel parecia tomar o lugar dela, sempre no centro dos bate-bocas para defendê-la, enfrentando o povo e a imprensa. Na vida privada, era diferente. O alvo era Eleonora. O fato de ela interferir na nossa conversa, aos berros, não era novidade para mim. Egoísta, berrava de longe.

A única vez que a vi foi durante o julgamento. Era ruiva como Eleonora e comportava-se com um moralismo superior. Lembro da voz estudada, cheia de cautela. Falava de um jeito quase apagado, demonstrando fragilidade, mas sobretudo compreensão pelo desvio da filha. Dava para notar que era um tigre faminto, algo despistado pelos calmantes, uma figura curiosa e sufocante que eu não conseguiria imaginar dentro de casa. Nas redes sociais Isabel virou Jezebel. Teve quem dissesse que Eleonora saiu de uma jaula para entrar em outra.

O motorista olhou pelo retrovisor, perguntando se era lá mesmo. Fiz que sim. Saímos do carro na frente do prédio e um grupo de três pessoas com câmera e microfone avançou na nossa direção.

Lembrei de um bilhete deixado na portaria do prédio na noite anterior. Era de uma repórter que trabalhava para um canal de televisão latino-americano. Queria uma entrevista, conforme explicava na nota em espanhol. Sondei com o porteiro como teria descoberto meu endereço, e ele devolveu a pergunta com um olhar manso. Eu é que deveria saber.

Estava claro que a imprensa não perderia uma oportunidade, deduzi ao ver Eleonora puxando a mala. Os canais latino-americanos eram para isso, tentei brincar com Eleonora, mas a repórter estava praticamente colada em mim. Só podia ser ela, a dona do bilhete.

Desculpe, ontem a senhora deixou aqui no prédio uma nota sobre uma entrevista?

Só uma perguntinha, ela propôs sem me ouvir. Agia com a tranquilidade de quem recua um passo mas avança dois, seguida por um câmera e mais um assistente.

Eleonora, que já entrava no prédio, voltou. Perguntinha nada, disse ela, empurrando o câmera para o lado.

No esforço de proteger seu colega, a repórter perdeu o equilíbrio e caiu.

Eu não falei? Escuta aqui. Aqui não é a tua casa, moça. É a casa dela. E ninguém tá a fim de baixaria nessa porra desse prédio. Agora cai fora. E pode avisar geral que caguei pra vocês. Cagamos pra vocês.

A jornalista ouvia aturdida, ainda no chão. Seu assistente lhe deu a mão para que se levantasse e ela então apelou para o profissionalismo. Só estava fazendo o seu trabalho e tamanha violência era absurda, aquilo não ficaria assim. O incidente aconteceu no momento em que o taxista abria o porta-malas, e o porteiro não sabia se barrava Eleonora, se nos defendia ou se ajudava com a bagagem.

Curiosos pararam e outro aglomerado foi se formando do lado do Central Park.

Pousei a mão nas costas da repórter num gesto de amparo e a mulher desistiu de encaixar um fio solto do coque. Não foi nada mesmo, eu disse, e o porteiro viu tudo. A senhora caiu porque perdeu o equilíbrio. Quer um copo de água?

Não, obrigada.

Desculpa a minha amiga. Ela está cansada e a senhora deveria respeitar isso. Chegar assim, com essa luz ligada, enfiando o microfone na nossa cara, gera nervosismo. A senhora entende?

Eleonora ergueu as palmas na altura do peito, sugerindo impaciência. Ainda com a respiração alterada, disse que aquilo era chantagem da repórter, declarando que a situação era ridícula. E a gente não te convidou pra vir aqui, ela continuou. A gente não marcou entrevista nenhuma com tua equipe. Que frio, Ana. Quem são essas pessoas? Não sabia que a gente era interessante a esse ponto.

Pega leve, Eleonora, avisei, tentando controlar meu nervosismo.

A jornalista desviou o olhar para os próprios pés. A última coisa que quero é gerar confusão, suspirou. Quando for possível, disse dirigindo-se a mim, as senhoras me concedem uma entrevista. Aqui está meu cartão. Obrigada, pontuou ela enquanto ajeitava o cabelo, insinuando que não fazia nada mais do que cumprir seu dever.

De nada, respondeu Eleonora. Tchauzinho, disse, bocejando.

Em nome das duas, apertei a mão empedrada da repórter e ficamos por isso mesmo, mostrando que éramos civilizadas.

Subiu examinando o ascensorista, e eu disfarçando minha curiosidade por ela. Os cílios finos sobre as pálpebras coralinas de Eleonora contrastavam com o brilho extraordinário dos olhos, que iam ficando irritados de não piscar.

Ela queria botar pressão na gente pra uma entrevista, desabafou.

Diego, esta é minha amiga Eleonora, acabou de chegar.

No me diga.

Fixei o olhar nos sapatos dele, logo nas suas luvas brancas. Sua pele me pareceu enfarinhada, assim como seus olhos opacos de marzipã, refletindo uma cãibra eterna que o forçava a repuxar a perna a cada tanto.

O ascensorista forçou um sorriso para a minha hóspede.
Como le fue de viaje?

Decerto já estava cansado de saber dela, da rainha das penitenciárias brasileiras, que pegara o avião até Nova York para visitar a colega homicida.

Muy bien. Gracias, Diego. Eleonora piscou para ele ao sair do elevador no quinto andar. Só que *no hablo español*.

***

Da janela via-se que as pessoas haviam se dispersado. Um homem ficou, e apesar de eu não me lembrar de tê-lo visto antes, olhava para cima, como se acompanhasse um saco plástico flutuante e o tivesse perdido de vista, até que me encarou, ou deu essa impressão.

Parecia querer dizer alguma coisa. Confusa com tudo aquilo, notei que a dor nos meus dedos persistia, como no aeroporto. Tirei as luvas e passei a massagear cada tendão, cada ossinho. O que ardia no inverno, em dias quentes ficava adormecido.

Eu só acho que aquela repórter e o câmera não deveriam ter vindo aqui encher o nosso saco, só isso. Eleonora esticou as pernas sobre o braço do sofá. O absurdo é que todo mundo tá de prova que aquela mulher tava sendo inconveniente.

Eu concordo com você, mas deixa pra lá.

Tá brava?

Eu? Encarei Eleonora, sem saber se acrescentava algo. Não, não tô. Só não quero encrenca.

Ela começou a rir. Vou me comportar. Mas sério. Desenvolvi uma intolerância a gente que vai entrando assim na tua frente só porque, de repente, você virou uma pessoa pública.

Às vezes é o único jeito de expressar mal-estar e impaciência. Eu entendo. Mas passei os últimos seis anos da minha vida aqui nos Estados Unidos evitando encrenca. Só isso.

Vendo Eleonora esticada daquele jeito no sofá, perguntei-me o que eu almejava com aquela visita. Havíamos conversado algumas vezes, mas ela não deixava de ser uma desconhecida. Senti um gosto de sangue na boca. Cutuquei com a língua onde tinha passado o fio dental com força logo ao acordar. Já não me lembrava se insistira que viesse, ou se fora ela que realmente quisera vir.

3

O celular vibrou sobre a mesa. Mensagem do Mutke. Era assim que Max estava registrado nos meus contatos. De tanto ouvirmos a mãe repetir seu apelido, virou uma brincadeira entre nós.

Da cozinha via parte da bagagem que Eleonora deixara na entrada do apartamento. A madeira escura talhada da parede aumentava a sensação de aconchego, assim como o veludo vermelho das poltronas.

Mutke! É mais fácil falar do que escrever. Já chegou em San Francisco?

Sim. E o furacão Eleonora?

Acredita que quase teve polícia no prédio hoje? E não são nem oito horas. Gente na portaria, ela praticamente jogou uma repórter no chão. Você teria adorado.

Max riu. Nada como uma acolhida dessas. Certamente a repórter não volta tão cedo, *sweetheart*.

Haverá outras.

E então, como ela é? A voz de Max parecia menos tremida e fanha quando mostrava curiosidade.

A Eleonora? Ruiva gostosa, ex-presidiária, um triunfo brasileiro. Teu tipo.

Ha. E vai esconder uma boneca dessas onde?

Porque não vai ter descanso, Max, as pessoas vão achar a gente.

Imagino. O Nick já encontrou a Eleonora?

Não, ele não tá na cidade. Mas sabe, Max. Às vezes eu acho que essa perseguição toda tá na minha cabeça. Se bem que, pra te falar a verdade, nunca imaginei uma repórter tentando enfiar o microfone na nossa cara. Assim, na frente do prédio. Não sei como ela descobriu onde eu moro.

Não gostariam de escapar um pouco dessa agitação? Vir para cá? Pelo que você tinha me contado, são anos de sensação, não é isso? Quantos anos do crime?

Digamos que é nosso aniversário, Max.

Ah, esqueçam isso, venham. Apesar do céu cinza de San Francisco, o clima está bem mais ameno do que aí.

Eu o ouvia. A sensação era a de que tudo ao redor tinha uma camada de poeira. De pó mesmo, espalhado sobre almofadas, prateleiras e quadros, enquanto os espelhos multiplicavam sua presença nos cômodos. Como resultado de todos os exercícios calistênicos de ioga que fazia de manhã, eu me empenhava em encontrar uma postura correta para falar ao telefone, mas com Eleonora minha atenção estava polarizada entre o mundo e sua presença no apartamento. Não conseguia ficar parada na cadeira.

Foi só uma repórter. E a Eleonora acabou de chegar. Acho puxado pegar outro avião em seguida.

Eu sei, *sweetheart*, mas acontece que estou entediado. Acabei de comer minha aveia. E agora, o que eu faço?

Tentei acompanhar seu raciocínio, mas uma tontura me pegou de surpresa. Alonguei as costas. Os ássanas que fazia pela manhã me chamavam para uma postura adequada, especialmente quando sentava. Tá. Daí quer que a gente cruze os Estados Unidos.

Mesmo que eu não seja do time das moças, preciso corresponder à tua aventura.

Quer mesmo conhecer a Eleonora?

Estava fazendo hora para te ligar. Já fiz três tapetes de tricô.

Ri da sua suscetibilidade e afetação ao mesmo tempo, sentindo a presença avivada de Eleonora no apartamento, que passou como uma chispa vermelha. Ouvia sua respiração, mas não sabia se só estava imaginando uma pessoa meio asmática, por causa dos lábios secos entreabertos.

Eu vou perguntar. Teu concerto é hoje à noite?

Daria tempo.

Deixa eu ver o que ela acha, falei. E tenta dormir um pouco mais. Tá cedo aí.

Fiquei um tempo na cozinha, considerando o salto até San Francisco. Depois a ideia afinou para uma dúvida mais simples. Aonde poderia levá-la para tomar um café. Como se ouvisse meus pensamentos, Eleonora se aproximou. Notei um resíduo de espuma branca contornando sua testa.

Ana? Não quero deixar as coisas jogadas. Onde guardo meu casaco? Eleonora indicou a peça, em seguida foi até a mala. Ponho tudo no quarto?

Você deveria ir dormir, eu acho. Não se preocupa com isso agora. Não tá exausta, não?

Não, não vou conseguir.

Então tem cabide, respondi. Ali. No armário da entrada. Tá com fome?

Sim, disse Eleonora, ajeitando o cabelo para o lado.

Os fios cor de cobre da mesma cor dos olhos e a boca com ar de sede tornavam sua pele ainda mais branca. Não me acostumava à sua fisicalidade. O pescoço com aquela cicatriz que eu não me atrevia a explorar com uma simples pergunta, ela tropeçando pelos tapetes e sua imobilidade quando parava diante de mim.

Viu, tenho aquele amigo, o Max.

Parou o que fazia e esfregou os olhos, limpando do rosto o resto do sabonete já seco para concentrar-se em mim. Aquele com quem você viaja, né? O que tem ele?

Quer ir pra San Francisco?

Como assim? Quando?

Quer? Então. Meu amigo Max. Acabei de falar com ele. Tem um concerto hoje lá. Talvez fosse legal, lembrei que numa carta você disse que sempre quis ir pra San Francisco.

Eleonora livrou o brinco preso no cachecol. Eu até topo. Vim passar o mês inteiro, de qualquer modo. Tudo bem? Porque a gente combinou menos, eu sei.

A gente não combinou nada. Você só disse que vinha. Pra mim tá bom assim, mas já que a gente tá falando disso, tem um detalhe, Eleonora. Meus avós virão no Natal.

Não, desencana. No Natal eu vou pra algum lugar. Não quero te dar trabalho. Só que, no Brasil, eu não fico.

Então passa o Natal com a gente.

Ela não reagiu ao que eu disse. Mexeu na bolsa, procurando fundo por algo. Tirou o passaporte, a carteira e um par de meias. Mas olha, antes que eu me esqueça, isto é pra você, disse, entregando-me um saquinho minúsculo de estopa. Abre.

Fiquei sem graça com a surpresa. Voltou a parar na minha frente, com o peso do corpo distribuído igualmente nas duas pernas.

Obrigada, falei, segurando a bolsinha de pano. Não quer sentar, Eleonora?

Não precisa ficar me chamando de E-le-o-no-ra o tempo todo. Pode dizer Ele. Éli.

Eleonora buscou apoio no braço do sofá, enquanto eu desfazia o laço de cordão. Tirei dali duas faixas grossas de contas brancas. Eram dois braceletes.

Gostou?

Gostei, sim. Éli.

Então põe, né?

O fecho era um botão pequeno de conta que passava por um anelzinho mole do mesmo material vitrificado. O desenho na miçanga era um X que se repetia, como bonecos recortados de papel, desses que dão as mãos para sempre. Os espaços infinitos do X prevaleciam, mesmo com alguns escapes sutis, desvios de caminho, quebrando a continuidade do desenho. Uns entortavam uma perna, por exemplo, ou soltavam a mão. Por algum motivo achei parecido com a prática do piano, com os pequenos acidentes que dão ação à melodia.

Ouvi dizer que o branco protege as articulações. Em outras palavras, não acho que vá te trazer má sorte.

Por acaso isso vem dos índios Kaxinawá? Isso aqui tá parecendo um acerto de contas.

Eleonora riu. Sim, dos Huni Kuin. Muitas contas. É o que une a gente, ou não? Dá a mão aqui. Ela firmou a pulseira contra a minha pele.

Não, é perfeita. Tão primitiva e ao mesmo tempo tão... Parei de falar. Não sabia bem o que dizer. Eleonora, obrigada. Gostei muito.

É só uma lembrancinha do Brasil, mas enfim. E você acertou, é da etnia do cara. Tomara que os espíritos lá da aldeia curtam música clássica, senão cê tá fodida, Ana.

O silêncio repentino nos levou a direções opostas. Voltei a examinar aquele entrelaçado de geometria simples, parecia uma armadilha.

Que foi? Não gostou?

Gostei, mas é estranho receber um presente desses de você. Engraçado como um par de pulseiras de miçangas assim pode ser um tabu. Você veio de longe, trazendo miçanga. Como os portugueses quando chegaram no Brasil.

Então a história se repete, mas por que tudo tem que ser um tabu? Eu venho até aqui pra gente ficar com pudor sobre o passado?

Não quis dizer isso, Eleonora. Éli.

Mesmo que essa pulseira tenha sido feita pela família do cara do ponto de ônibus. Eu cheguei a pensar nisso, mas fazer o quê? Foi comprar miçanga em São Paulo e acabou nas nossas mãos. Era pra morrer, né? O triste fim de um pajé dando sopa na avenida Angélica. E não tô sendo irônica.

O cara se perdeu em São Paulo.

Eleonora puxou uma almofada para si. Ana. O cara se perdeu, repetiu ela, indicando o objeto fechado no meu pulso. Não quero que uma pulseira te traga só maus momentos. Ou má sorte. Ao contrário. Protege as articulações.

Segundo a tribo lá do cara?

Ela me olhou. Seus lábios indicavam caminhos minúsculos de secura. Vai, dá o outro pulso aqui.

Acho que esse é o presente mais sincero que eu poderia receber das tuas mãos. Considerando que a gente mal se conhece. Obrigada.

Gostei da cor branca da miçanga contra a tua pele. Cor de osso, ela me olhou, buscando aprovação. Ainda mais com esse teu cabelo escuro. Como você pode ter um olho tão azul?

Desviei para o mosaico branco das miçangas. Como pode? Já teve gente no Brasil que me parou perguntando se eu enxergava bem.

Que foi?

Não, nada. É que não acredito que você tá aqui, que você quis vir. Pra mim ainda não caiu a ficha.

Eu vim te ver, Ana. Não foi pra fugir de nada. Quer dizer, foi um pouco, senão eu estaria me contradizendo, mas eu queria estar em outra situação com você, talvez pra me ajudar mesmo. Não sei como é tua vida nos Estados Unidos, mas no Brasil as pessoas não me esquecem. Por isso quis dar o fora. Pelo menos numa data dessas. Refrescar a cuca. Te conhecer melhor. Sei lá.

A essa altura já sabem que você tá aqui. Cara, não quero nem entrar na internet. Vamos ver se dessa vez a gente não tem nenhuma ideia extravagante e não apronta grande coisa, Eleonora.

Eleonora riu. Dane-se o passado, como diz minha mãe. Engraçado que acho que desenvolvi uma dependência lá com meus pais e não consigo sair disso. Eu me sinto protegida, mas por outro lado sou a eterna criança que não sabe o que fazer da vida.

Bom, agora você tá aqui.

Falei pra eles da viagem, ficaram putos, especialmente ela, como você já sabe.

Isabel. Jezebel.

Lembra?

Lembro. Inesquecível, a tua mãe.

Eleonora virou o rosto na direção da janela, inclinando a cabeça para o lado, como se estivesse fadada a uma existência amarga. Tem água aí?

Lembrei da garrafinha que comprara no aeroporto, ainda estava fechada na minha bolsa. Espera, quer gelada? Fiz menção de ir até a cozinha.

Deixa, não tô morrendo de sede.

O silêncio enfatizou a fissura na nossa conversa, à sombra das mães, das famílias e da dependência delas. Nossa vontade era engatar um papo, mas nem sempre havia fôlego para tanto, e como dizia Eleonora, que ainda vivia sob a asa dos pais, bastava a tentativa de ruptura, como páginas soltas de um livro, para esconder-se de volta em casa, entre Isabel e André. Meu refúgio era um apartamento vazio da família, o que não me tornava mais independente que ela. Ocorreu-me naquele momento que a covardia era um entendimento exclusivamente humano, mas não sabia como elaborar isso.

A face dela contra o vidro apagava o sorriso no vapor da respiração. Borrava a visão dos carros e até da fumaça que parecia brotar do asfalto, dando a impressão de que as ruas da cidade ferviam no frio. Olhando com atenção desde cima, era possível distinguir com nitidez os pés que caminhavam sobre a calçada, sob os gorros de cores diferentes, movendo-se devagar, mais e mais devagar.

A fortaleza de prédios erguida do outro lado do parque se abria diante do olhar de Eleonora, que mantinha o queixo inclinado para baixo. Voltei a observar o branco sob a íris. Era um olhar distraído, mas perigoso, como se o branco fosse uma linha divisória entre o bem e o mal. Mais adiante, o casaco sobre a mala parecia um bicho escorrido.

Fiquei pensando se sua vinda era mesmo uma tentativa de aproximação. Foi o que meu namorado, Nick, perguntou. E quando liguei contando que iria para San Francisco, a brevidade da nossa conversa beirou essa questão. Pensei nos cartões-postais do zoológico do outro lado da avenida, e nos que trocamos, desde o primeiro, com a imagem da duquesa Eleonora de Toledo. Nick não conhecia essa correspondência, muito menos o pintor favorito de Max. Mas entre mim e ele era assim. Falávamos pouco.

O som da buzina repetitiva de um caminhão dando ré se confundia com o canto de uma rolinha. Mais se repetia, mais ia ganhando uma textura aveludada. Até então não tinha percebido que juntos formavam a música característica das manhãs na cidade.

4

Viagem sem prazo para retornar, anunciaram meus pais, antecipando que não seria só uma escapada. Meus avós tinham se mudado para a casa de Coral Gables, na Flórida, e me ofereceram o apartamento de Nova York. A ideia era que eu trocasse de ares por uns meses e talvez a estada despertasse meu interesse pelos estudos, dessa vez em alguma universidade norte-americana — a velha vontade de cursar medicina entrou na agenda deles.

Depois que a notícia do crime rodou o Brasil, chegando a repercutir fora do país também, todos os olhares se voltaram para mim, mesmo após o cumprimento da pena. Apesar da minha relação com a cidade dos meus avós ter sido até então de confiança e acolhida, a lembrança do Natal, das longas caminhadas com eles sob as luzinhas em Manhattan, deixou de existir. Assustava sair por aí, e a simples decisão de botar o pé na rua tornou-se uma tarefa calculada.

As semanas foram passando e provavelmente os vizinhos se perguntavam o que uma jovem como eu fazia o dia inteiro trancada sozinha no apartamento. Tentava ler a mente das pessoas que encontrava no elevador ou a de quem trabalhava na portaria. Talvez meu comportamento correspondesse à minha reclusão, ao apertar a bolsa contra a barriga no elevador, pedindo licença para passar por um mundo estreito de uma estrangeira desconfiada de tudo e de todos.

Decidi ocupar o mesmo quarto em que ficava quando ia de férias. As paredes e os armários estavam revestidos de um papel com caravelas azuis. Aproximavam-se da praia, onde havia índios à espera. A riqueza de detalhes fazia meus olhos vagarem, enquanto eu tentava ligar uma pequena seção à seguinte.

Escolhi porque a estampa se chamava Brazil, justificou vovó. Mas agora devemos trocar por outra coisa. Alegava que o papel estava encardido, velho. Concordei com ela, mas disse que preferia dormir num quarto com uma lembrança sentimental como aquela, com o papel de parede que escolhera quando nasci.

Quanto mais tempo passava ali, mais percebia como a cena tinha uma conexão óbvia com a minha história, à diferença de que na parede a carnificina nunca acontecia. Era como acordar antes da tragédia, mas ficar rebobinando a cena de encontro, de novo e de novo, não me livrava do pesadelo.

Antes o revestimento nas paredes era de uma seda cor de champanhe, ela contou, cheia de carrinhos de corrida para James.

Faz sentido, eu disse, tentando imaginar o quarto de meu pai, e se em criança já seria um apaixonado pela Fórmula 1.

Da cama avistava o jardim interno de uma igreja presbiteriana antiga, despontando em torres que quase alcançavam minhas janelas. Quando cobertas de neve, lembravam os Alpes, ou uma floresta reduzida a cinco ciprestes. Contrastavam com os vitrais coloridos iluminados por dentro.

O laudo veio comigo do Brasil, mas meu psiquiatra americano duvidava do meu quadro esquizofrênico depressivo. Ficava me olhando como se procurasse o ângulo certo para perfurar meus pensamentos. Via no seu rosto cansado a busca por respostas. Queria saber, por exemplo, como sonhavam os insones.

Sentia-me arrastada por esse tipo de contramarcha, o psiquiatra arrancando sintomas de cada coisa que eu dizia e do que ele concluía. Era uma canseira sem fim. Só queria me livrar logo das consultas, mas não, sempre havia a possibilidade de que um transtorno de humor tivesse passado desapercebido.

Um dia, falávamos da solidão em Nova York que se misturava à minha incompreensão da chegada, ainda que o apartamento onde morava tivesse o cheiro da minha infância. Não sei como isso levou à questão, mas ele perguntou se eu tinha medo das pessoas.

Reconhecer isso me custa um bocado até hoje, respondi, mas tenho. Não gosto de andar sozinha na rua.

Sempre foi assim?

Não em São Paulo. Apesar de eu ter crescido bastante protegida como filha única — e olha que no Brasil você pode chegar a extremos de nunca andar desacompanhada ou pegar um transporte público —, apesar disso tudo acho que minha relação com São Paulo era mais livre. Ou pelo menos achei que fosse. Aqui em Nova York vejo muitas crianças de onze anos no skate indo para a escola, aprendendo a andar por aí. Era tudo o que eu queria, mas não mais. Ver essas crianças hoje em dia me faz sentir vulnerável.

Contei como São Paulo se tornara mais violenta com os anos e que ao mesmo tempo muitas construções optavam por proteções transparentes. Falei da sensação de andar nas ruas, passando por prédios milagrosamente sem grades de metal, substituídas por paredes de acrílico. Sem dúvida ia tudo ficando mais limpo visualmente, era possível ver os lírios-roxos e os lírios-amarelos naquela espécie de aquário, mais vibrantes à noite por causa das luzes verdes atrás deles, projetando a calma de um jardim tropical controlado.

Não sei se ele queria despertar em mim algum tipo de memória da violência das ruas, a partir da perspectiva de uma criação privilegiada. Ou se só queria investigar o medo que eu sentia ao circular livre novamente.

A memória não borra, só fermenta, ele sugeriu.

Respondi com um sorriso, notando como essas minhas lembranças afetavam o seu rosto. Quando era a sua vez de falar, a expressão dele voltava a ficar completamente neutra.

Nas sessões não havia lágrimas, sobressaltos nem pudor de falar a respeito de qualquer tema. Apenas ficávamos ali sentados. Eu até parecia mais normal do que acreditava ser. Encolhia os ombros, ele também, como se concordássemos que a vida tinha seus mistérios, fazer o quê. Vendo que eu apresentava um quadro clínico estável, decidiu cortar meus medicamentos gradativamente.

Foi aí que me dei conta de que em Nova York praticamente só via o meu psiquiatra e que o fim do uso de medicamentos me levaria ao fim das consultas, e eu sentiria falta de sua companhia, ou de ter horário fixo para conversar com alguém, mesmo que fosse só para ouvir a minha própria voz.

Também fazia ioga num estúdio pequeno, mas acabava não falando com o grupo. Depois dos exercícios finais de respiração vestia o moletom e voltava para casa. Não havia telefone tocando, nem amigos. As visitas dos meus pais eram esporádicas e de vez em quando eu ia ver meus avós na Flórida, ou eles vinham e íamos para East Hampton.

Não que eu fosse de muitos amigos. Em São Paulo, ficava horas no quarto estudando, passando batom em frente ao espelho, arrumando as estantes. Fazendo nada. Talvez meus pais reconhecessem na filha única traços de solidão ou até de angústia, mas não se aprofundavam nisso. Cada um tinha a sua opinião, a sua vida, e talvez esperassem isso de mim também.

No máximo perguntavam se estava tudo bem, o que me forçava a dizer que sim, tudo estava bem, e os desobrigava do problema, sem a necessidade de compreender a criatura singular que tinham em casa e tomar uma atitude em relação a ela. E tudo ficava por isso mesmo; meu pai no terraço e mamãe, quando estava em casa, embaixo na sala.

Mamãe, não: Carmen. Não aprendi a chamá-la de mamãe, manhê ou mã, como todo mundo. Na escola isso era visto como uma falta de afeto estranha. Chamar os pais pelos nomes próprios era coisa incomum, e eu lembro disso por causa da reação dos meus colegas.

Uma vez, quando ela veio para uma reunião de pais na escola, a coordenadora pedagógica percebeu como eu me dirigia a ela e me corrigiu.

Ela é sua mãe, disse com alegria.

Provavelmente estava no terceiro ano. Lembro do escritório retangular e de sua longa janela dando vista para um pátio com um jacarandá eternamente florido. Seus galhos iam além do muro da escola. Ela era minha mãe, eu sabia, e ninguém precisava insistir nisso. Estava sem graça por Carmen ter mudado sua agenda para ir até a escola, para uma reunião de pais, enquanto eu era advertida por uma bobeira.

Aquela mulher, cujo trabalho era sugerir que sempre haveria escolhas melhores a serem feitas na vida, nos observava. Uma fração substancial do seu tempo havia sido direcionada a nós, o que já era muito, mesmo que Carmen não parecesse notar. Agora eu parecia suspeita por causa de alguma apropriação indevida de identidade, talvez porque minha mãe e eu não tivéssemos um relacionamento saudável.

Talvez ela soubesse o que a coordenadora queria dizer ao chamar minha atenção para aquele pequeno detalhe, mas o sorriso que Carmen mantinha era sedutor e amável.

No quarto dos meus pais, sentava na cama para ver minha mãe se vestir. Era dos momentos com ela de que mais gostava.

Consigo ouvir minha voz de criança chamando o seu nome, observando-a subir a escadinha posta diante do armário, muitas vezes de salto alto e roupa justa.

Ao inclinar a cabeça quando se trocava na frente do espelho, parecia que usava um chapéu de aba muito larga, e assim, olhando de lado, conseguisse se enxergar melhor. Quando se encarava, normalmente ficava mais falante. Uma vez perguntei como era usar salto alto.

Carmen fechou os olhos, flutuando sobre uma paisagem vasta, ou talvez naquele momento conseguisse prever o futuro. Imagina você no topo de um penhasco, disse ela, teatral.

Ainda com a cabeça inclinada, disse para prestar atenção no que era fundamental na vida. Deveria ter uma carreira, cuidar da saúde e da casa. Nessa ordem. Parecia que tinha tudo calculado para o sucesso, e havia grandiosidade na maneira como dispunha a própria batalha. Quando falava, sentia que seu coração batia mais rápido, e o quarto de repente ficava pequeno demais para ela. Carmen era séria e insegura, uma boa menina como eu, mas num corpo de mulherão.

Trabalhava como advogada especialista em direito imobiliário, com escritório próprio no Edifício Itália, com vista para o centro da cidade. Sua escrivaninha vasta era uma mesa dos anos 1950, com base de concreto, desenhada por Jorge Zalszupin. Achava aquele móvel bonito, ainda mais porque ficava entre duas colunas no espaço que se curvava dinâmico. O lugar era pequeno, mas sua elegância antiquada me transportava no tempo.

Minha mãe se entregava a longas horas de trabalho e depois acabava trocando o jantar pela academia. Em casa, a mesa da copa posta para três era geralmente ocupada por mim e por meu pai.

James passava a maior parte do tempo em casa. Expatriado norte-americano, era advogado de formação como a minha mãe, mas preferia especular nas artes visuais com um copo de uísque na mão a operar ativamente seu negócio de carros. Os olhos claros firmes e cabelos prematuramente brancos que caíam sobre a testa quadrada quando ele falava, lhe davam um ar meio boêmio de bebedor. O ato redundante de mexer a bebida, o tédio, o azul irreal dos olhos. Seu rosto mostrava que a vida era uma longa tarde. Quando penso em James nos meus tempos de São Paulo, é assim que me lembro dele.

Seu lugar predileto era o terraço, que dava para o Pacaembu, onde as ruas desciam turvas, como ele observava em seu português ruim. Meu pai cultivava todos os tipos de orquídea e também tinha muitas tartarugas, então todo o cuidado era pouco, dizia, quando alguém subia para o terraço. Sua maior diversão, no entanto, eram dois papagaios de asas cortadas, presente de amigos, que já vieram adultos e que, quando desatavam a falar, repetiam frases ofensivas de torcidas de futebol.

Crescera rodeado de carros, com um fraco pelo piloto brasileiro e pela McLaren. Foi para a América do Sul pela primeira vez em razão de uma aposta feita com dois amigos de que Ayrton Senna ganharia seu segundo troféu do GP brasileiro de Fórmula 1.

As viagens foram se tornando um hábito que tentou disfarçar com algum propósito profissional, mas finalmente obteve sinal verde dos pais para prosseguir com elas quando se mostrou interessado por uma jovem advogada que conhecera no avião. Carmen concluía um LLM em Direito Empresarial em Nova York e tornou-se o motivo para James abrir uma empresa de financiamento de carros no Brasil, no modelo da de sua família na mesma cidade americana.

Ela anda como uma noiva, observou vovó ao conhecê-la. E por que não? Vai achar um propósito na vida, filho.

Um dia, sozinha no apartamento do Upper East Side, sentei-me diante das teclas. Enrolei o tecido na mão, a flanela verde que as protegia, sentindo a maciez da cor apertar meus dedos. Abracei o piano como pude, alcançando as duas extremidades com as mãos, e deitei o rosto sobre as teclas de marfim.

A sala dava vista para o zoológico do Central Park, com anexos de tijolinhos. A luz entrava suave pelas janelas, junto com os bramidos dos leões-marinhos. Se é que havia uma parte reservada para os ossos, um dia deveria devolver o marfim ao zoológico.

Também ouvia o som dos carros passando, o que me trazia uma certa promessa de liberdade naqueles primeiros meses de Nova York. Conforme meu ouvido se acostumava à cidade, eu me tornava menos arisca, ou pelo menos queria acreditar nisso. As ruas não eram tão inóspitas assim, repetia para mim mesma, enquanto tentava capturar seus sons.

Ia me aferrando mais à superfície do piano, pesando os estímulos com os dedos. Construí as ruas como encaixes que sugeriam um quebra-cabeça maior, onde as peças do céu tinham muitas nuvens e azuis diferentes. Foi nesse cenário variado de impressões que voltei a tocar.

Ana, a mãe do meu pai, alguma vez tivera planos de ser concertista, mas já não tocava. Quando mudei para seu apartamento, declarou que o piano de cauda era meu. Estava posicionado no meio da sala, entre a janela grande e a biblioteca, e fiquei surpresa com o presente. Ter um instrumento me deu pela primeira vez um sentido de responsabilidade, e com isso o compromisso de tocar direito. Sentia que não iria dar em nada, embora de alguma maneira eu soubesse que estava prestes a incorporar seu velho sonho, mesmo sem ter certeza do que iria fazer com aquilo.

Surgiu um vazio doloroso ao encarar o piano de cauda, o que eu queria alcançar com a prática. Era um instrumento adormecido, um leão-marinho escuro e curvo, e de repente foi como se esperasse que alguma mágica acontecesse. Até então, por meio das aulas de música no Brasil, tinha provado ser uma aluna medíocre. Daqueles tempos lembro de uma vaga animação ao bater as malditas teclas antes da aula.

Sentei na banqueta, sem conseguir afirmar se estava ali durante minutos ou por muito mais tempo. Examinei meus dedos, eram certamente maiores que os da minha avó. Perguntei-me o porquê dessa obsessão por minhas mãos. Elas tinham vida própria, em constante agonia, e meu pulso estava prestes a correr mais rápido que eu. Continuei examinando os dedos, depois as palmas, pressionando-as até que não conseguisse mais vê-las.

Aos poucos, comecei a me sentir competitiva e até vingativa, e o sentimento não me dava vergonha. Era como se antes tivesse perdido o equilíbrio e agora pudesse me manter firme no chão. Ficou claro para mim que não podia mais fingir que jogava de forma inocente ou não intencional. Tinha que ser boa, melhor do que todos. Tornar-me uma excelente intérprete era domesticar o piano e o que as pessoas pensavam de mim. Senti raiva e ansiedade, e não tinha nada a ver com o que Carmen disse, quando me viu praticando furiosamente em Nova York: que eu tentava compensar minha juventude perdida. Qual juventude perdida? E repeti a pergunta. Não poderia me importar menos com o que ela insinuava, que precisava fazer algo com minha vida.

O piano era um escape, talvez a melhor desculpa para justificar o que eu fazia o dia todo. Assim não teria de me arriscar num território mais aberto como a universidade, embora minha família não estivesse realmente me pressionando.

Minha avó já adivinhara que eu estava embarcando numa jornada musical em vez de me aventurar em um caminho mais acadêmico, e parou de perguntar sobre estudar na faculdade.

Era a minha mãe, no entanto, que tinha mais problemas com a prática do piano. Longe da sogra, chamava aquilo de obsessão.

Talvez eu estivesse mesmo numa jornada espiritual, ela sugeriu. Respondi-lhe, imitando o tom inerte que ela usava quando duvidava das coisas: precisava sentir o descompasso, a queda, a ruptura com a vida marcada pelo que não me tornei. Não precisava de maiores argumentos para ficar ali nas teclas, deixar a mão cair pesada sobre elas. Passei a estudar seis, sete horas diárias.

O curioso é que de tanto repetir a melodia comecei a acreditar nela, na superfície vacilante, trêmula como uma miragem. Buscava a espacialidade dos sons, extrair do mundo visível o seu mistério. Queria imitar o que parecia ser a vida, com seus imprevistos e incoerências. As duas mãos adversas de Bach, pensei.

Retornar à música em Nova York, depois de mais de três anos sem tocar, essas quedas e as paisagens de frases lapidadas começaram a captar meu interesse. Ao mesmo tempo, acordava no meio da noite sonhando que era linchada na faculdade de medicina. Às vezes sonhava que estava no papel de parede, dentro de uma caravela portuguesa, aproximando-me da costa brasileira.

Durante uma das visitas de minha avó, andando juntas pela vizinhança, encontramos um amigo dela. Eu o vi antes, mas não disse nada. Demorei-me juntando evidências, observando-o, para formar um retrato. Era um homem de estatura mediana, vestido com um suéter azul-claro de gola alta, esperando o semáforo mudar de cor. Ao ouvir seu nome pronunciado por Ana com entusiasmo, virou-se com uma das sobrancelhas já levantada, e o olhar ágil disse algo como: sabia que era você. Segurou os ombros da minha avó, cumprimentando-a com um beijo em cada bochecha, e em seguida estendeu a mão para mim e perguntou se eu era a neta famosa.

Provavelmente você não lembra de mim, mas já nos vimos quando você era pequena. Sou Max. Apenas mais uma estrelinha na constelação de amigos da Ana.

Max Mutke Roth. Vocês dois deveriam se encontrar algum dia, agora que minha neta mudou para cá e herdou meu piano. Ela veio para se tornar uma grande concertista.

É mesmo?

Vovó, tentei dizer.

No dia seguinte Max apareceu em casa e, por insistência dos dois, toquei algo. Max parou do meu lado. Notei sua barriga firme, um pouco protuberante. Tinha um sorriso estudado, e o ar professoral vinha da gola alta, que de certa forma se dissipava na suavidade da cor. Era o mesmo suéter azul-claro da véspera.

Max mantinha um tom inocente na voz, como se percebesse pela primeira vez as coisas ao descrevê-las. A cada observação elevava as mãos, friccionando os dedos, como se esfarelasse folhas secas no ar. De repente, deu as costas e se dirigiu ao corredor. Ao retornar, disse que o que eu tentava fazer era muito ruim.

Melhor ser ruim do que medíocre, ele continuou, enquanto minha avó vinha da cozinha com uma bandeja. Trazia *scones*, geleia e três gins-tônicas. Vendo os copos, Max ergueu as sobrancelhas, do mesmo jeito que fizera quando nos conhecemos na rua, um jeito engraçado e condescendente. E já temos idade para tomar álcool, *sweetie*?

Tenho quase vinte e um, reagi, servindo-me de um copo.

Max tentava me explicar que eu podia tocar mal, mas que com muito trabalho, trabalho e esforço, trabalho, esforço e talento — sua lista teria ido mais longe se minha avó não o tivesse interrompido.

Prova meu gim. Está bom, Max?

Sob a aprovação divertida dela, ele pescou de dentro do copo a rodela de limão-siciliano e ainda com o dedo mexeu o drinque, criando um pequeno remoinho e tomando um gole antes de apoiar o copo sobre o piano.

Delicioso, e sua voz saiu como uma brisa rouca. E tem que melhorar a postura, porque a postura é importante para a boa respiração, e portanto para a construção do ritmo.

Do mesmo jeito ponderado e didático, falou dos pedais como parte do tutorial do instrumento. Dava para notar como eram bons velhos amigos. Olhavam-se com nitidez suspeita para enfatizar com humor a seriedade da conversa.

Depois que vovó Ana voltou para a Flórida, fiquei completamente sozinha e comecei a estudar mais. Passava dias sem sair e me acostumei a pedir refeições em casa. O supermercado também entregava em domicílio.

Pensava no Max, se andaria pela cidade ou em alguma turnê internacional. Minha avó deixara seu número de telefone, insistindo que o contatasse, mas eu não ligaria do nada para um cara assim, um intérprete ocupado.

E o Max, já se encontrou com ele?, perguntava vovó no telefone.

Ai, vó. Uma hora a gente se vê, não tem pressa.

Não quero você sozinha, sem ter com quem conversar, só isso.

Encontrei os *Noturnos* de Chopin na cozinha, guardados no terceiro gavetão pintado de amarelo. Era um dos primeiros dias ali no apartamento, parecia que eu ainda estava de mudança, checando gavetas e armários com um interesse renovado. Minha mãe, que estava comigo, passava longos momentos com uma xícara de chá à mesa da cozinha, enquanto observava minha movimentação.

Deve ter sido difícil para ela encarar o olhar de censura das pessoas nas ruas, mas tentar cuidar de mim em Nova York talvez tenha sido pior. Sentia-se vulnerável na casa dos sogros, por ter que estar lá comigo. Não pedi que viesse, Carmen decidiu por si mesma, e agora achava que estava invadindo a casa dos outros.

Ana sempre foi uma figura ameaçadora para ela. Minha avó tinha estatura baixa, mas caráter forte. Carmen dizia que Ana se movia com a agilidade determinada de uma tenista, mas que na realidade era uma atropeladora de pessoas.

Como todos os outros nesta cidade. É a cultura local, tentou explicar, derrotada.

As coisas são feitas com rapidez.

É terrível.

Você acha mesmo, Carmen?, perguntei, imitando minha avó. Eu só acho que você não se dá muito bem com ela, só isso. E não precisa ficar constrangida se ela consegue falar mais rápido que você e se articular melhor. Normal, né?

Minha mãe me olhava como se eu não entendesse o que ela queria dizer. Não se sentia parte daquele projeto, começando pelo fato de eu ter nascido em Manhattan por insistência da sogra. Era um assunto que ela gostava de revisitar, com aquele olhar bem informado.

Nunca se sabe o futuro. Era assim que minha avó costumava concluir discussões, e agora Carmen repetia sua frase. Como se a ilha fosse um grande porto seguro, insistia minha mãe. Dane-se Manhattan. Mas a coisa que eu mais admiro na tua avó é a firmeza. Tem espírito forte.

Claro.

Minha mãe recuperava o fôlego olhando o corredor que levava aos quartos. Aquele apartamento devia ser mesmo um território minado para ela.

De volta à mesa da cozinha, pensei como o planejamento da gravidez começara. Talvez tivesse sido concebido exatamente onde eu estava sentada. Nunca se sabe o futuro, quis brincar com ela, mas desisti. Parecia que tudo aquilo ainda latejava na sua garganta. E ali estava eu, enterrada no meu futuro, olhando para a cara da minha mãe, que por sua vez evitava simplesmente estar presente.

Pelo menos você nasceu norte-americana, minha mãe teria dito, mas Carmen preferiu manter um silêncio indignado, como se fôssemos duas vítimas fragilizadas de um plano conspiratório que só cimentava o destino da família, cujo propósito era a desunião, não só no estrangeiro, mas também dentro de casa no estrangeiro.

Insistira em vir comigo para Nova York com a ideia de ajudar a filha, mas eu não precisava que ninguém me conduzisse na rua, muito menos como minha mãe fazia, agarrada ao meu braço como se ela fosse perder o equilíbrio a qualquer instante. Era em momentos assim que nossa relação alcançava novos limites.

Passamos quase um mês ali, ela sem dizer grande coisa, a não ser tá com frio ou tá com fome.

Os achados de partituras pela casa prosseguiram, mas o que me divertiu um bocado foi um dia encontrar um sintetizador sob um forro. Em cima da coberta havia porta-retratos e pilhas de cartas antigas abertas que vovó Ana gostava de reler de vez em quando.

Parecia uma máquina de costura, com o nome de vovó bordado em prateado na tela, mas, ao correr o zíper, descobri um Krome 88. Achei aquilo engraçado, não a visualizava gravando coisas numa tela, muito menos num Korg. A curiosidade cresceu. Talvez na memória interna da máquina localizasse performances antigas da minha avó. Depois que minha mãe for embora, pensei.

5

Acabei encontrando Max num supermercado, na fila do caixa. Eu empurrava um carrinho só com sabão em pó, e ele ia justo atrás de mim, segurando uma penca de bananas e duas garrafas de água.

Ana, a neta.

Max? Retrocedi um passo, deixando escapar um riso nervoso. Queria te perguntar uma coisa. Onde você pegou as bananas?

O olhar fixo apontou para o corredor seguinte. Ali, tá vendo?

Não, brincadeira. Na verdade, queria saber se não quer tomar algo um dia desses. Quando for possível pra você, continuei, olhando para a caixa de sabão. Talvez também pudesse me dar uma sugestão ou outra no piano.

Meu período de aulas se encerrou na Juilliard, *sweetie*. Há décadas.

Um drinque, então? Senti que avançava da pior maneira. Nem adiantava tocar meu rosto para consertar, devia estar pálida de vergonha.

Um drinque seria fantástico.

Quando nos despedimos, fingi que tinha que fazer mais uma coisa na avenida Lexington, só para rumar na direção contrária. Tinha certeza de que havia deixado uma impressão desajeitada, mas não queria ser importuna e parecer que insistia na sua companhia. Dias depois, ele bateu na porta.

Estava metida nos meus exercícios, estudando uma das peças dos *Noturnos* de Chopin, quando soou a campainha. Ao abrir a porta, Max entrou direto.

Você percebe que sua abordagem a esse estudo do Chopin não está boa?

Não?

Parece meio forçado, num ponto que chega a distrair. Consigo ouvir lá de cima. Tá muito carregado. Pensa. Freddy é libertador.

Você acha?, perguntei, não encontrando nada melhor para dizer. Fui passando devagar a flanela sobre as teclas, envergonhada, pela primeira vez considerando a possibilidade de ele me ouvir dia e noite. Max morava dois andares acima, não era possível que conseguisse me ouvir.

Não precisa tocar de um jeito langoroso. Ou você acha que a música não se basta porque é para um instrumento só?

Foi falando, tentando superar a timidez em que eu não tinha reparado antes. Era como se procurasse fazer sentido, agarrando-se a tudo o que estava na sua frente até que conseguisse destravar a língua. Na verdade, era assim que me sentia naquele momento, só que não era eu quem falava.

Sabe o que eu acho que você deveria fazer?

Diga.

Devia limpar o ouvido com outro tipo de música. Free jazz, por exemplo. Vai justamente ajudar a varrer a tua marcação engessada, de tão afetada que ela é. Da coisa bela e elevada que você está tentando fazer do Freddy. Do meu amigo Frédéric.

Ele também é meu amigo, murmurei.

Ótimo. Então esquece essa coisa espiritual que você está tentando construir. O que é realmente espiritual não se constrói, não acha? É fácil cair nesse truque, Max continuou. Sua concentração sumiu de repente, ao seguir com o canto do olho uma porta que ameaçava bater por causa de uma janela aberta.

***

Por causa de Chopin, passei um bom tempo ouvindo free jazz, e nem sei como fui parar nos estudos transcendentais de Liszt, e depois em Debussy e contemporâneos, como Pierné, Chausson e César Franck. Chopin levou a Debussy, cuja obra passei a explorar por causa do seu ilusionismo, do seu escape sistemático, ainda que a leveza de sua música fosse construída com precisão total. Era por isso, talvez, que eu gostava de Debussy.

Surpreendia como a música de Debussy, mesmo tão controlada, lembrava um saco flutuante sobrevoando um campo. Era o homem que olhava para cima, momentos depois de eu enfrentar a repórter diante do prédio e entrar com Eleonora. Passava na calçada beirando o parque, quando seu olhar encontrou o meu. Achei que me vigiava, mas logo percebi que estava perdido em algum pensamento.

O murmúrio, o sussurro, o burburinho, viraram parte da minha prática ao piano. Por causa desses sons quase tangíveis, minha maneira de tocar foi ficando mais solta, entrando em contradições menos palpáveis, porque às vezes os sons não queriam sair, ou chegar lá.

Era um pouco como fazer música na água. Os sons borrados formavam uma paisagem própria com seus acordes internos e não se misturavam à massa espumosa acima deles. Talvez a espuma da superfície servisse de sombreado para a melodia. Eu não me preocupava em alcançar o céu ou a costa. Sob a superfície, havia o sol e a luz se infiltrava ali.

Max lembrou que a mudança de idioma devia ser uma experiência interessante para mim. Não se estendeu muito no que pensava a respeito, mas aquilo me fez prestar mais atenção no som das palavras e nas relações entre a minha língua, meus dedos e meus lábios. E Max tinha razão. Apesar de não ter crescido falando o idioma diariamente, o inglês me era bastante familiar, mas ainda assim me transportava para ruídos estranhos e impensados.

Nas ruas, a maioria das pessoas guardava a experiência do som para si mesmas, imersas em seus celulares e fones de ouvido, com o olhar fixo em alguma direção. De volta em casa, queria transcrever o que tinha ouvido para depois analisar cada nota. Construía frases inteiras com elas, prestando atenção em como soavam misturadas, tornando-se uma só.

Uma frase poderia começar expressando uma dúvida, por exemplo, tornando-se mais assertiva e talvez terminando de volta numa interrogação clara. Sons generalizados iam se afinando, ficando mais refinados. Lembrava o rabo de um gato, mexendo lentamente, distante, mas alerta o suficiente ao som de um passarinho para seu apetite palpitar.

Cada vez que batia na porta, fosse para me mostrar um palíndromo ou perguntar como se pronunciava algo em português, Max indagava o que eu estava tocando. Sentava no sofá e estendia os braços sobre as pernas, exibindo seus jogos de palavras, lia-os de trás para a frente, como a um brinquedo novo talhado por ele mesmo. Mostrava seus achados num caderninho onde anotava palíndromos em diversos idiomas e sua respectiva pronúncia. Também tinha se interessado pelo português, voltava a me dizer, então vinha se certificar de que estava falando corretamente.

As visitas eram cada vez mais frequentes e, um dia, ele me recomendou Leonard Bernstein, as seis partes do curso que deu em Harvard. *The Unanswered Question*.

Eu sei que é coisa antiga, mas é um clássico, então você deveria ver, disse, mostrando-me os DVDs que trouxera.

Acabei assistindo a essas palestras muitas vezes, assim como aos concertos gravados que Max trazia, e conversávamos a respeito. E mais uma penca de filmes feitos na sua cidade. Nada o divertia mais do que notar num filme alguma esquina familiar ou um restaurante, que geralmente não existia mais, substituído por outro negócio, ou o fato de que tinham repintado uma parede para rodar o filme.

A cidade transformada por Max, eu reagia, sem me enfadar com as pausas constantes que ele fazia no controle remoto.

Em *Manhattan* e *Os caça-fantasmas* dá pra ver a mesma fonte do Lincoln Center, já reparou? Foi, aliás, onde teus avós se conheceram. Ana e John.

Na fonte?

Pergunta para eles.

Ri da minha ingenuidade de acreditar em tudo o que ouvia. Era o que minha mãe sempre dizia de mim.

Um dia, falando com minha avó Ana por telefone, lembrei de perguntar onde ela conhecera meu avô. Ela confirmou o que Max dissera, recontando a chegada do marido a Nova York. Como se seus passos refletissem os meus.

Meu avô vinha de Norfolk, Virgínia.

Seu pai também se chamava John e fez fortuna vendendo carros para militares durante a Depressão. Dodge e Plymouth eram as marcas que mais comerciava na cidade com a Estação Naval de Norfolk. Não é só a maior base naval dos Estados Unidos, mas do mundo inteiro, dizia o velho John.

Seu filho foi a trabalho para Nova York, declarando a todos em Norfolk que não se interessava pelo negócio automobilístico da família. Queria algo novo; então o jovem advogado aceitou uma oferta de emprego num banco. Mudou-se para um apartamento de um quarto no Upper West, de onde avistava o rio Hudson, e notava com curiosidade distraída o vento assobiador que o seguia escada abaixo.

Depois de alguns meses de mesmice, John não sabia muito bem aonde aquela nova vida o levaria. Ainda não tinha feito amigos, exceto dois companheiros que o convidaram para jogar tênis no fim de semana. Seu chefe não parecia muito impressionado com ele, considerando que John se esforçava para alcançar algum objetivo por meio de uma promoção, e a longa caminhada após as seis na direção de casa lhe despertava uma perplexidade ansiosa por não ter saído do mesmo ponto.

A rotina de se vestir e pentear o cabelo para estar no banco às oito não era exatamente empolgante, nem os clientes que enquadravam em cheio o jovem advogado de suave sotaque sulista. Depois de alguns meses, ele não estava seguro de que gostava da nova vida, mas disse a si mesmo que estava disposto a se abrir, e forçou o olhar sobre a arquitetura da cidade. Não foi à toa que John conheceu Ana no Lincoln Center, no dia da inauguração da fonte na praça. Era primavera de 1964, como ele gostava de relembrar o encontro.

A fonte Revson projetada por Philip Johnson acabara de ser instalada, e as pessoas se reuniam ao redor dela para fazer fotos, fascinadas com os efeitos da água. O motor gerava zilhões de jatos e luzes, e ali estava Ana, pequenina e orgulhosa, com um olhar fixo matador. Foi graças ao Philip Johnson, dizia meu avô, que conheci a Ana. Ele fez todo o trabalho preliminar para mim, a parte da engenharia, quero dizer.

E continuava. Ela estava sentada perto da fonte e perguntei que horas eram.

Ana disse que não usava relógio, mas, a julgar pela falta de sombras, deveria ser por volta do meio-dia. Ergueu a mão contra a luz do sol para me ver melhor. Pelos detalhes, dava para perceber que ele realmente tinha se apaixonado por ela.

Então resolvemos nos arriscar. Sua avó e eu.

A festa de casamento foi no Four Seasons, outra obra de Johnson. Meu avô era um jovem ambicioso, e o restaurante, um dos endereços mais poderosos e sofisticados da cidade.

Foi agradável, John recordava. Philip veio, e meus colegas de tênis do escritório também.

Não demorou muito para que meu avô voltasse ao negócio de vendas de automóveis de sua família para fechar um acordo com o banco comercial de seu sogro, do qual mais tarde se tornou presidente. As pessoas iam ao banco local e obtinham um empréstimo para pagar o carro. Depois do crédito, veio o leasing, uma novidade para a época. O jovem casal comprou o apartamento diante do Central Park meses depois de se unir e, a julgar pelas fotos antigas expostas sobre o piano, o instrumento era a única mobília a sobreviver às mudanças na decoração e aos retoques no apartamento. Era engraçado ver naquelas fotos os diversos papéis de parede, sofás e objetos da moda em constante mutação, mas com a sua presença grave sempre no meio.

Fotos dentro de fotos, isso é que é um desafio infinito, dizia vovô, com uma risada genuína. O piano sobrevive ao tempo. E também o corte de cabelo da sua avó.

Uma amizade inesperada cresceu, ia com Max a museus e a salas de concerto, e essa troca informal durava já em torno de dois anos quando, numa demonstração efusiva de expressões sem sentido lidas do seu caderninho, ele me perguntou se eu viraria páginas para ele. Olhei para o caderninho, dispersa por um segundo.

Em turnê.

Apesar de todo o seu virtuosismo artístico, Max assumiu uma posição vulnerável ao me convidar. Sim, claro que ele me pagaria como sua viradora de páginas. Ficaríamos hospedados nos mesmos hotéis, viajando sempre lado a lado.

Você quer que eu seja a tua acompanhante.

Sim.

Mas vai ter que pagar pelo sexo.

Max vacilou diante do que ia dizer. Eu sou gay.

Eu sei. Foi uma piada sem graça.

Ele me beijou na testa, santificando nosso laço, e deu um passo atrás para me observar. Disse que já a partir do meu nome ele sabia que poderia contar comigo sempre, do início ao fim.

Até de trás para a frente.

Porque, em essência, o fim seria igual ao começo?

Você vai ser meu reverso.

Como ele mesmo dissera, eu era um palíndromo, e isso ele notou na época em que presenciou meus estudos de Bach. O exercício do dedilhado podia ser infinitamente frustrante.

Porque não importa o esforço, ele disse.

Max gostava das palavras que podiam ser lidas ao revés e meu nome provava que eu era a pessoa perfeita para aquela função.

Encarei-o. Não sei explicar bem, mas acho que foi aí que notei a minha estranha mania de segurar as costuras dos bolsos, como dois pesos. Na minha equação imaginária, dois pesos nunca eram duas medidas, mas me traziam conforto. As mãos nos bolsos me traziam conforto, e os punhos fechados me faziam pensar na posição fetal, num sono profundo antes de qualquer encontro com o mundo.

Obrigado, disse Max com um sorriso, prestes a vencer a própria resistência.

6

Olhei meu relógio e fechei os olhos novamente. Íamos aterrissar. Segundos depois, senti a mão de Eleonora no meu braço. Ela tirou os óculos escuros e alisou o cabelo encaracolado para trás da orelha. Já chegou? Eleonora me olhava com uma despreocupação divertida.

O voo começou às duas da tarde e terminou às cinco. A sensação era de compressão, as mãos ardiam por dentro e na minha boca o gosto era de cabine pressurizada. Espreguicei sentindo os músculos das costas se estreitarem. Girei os pulsos e massageei os dedos para desfazer os nós. Era uma tentativa vã de amaciá-los e de mobilizar o desconforto acumulado.

Não contive o bocejo nem o sorriso ao ver Eleonora resistir à luz fazendo careta. Mantivera os óculos gigantescos durante toda a viagem, e agora parecia um zumbi.

Mais atrás, uma mulher se levantou segurando uma bolsa. Era baixinha e bronzeada e, apesar de os passageiros terem começado a passar adiante, impacientes por que a porta do avião se abrisse, notei que ela não tinha pressa. Dedicou-se a prestar atenção em nós, e ficou ali, nos encarando. Diante de simples olhares assim, por mais desatentos e ingênuos que fossem, eu evitava corresponder, um pouco por causa do estado paranoico em que vivia.

Ainda era um problema ter a impressão de ser notada, fosse nas ruas de Nova York ou dentro de um avião. Algum turista brasileiro sempre me achava. Isso me fazia sentir que tinha uma dívida permanente com a sociedade. Nessa lógica, qualquer um tinha o direito de exercer seu sentido de justiça com ofensas explosivas, e esse exorcismo moral podia acontecer em qualquer parte.

Contei à minha companheira de viagem que, enquanto esperava por ela horas antes no aeroporto em Nova York, um sujeito me parou. Você não é a Ana, é?, perguntou. Não, o senhor me confundiu com alguém. O passageiro recém-chegado reagiu sem alterar um músculo do sorriso frio.

Eleonora me perguntou se fiquei ofendida porque ele saiu sem agradecer pela informação, ou o quê. Contei que o sujeito contornou a loja de revistas beirando as bordas da fila do café até me encurralar de novo com o olhar. O jeito inquisitivo com que voltou a me examinar foi para deixar claro que não estava enganado.

Então o cara te reconheceu.

É.

Recapitulando. O passageiro recém-chegado perguntou em português onde podia pegar um táxi. E ainda te chamou pelo nome, não foi assim?

Foi.

O que você tem que entender, Ana, é que a gente, para esse tipo de pessoas, representa uma juventude que não deu certo. Só isso. Irrita geral, eu sei, quando o povo vê a gente. E a gente se destaca na multidão. E não tô me defendendo.

Longe disso.

Só tô dizendo que é um saco porque poucos param pra se questionar sobre o que o crime que a gente cometeu diz da sociedade. Não. As pessoas preferem apontar pras duas porras-loucas na multidão só pra ter um gostinho de intimidade com a gente. É sexy, sabe. Parece que nosso papel agora é despertar fantasias nas pessoas. Olha, eu estive assim perto da Ana no JFK. Quase rocei o braço dela.

É, eu sei, Eleonora.

Tá claro que a gente não é um fenômeno isolado. Lembro de uma vez que estava lendo um artigo no jornal sobre nosso caso e o autor usou a palavra "vírus". Segundo ele, para se multiplicar, o vírus depende das células vivas que infecta. Nunca é um fenômeno isolado. Somos parasitas.

Prefiro "frias e calculistas".

Eleonora suspirou com um sorriso breve, olhando para a saída da cabine do avião. Abriram a porta e a fila começou a andar. A mulher que nos encarava seguiu atrás de nós, sem tentar nos ultrapassar.

Pegamos quartos separados. Deixei minhas coisas no meu e fui até o do Max, na esperança de que tivesse desistido de voltar ao teatro para estudar mais. Bati na porta e um camareiro saiu com uma bandeja vazia. Tinha deixado um bule com duas xícaras.

Max?

Estava te esperando, disse ele, indicando o serviço de chá. E olha que nem me passou pela cabeça que viesse mesmo me ver, assim, de repente.

Sua voz estava um pouco abafada, saiu rouca, com uma tosse nervosa. Max sentou na ponta da cama com o corpo ereto e os braços cruzados. Estava num de seus dias em que apenas se mantinha controlado para não desabar. Melhor se Eleonora estivesse ali, assim já teria quebrado um pouco daquele gelo, porque aquela postura não me enganava. Max estava ansioso para conhecê-la.

Ela tá no quarto dela.

Sabe que fico um pouco supersticioso em dia de concerto, mas não tem nada de errado. Quero dizer, mesmo que não tenha nada de errado com o dia de concerto. Hein, *sweetie*? Depois de limpar a fronte com o guardanapo de pano que estava ao lado do bule de chá, Max me olhou resignado. E do afinador, te contei?

Aparentava cansaço. Imaginei Max apreensivo, insone na cama. Devia ter passado horas encarando o teto, imaginando qualquer coisa. Se o instrumento estaria em ordem. O receio em relação aos afinadores de piano se repetia em toda parte do mundo. Em dia de concerto, ele vinha com pareceres meio deslocados, como ideias malucas sobre as ondas de sonoridade no cérebro de um cego. Meu dia esteve marcado por aeroportos e desconhecidos suspeitos, e agora eu falava com um pianista neurótico que desejava desenhar um mapa da memória de pessoas que não enxergavam. Não conseguia acompanhar.

Olhei no relógio. O concerto era às oito. Servi uma xícara de chá para mim. O que tem o afinador?

Ele veio.

Ele veio no horário de sempre, às quatro? Aposto que o piano tá em excelente forma e você só está um pouquinho ansioso, o que é normal.

Ele veio.

Que boa notícia. Não?

Max segurou a minha mão. Você me acompanha hoje? A peça é tão difícil. Ele sabia que eu diria sim porque não sabia recusar. Nunca soube.

Max, para com isso. Desde quando esse Chopin é complicado pra você? E é chato subir no palco e deixar minha convidada na plateia. Não acha?

Sozinha ela não vai estar. Só se o teatro estiver vazio.

Max.

Tudo bem, Max ajeitou a gola da camisa. Só uma pergunta.

Diz.

Você não tem medo dela, não?

Max. Você quer romantizar a coisa. Ela cometeu um erro idiota na vida, assim como eu, mas isso não quer dizer que seja uma pessoa perigosa, uma delinquente.

Você tem razão, disse Max.

Olha pra mim.

7

Quer entrar?

Eleonora estava de costas para mim. A porta entreaberta exibia um quarto totalmente bagunçado. Como conseguira aquela proeza tão rapidamente era um mistério. Em poucos instantes estava transformada — ela fez questão de me dizer que só tivera alguns minutos para tomar banho e se vestir. Usava um vestido de seda negro e voltou para buscar algo na mala. Seu cabelo estava preso num coque, e as botas altas de camurça preta subiam coladas às pernas. Achei que tinha até se maquiado.

Aproximei-me dela, disfarçando a vontade de entender o que havia de diferente em seu rosto, além do batom vermelho tornando as sardas mais evidentes.

Tá muito esquisito esse vestido?

Não. Tá perfeito.

Vai, eu tiro, ela disse, inclinando o corpo para a frente.

Eleonora. Fica com ele, tá ótimo.

Ela já tinha virado o vestido sobre a cabeça, mostrando a calcinha sob a meia-calça e o torso chamuscado de sardas. Bem abaixo da axila notei uma tatuagem pequena. Era um número 2, em preto.

Nem deu tempo de me arrumar direito, ela repetiu, puxando o vestido de volta.

A gente tem tempo pra uma bebida.

Ai, peraí. Minha carteira.

Eleonora tomou um gole assim que sentou, pedindo que esperasse um instante com o dedo no ar. Enquanto bebia, fixou o olhar em mim. O branco sob a íris tornava seus olhos pesados, quase como se ela pudesse fazer o tempo parar. Sussurrou algo como até que enfim, e reparei nos seus lábios ressecados. Sorri diante da sensação de eles trazerem um pouco do verão brasileiro para a mesa.

Finalmente, ela repetiu.

Minha avó também gosta de gim.

Eleonora não ouviu minha observação boba ou simplesmente decidiu ignorá-la. Tomou outro gole e chacoalhou os ombros, como se tentasse soltar o corpo de uma cãibra repentina.

Não sei se os anos passados na prisão alimentavam seu espírito livre, mas dava para notar a sua motivação para estar ali, presente. Vasculhou bruscamente ao seu redor, conforme vozes altas enchiam o salão, voltando-se em seguida para mim. O sorriso radiante não tinha uma única nuvem. Naquele instante, ficou claro que não era só a curiosidade de explorar mais uma cidade. Tínhamos aquela busca em comum, e era isso que me inquietava. O que fazer com os próprios cacos. Mas, olhando para ela, soube que não estava completamente só.

Quem não estava familiarizado com a história de Eleonora não detectaria nada marginal nela, nenhum traço aliás, como haviam escrito por aí, porque não tinha mesmo. Naquela mulher de trinta e um anos não faltava nenhum dente, e a cicatriz no pescoço era quase imperceptível, especialmente sob a luz fraca do bar. Pensei no número 2 esculpido na pele em múltiplas agulhadas.

Algum outro movimento rápido de seu corpo poderia revelar mais inscrições, presumi, talvez algo com uma tipografia única ou um código de presídio. Não tive a ousadia de perguntar. E as mangas compridas não davam chance de examinar seus braços.

Achei que tivesse esquecido da sua existência, e num primeiro momento reconhecer que não fora bem assim me deixou bastante frustrada. Muito antes disso, uma desconfiança natural surgiu entre nós, sinalizando que nossa convivência seria impossível e que nada poderia nos igualar, a não ser a participação mútua no crime, mas desde que a procurei por meio daquele cartão-postal, não paramos de nos corresponder.

Acabei criando coragem e pedi a Max para colocar seu nome como remetente no envelope lacrado. Em um mês, a resposta chegou em outro postal, este retratando o icônico Edifício Itália. Devia ter comprado numa banca de jornal, era um cartão antigo, ligeiramente manchado, com vista aérea do centro da cidade. Perguntei-me se ela sabia que aquele era o prédio onde minha mãe trabalhava. Talvez tivesse investigado por aí como eu fiz com ela. Àquela altura, Eleonora já tinha cumprido pena e também estava livre da condicional.

Voltara a morar com os pais e trabalhava na empresa de grama artificial da família. Era tudo o que eu sabia, e agora estava diante dela. As luzes da rua penetravam pela persiana. Eleonora, toda expansiva, parecia que ia arrancar os cabelos em chumaços quando falava, porque falava bagunçando o coque, exuberante. Dava para ouvir a música do ambiente vizinho e alguém choramingando entre explosões de risadas.

Ela mexia sua bebida com um canudo que achara na mesa. Ao eliminar a sede em grandes goles, seu sorriso brotou tão delicado que me fez pensar em papel de seda. Um garçom empilhava de volta pratos limpos do nosso lado, secando de tanto em tanto as mãos no avental.

Dividimos a conta.

Os microfones pendiam do teto do Davies Symphony Hall, capturando o som do piano e todos os seus erros e percalços, como diria Max. Depois ele receberia flores no camarim e desconfiaria das lisonjas, preferindo perguntar às pessoas como estavam e agradecer-lhes pela presença ao mesmo tempo, numa só lufada de ar.

Havia perdido o costume de vê-lo tocar da plateia. Observei seu perfil ao piano. Mantinha a promessa serena de uma longa conversa com a audiência, e me perguntei se naquele momento já se arrependera de ter me empurrado na direção daquela pintura em Praga, da noiva vestida numa armadura de pérolas.

Devia ver nela uma ameaça, ou seria eu que a via assim? Minhas frustrações vieram à tona. O fato de não ter cursado a faculdade, por exemplo, ou de não fazer grande coisa com a prática do piano. Durante a performance de Max, eu me esgotava em expectativas. Ao meu lado, Eleonora não se mexia no assento. Estávamos quase no meio de uma plateia lotada, um pouco mais à esquerda, de frente para Max. Era o que comemorávamos ali. Anos de anseio.

Das conversas que surgiam entre mim e Max, a partir da minha troca de cartas com Eleonora, ele sabia que ela não tinha terminado farmácia, tampouco antropologia, faculdade que começara durante os anos de detenção, mas que estava de volta ao mundo e bem-adaptada, aparentemente, trabalhando com o pai, o grande empresário brasileiro da grama artificial. Tudo isso ele sabia, eu só não conseguia adivinhar quais desses pensamentos ele compartilhava comigo desde o palco.

Eleonora também estava ali do meu lado para me lembrar que eu, mais de dez anos antes, não tinha a senha do aplicativo do meu namorado para apagar a foto que nos incriminou, feita no jardim. Foi um registro espontâneo, perfeito para o Instagram, como disse Matias. Entre nós estava Eleonora, sua vizinha de casa.

Olhávamos diretamente para a câmera, esperando o clique. Eu tinha dezesseis, ela dezoito, e Matias dezenove. Dos três, ela era a fogosa, uma aventureira de cores avivadas, a começar pelo sorriso instantâneo.

As sardas a tornavam ainda mais jovem, e o vestido colorido de mangas fru-fru de boneca feliz aumentava sua presença explosiva. O jeito de inclinar a cabeça dava um peso inusitado para o rosto rechonchudo. A foto estava repleta de uma luz esplêndida de fim de tarde que transmitia o espírito sem lei de uma sexta-feira de verão brasileiro.

O Instagram pegou de surpresa os juízes na defesa do Estatuto da Criança e do Adolescente. Por eu ser menor de idade, os jornais eram obrigados a tapar meus olhos, mas a imagem original circulou bem antes da censura, e as pessoas que me viram sem a tarja nos olhos — os poucos que tinham um modelo de celular mais avançado e conta no Instagram — começaram a me chamar de Pixota. Pichavam nos muros da cidade π-xota, ironizando o fato de eu ter meios para uma boa educação, querendo bancar ao mesmo tempo a menina de rua, envolvida com violência e crimes.

Para a polícia foi um constrangimento não descobrir quem ateou fogo no indígena no ponto de ônibus, praticamente em frente ao 7º Batalhão da Polícia Militar. E pegou mal que a foto corresse primeiro entre os amigos da faculdade de Matias e Eleonora.

Tudo isso veio à tona durante o concerto e a sensação de estar presa a essas memórias me incomodou. Os olhares na nossa direção pareceram se multiplicar. De repente não queria mais ser vista com ela, mesmo num auditório pouco iluminado. Esse meu incômodo era tão grande que parecia atingir os demais ao redor. Tive que dizer a mim mesma que a plateia estava em silêncio, mas que não era por mim, e sim por causa do concerto. Tal era a minha habilidade de lidar com meus medos: nenhuma. Pensei nela desembarcando, junto com os passageiros vindos do Brasil. Não queria que meus nervos piorassem. Num impulso, girei os pulsos.

Max fechou os olhos por um momento. Seguramente, no palco ele nos via por trás das pálpebras. Se estivesse ao seu lado, esperaria a sua levantada sutil de cabeça, como se desse uma respirada repentina, dando o sinal para virar a página.

Ajustável, disse Max no momento em que cruzou a porta. Daquela vez veio sério e foi direto para o banquinho do piano na sala dos meus avós. Enquanto eu o observava, modificou a altura e sentou, inclinando em seguida o corpo para os lados, como se buscasse o ângulo certo para entrar na música.

Se nesta peça tem uma queda, você precisa considerar a estabilidade antes, só para depois se deixar cair. O importante aqui é que, se você já começar caindo, ninguém vai acreditar na queda.

Max tocou um trecho, exagerando o efeito musical de queda.

O tempo lento que imaginei em Chopin não estava no jeito de tocar de Max. Não ouvia nada do romantismo melancólico do século XIX. Nada disso.

No começo achei aquilo controlado demais, aqueles rasgos formais decisivos. Max tocava afiado, mesmo quando esticava as linhas melódicas, o que não deixava de soar verdadeiro apesar do rubato tão modesto. Percebi que tudo o que fazia era tirar os respingos de efeito, limpar a imagem do compositor, ele mesmo imortalizado como um pianista varrendo as teclas de ponta a ponta, sob a luz de velas moribundas de uma existência lúgubre, onde a música sugere a proximidade do fim.

Da minha parte, a curiosidade pelos sons e ruídos do cotidiano se abria em tantos caminhos, assim como a música borrada dos franceses que Chopin devia ouvir em Paris.

Não imaginei que fosse possível, ou simplesmente não tinha pensado num intérprete de Chopin como Max. Era capaz de pegar uma peça delicada e pulsante, forrada de alma, e interpretá-la de um jeito rigoroso e marcado, quase clínico de tão cristalino, tornando-a algo majestoso, sublime.

Max tinha uma influência clara de Maurizio Pollini, evidente em como priorizava a forma da peça. Acho que foi isso que mudou minha maneira de tocar. Passei a repensar os volumes, as superfícies, o ilusionismo, com menos espaço para impulsos pessoais. Tinha que dar mais ênfase à forma, enxergar as paisagens dos noturnos de Chopin em um plano maior, com menos acidentes geográficos, ou virtuosismos.

8

Apesar da neblina, avistava-se o farol de Alcatraz, a dois quilômetros da costa. Observadas de uma certa distância, éramos duas moças na fila de espera da balsa, segurando copos descartáveis com café.

A travessia durou poucos minutos, mas a vigília que nos unia ali não era pela cumplicidade de um crime. Era mais pelo drible dos cotovelos. A balsa estava lotada e ninguém queria esbarrar em ninguém. Eleonora exagerava na expressão angustiada para dizer que todo o cuidado era pouco. Por vezes seus olhos fitavam distraídos a cena de gente alvoroçada para chegar à prisão o mais rápido possível.

As palavras de Max ecoavam em mim. Sou o último a saber, disse ele, com o garfo e a faca no ar, na mesma posição de quando parava diante do piano. Dava vontade de prender fios de marionete na ponta dos seus dedos de gestos flutuantes. Estávamos jantando depois do seu concerto e Max fazia gentilmente a sua queixa.

Aposto que já estavam planejando muito mais, mas não vou ficar suscetível por isso. Agora vou te contar dois segredos, Eleonora, disse Max, aproximando-se dela. Um, a visita a Alcatraz é imperdível. Dois, Ana acha que estou com ciúmes de você.

Deixa de provocações, Max. Estamos tentando ter uma noite prazenteira aqui.

Ele riu. Eleonora cruzava e descruzava as pernas sob a mesa. Percebia-se que ela estava ficando cansada, se não irritada das duas viagens nas últimas vinte e quatro horas. Verteu o vinho no meu copo e disse que não aguentava mais, apoiando os cotovelos na mesa, com os olhos arregalados para Max. Seu jeito espontâneo o divertia.

Você tem uma amiga louca para se aventurar, você percebeu isso, não é? Max voltou a se inclinar sobre a mesa, dessa vez dirigindo-se a mim. Vão seguir viajando, imagino. Por que não pegam um trem de volta? Sempre quis fazer essa viagem.

Eleonora estava com as mãos postas sobre a mesa. Quer dizer que ele é sempre assim, teu amigo Max? Dá sempre dicas de museus, convites de concertos e conselhos de viagem?

Sim, sou sempre assim. Ainda mais tentando antecipar o reencontro de vocês duas. Incrível, como vocês podem avaliar.

Observei a troca entre os dois, ela conseguia ser a mais assertiva, mas estava ficando cansada. Dei-lhe um empurrão de leve, tentando levantar seu ânimo. Acordá-la um pouco. À mesa, éramos como uma composição clássica da Alta Renascença, com Eleonora no centro do triângulo. Isso me lembrava não apenas a Eleonora da pintura, mas também nossa foto em São Paulo, quando nos conhecemos. Ali, ela também estava entre mim e outra pessoa.

Mas olhem, meninas, estou exausto e vou para a cama. Amanhã, como sabem, tenho concerto em Los Angeles. Eleonora, foi um grande prazer te encontrar. Deveríamos nos ver em Nova York.

Já? Estava começando a gostar de você. Bom. Boa noite, então. E amanhã acataremos a tua sugestão. Alcatraz. Valeu, disse Eleonora, rindo. Viu, Ana, ele ganha comissão dos caras de Alcatraz pra mandar a gente lá.

A ideia não é ruim, hein? Mas você vê, é um passeio bastante óbvio que se faz aqui, mas sempre interessante. Boa noite para as duas. E não se esqueçam de dar uma volta pelo Golden Gate Park, depois quem sabe ir até o museu da Legião

de Honra. Lembra da Kim Novak olhando uma pintura lá no museu, no filme do Hitchcock?
Um corpo que cai.
Isso mesmo, *sweetheart*.
Notei que Eleonora me observava. Senti-me um pouco envergonhada por jogar o jogo da abordagem meio paternal de Max.
Levantou-se para dar um beijo nele, sentando-se imediatamente de volta.

A prisão federal na ilha de Alcatraz fora desativada em 1963, mas despertava ainda curiosidade, talvez por estar tão bem conservada, nos pequenos detalhes, como a máquina antiga de Coca-Cola na sala administrativa, com seu vermelho lustroso inalcançável. Eleonora tinha adorado aquilo.
Os visitantes iam passando, absorvendo tudo. Sem dúvida era parte da história social norte-americana, a prisão-modelo que não deu certo, como tantas outras.
Depois de o sujeito repetir as normas de segurança, o grupo se bifurcaria. Havia os impacientes, que mal podiam esperar para testemunhar tudo com os próprios olhos, e os que fizeram fila para o guia de áudio. No final não faria grande diferença, cada um seguiria seu rumo e acabaria vendo praticamente tudo. A maioria se demorava dentro das celas, algumas deixadas com sua disposição original: cama, cobertor velho e escova de dentes. Estavam abertas para visita, assim como os corredores, o refeitório, a administração e os jardins, onde brincaram os filhos dos funcionários que moraram na ilha.
Pelo áudio, ouvi os comentários gravados de um antigo prisioneiro. Contava, por exemplo, como fazia para se manter aquecido. Um raio de sol entrando na cela era crucial, mas também uma extravagância, um luxo, um conforto moral. Ao escutar sua voz, senti o homem alisando a cama com os dedos,

no calor do sol, como se fosse seu bicho de estimação. Imaginei o raio de sol que descia para o piso. Apenas encostava na parede, e escapava em seguida, sorrateiro, deixando o prisioneiro com os ombros duros de frio. O bater dos dentes era tão intenso que o barulho chegava a distrair.

Lembrei de uma briga entre as internas por causa de um lugar no beliche quando eu tinha acabado de chegar. Era a cama mais cobiçada de um dos quartos-cela na Fundação. Ninguém me explicava por quê, mas aos poucos percebi que havia uma incidência de luz ali que mal tocava o colchão, e num ângulo suficiente apenas para cobrir os dedos do pé da menina que nele dormisse.

Em Alcatraz o canto das gaivotas era bastante presente. Perguntei-me se na Mooca ouvia pássaros. Não assim. Nem pombas, pensei. Enquanto tentava me lembrar, o frio foi me cortando, comendo por dentro. Esfreguei as mãos, sentindo a dor presente.

O guia continuava com suas anedotas. Dependendo da direção do vento, as risadas das festas do iate clube na cidade penetravam nas celas, passando intactas pelas frestas sem que se ouvisse um respingo de água. Risadas intactas. Aquilo me chamou a atenção. Era comovente, sem dúvida, imaginar um Ano-Novo assim. Eleonora ouvia a mesma passagem. Tirou o fone e ergueu os ombros.

Até porque quando a gente ouvia os primeiros fogos de artifício, comentou, a gente já tinha tomado uma pilulazinha pra tentar dormir. A desculpa era o barulho, mas todo mundo sabia lá em Santana que era por causa da depressão que batia naquela noite. Era pior que aniversário.

Fui andando e sentindo uma náusea tomar conta de mim. Al Capone e Birdman, a passagem pela enfermaria onde eram prescritos os banhos frios para acalmar os nervos. Observei a vista da água gelada da baía. Imaginei como Morris e os irmãos

Anglin fugiram e nunca mais se teve notícia deles. Ao mesmo tempo, senti frio e fome.

Tô gostando daqui, ouvi de Eleonora.

Também, respondi, falando por falar. Seguimos na direção do refeitório, misturadas a parte do grupo da balsa em que viemos.

Sabe que trabalhei na cozinha da prisão por um período, te contei? Olha as facas dependuradas, todas sobre a silhueta de cada instrumento, pra mostrar que não tá faltando nenhuma. Será que tem pra comprar na lojinha de Alcatraz?

Boa, Éli. Procurando mais um bracelete também?

Lembra do que a gente falou ontem?

Do quê.

De voltar pra Nova York de um jeito diferente. A gente falou em trem. Na verdade foi teu amigo quem sugeriu.

Por mim, tudo bem, disse, olhando para ela como se fosse um desafio. Só tenho que chegar até o Natal em Nova York.

Por quê?

Tem a minha avó, lembra? Ela vai fazer setenta e cinco. Você tá convidada.

Até parece que a tua família vai querer ver a minha cara.

Bom, tá convidada. Eles não são tão impressionáveis assim, meus avós, no sentido de que qualquer coisa os faria chorar.

Voltamos de trem?

Eu topo. Dizem que é uma viagem bonita, nunca fiz. Quando você quer ir?

Amanhã?

Tão cedo?

Eleonora tirou o gorro para ajeitar o cabelo. Tinha uma expressão sufocada, de quem persistia numa ideia que não terminava de se formar, como as nuvens sobre as nuvens que abraçavam o dia.

9

O cabelo encaracolado na brisa. Essa é a minha primeira memória de Eleonora.

Puxava um rottweiler pela guia quando Matias e eu nos aproximamos de carro. Teu namorado. Foi assim que o definiu quando Matias foi me buscar na saída do metrô. Vindo dela, não fosse a cara acanalhada de quem não resiste a um palavrão, até que soava respeitoso.

Eram cinco da tarde de uma sexta-feira e a cidade já estava engarrafada no trânsito pesado que antecipava o Natal. Ao mesmo tempo, havia uma inquietação mansa e irresistível que nos torturava a todos. Assim como estar parado no trânsito, a expectativa do início das férias de verão era agoniante.

Matias estacionou o carro na garagem, enfiou a bombinha para asma no bolso e foi chamando Dipe, Dipe!

Não tem ninguém em casa, Ma, ela disse na calçada, segurando a guia. Mergulho na piscina? Você deve ser a Ana, disse Eleonora, virando-se para mim. E ele teu namorado.

Matias deu uns tapinhas no cachorro e me puxou pela mão, na direção de sua amiga. Vem cá, vamos lá na Éli dar uma relaxada. Acabaram de limpar a piscina na casa dela.

Vem, Ana. Vem, por aqui, disse ela.

Tá.

O que eu posso te contar sobre ele que você não sabe? Eleonora seguiu passos à frente.

Era uma adolescente rechonchuda, de curiosidade afobada e meio marcadora de território. Deve ter sentido minha resistência.

Lá nos Schulz tem sempre alguém de olho, ela disse, baixando a voz num sussurro exagerado. Especialmente quando os pais do Matias não estão. Não que importe tanto assim, porque a gente sempre acaba fazendo o que quer.

Segui Eleonora, e Matias veio atrás de mim. Passamos por uma porta lateral e ela nos conduziu por um corredor de plantas até um jardim suntuoso. O paredão do fundo separava as duas propriedades. Estava coberto de trepadeiras, orquídeas e samambaias enormes, que quase encostavam na piscina em formato de pera com uma pequena cascata na parte mais estreita.

Sentamos num banco feito de um tronco velho de árvore, enquanto o cachorro babava na minha calça branca, e eu com receio de remover aquele cabeção encaixado entre as coxas.

Dipe, ordenou Matias. Sai daí, meninão.

Por que Dipe?

Escolha do Matias. Bom, ele me deu o cachorro, então deixei que escolhesse o nome. Dipelique, sabe? Dipn'Lik. Você mergulha o pirulito no saquinho com pozinho de doce colorido. O nome é bem bobo, mas olha a cara desse bicho. É, monstrão, você é muito fofo.

Esse sim tá feliz de me farejar, foi tudo o que consegui dizer.

Reparava como Eleonora alisava os fios de couro da sandália gladiadora entrelaçados na perna. Seu dedilhado nervoso ia me distraindo, assim como as coisas que dizia de um jeito quase monótono e distante, porque ela não parava de falar. Contava do cachorro, dos amigos, dos dois, de como ela e Matias desde pequenos iam juntos para a escola, mesmo ele sendo um ano mais velho e estudando em outra turma.

Quando falava, fixava o olhar ansioso em algum ponto, para esquecer um segundo depois onde tinha interrompido a fala, que era mais ou menos um retrato que fazia da amizade com o vizinho. Cursavam a mesma faculdade de farmácia e sonhavam com uma parceria profissional.

Farmácias de manipulação para fórmulas dermatológicas é um negócio em que a minha mãe investiu bastante. Até brincam que ela tem a fórmula do sucesso fazendo cosméticos com ingredientes bioativos. Porque tem sido um sucesso. Não é, Mati?

Apresentava os fatos numa marcha sem trégua, só para assegurar o que julgava ser seu. Eu não sentia necessidade de resistir ao seu jogo, mas ainda assim ela me fazia tropeçar, enquanto as palavras iam saindo da sua boca, interrompendo sem parar. Perguntou se Matias e eu nos conhecemos por causa do pai dele, engenheiro mecânico da McLaren, e em seguida me pediu que não respondesse. Queria adivinhar.

O Matias te contou? É, o pai dele conhece meu pai, um maluco por carros.

Mundo pequeno, ela disse.

Perguntei-me se Matias também havia puxado sua calcinha de lado, só para sentir com os dedos se estava mesmo molhada, como tinha feito comigo no canto de uma balada dias depois de sermos apresentados. Isso acontecera dois meses antes.

Matias veio com o celular para fazer uma foto de nós três. Vamo lá, meninas. Momento histórico.

Fixou na câmera o momento do disparo e correu até nós. Eleonora entrou no meio, lembro do roçar do seu cabelo no meu rosto, e de como ela tombou a cabeça no ombro de Matias, tendo antes o cuidado de retirar os fios encaracolados de sua nuca.

Só de ver a imagem do celular ficava claro que até a risada deles era igual. Uma risada de ombros encolhidos, nervosa. A cena toda era irritante. Eleonora continuava tocando as sandálias, enquanto inclinava o torso para a frente, exibindo o peito que balançava sem sutiã. Não seria tão absurdo imaginar que acordavam na mesma hora e iam para a faculdade praticamente de mãos dadas.

Matias é meu melhor amigo, ouvi Eleonora dizer duas, três vezes, sobre o mesmo Matias que agora me parecia um estranho empenhado em coçar com todas as unhas o cachorro da vizinha. O empenho de estar ali presente era mínimo, desde que a curtição não acabasse.

As duas famílias costumavam alternar os empregados quando coincidia de viajarem no mesmo período. Naquele dia, a governanta da casa de Eleonora era quem deveria estar lá, mas correra ao dentista por causa de uma emergência da filha.

Aposto que ela não vai encarar o trânsito hoje, eu conheço. Por que voltar do Capão Redondo pro Morumbi numa sexta? Boa sorte pra ela, falou Matias. E teu irmão? Ele vem?

Foi ela quem pediu para experimentar a última invenção que seu amigo fizera no laboratório da faculdade. O nível de pureza que o Matias consegue é absurdo, incrível mesmo.

São só cristais, ele riu para mim, elevando os ombros, como se não se tratasse de algo que merecesse grande atenção.

Vai, cristais. É MD, afirmou Eleonora. Não sei se você sabe, mas o Matias tá fazendo coisa diferente no laboratório. Acho que é um cientista de verdade, mas ao mesmo tempo adora bancar o maluco. Se bobear, sai pra cheirar cola por aí só pra mostrar que pode. O rebeldezinho sem causa.

Pois é, mas, sem você, nem isso eu seria. O que seria de mim sem a minha provadora oficial de tudo o que sai da minha mente?, ele riu. Vai, Éli. Conta pra ela do vermelho que fiz outro dia, com o corante natural da cochonilha.

Daqui a pouco vai fazer vela e sabonete combinando, eu disse.

O lance é a pureza desses cristais, Ana. Nisso o Matias é imbatível. Na verdade, Ana, eu já disse que ele devia parar de vez com isso enquanto ainda pode, mas parece que tem vocação pra fórmula de ácido lisérgico. Foda, esse troço.

Entendi. A cor é só pro charme.

Não dá pra largar, Ana. Além de fazer direito o que faço, tô fazendo uma grana. É uma arte que precisa de tempo. Quando você sintetiza, tem um monte de impurezas pra lidar, as coisas vão correndo em tempos diferentes. Não rola parar a coluna de purificação, então são horas de laboratório mesmo. E o lance é atingir o teor de concentração certo que você tá tentando produzir. Entendeu? Tem o rosa, o azul e agora o vermelho.

Tirou o tênis e as meias, dobrando a calça até o joelho para enfiar os pés na água. O cachorro deitou ao seu lado e Matias molhou seu focinho, e logo suas patas. Vamo pra piscina, Dipe, vamo.

Matias estava no segundo ano de farmácia, e a iniciação científica lhe dera acesso ao laboratório nos fins de semana. Era mestre em dipelique ou pirlimpimpim, como chamava seus cristais mágicos.

Graças à Éli.

Estavam dividindo comigo o que Matias fazia na escola, apesar de tudo parecer orquestrado. Falaram em soda cáustica, safrol, piperonal e aroma de cereja. Considerando o entusiasmo dos dois, não sabia direito como deveria reagir. E depois me perguntaram se eu não queria dar um pulo no quarto de Eleonora.

Entre mais gargalhadas roucas e conversinhas embaralhadas, andamos pelos corredores num abrir e fechar intenso de portas. Era para conferir se o território estava mesmo livre. Chamamos alto por Gabriel, mesmo sabendo que o irmão de Eleonora sairia da faculdade e iria direto para uma pizzaria com os colegas comemorar um aniversário.

Eleonora e Matias eram tão espontâneos e escancarados que me senti numa operação totalmente desconhecida e íntima ao mesmo tempo, prestes a entrar num túnel por um cômodo e sair por outro, passando por depósitos de cristais. Minha inquietação aumentou ao notar que escurecia com rapidez e ninguém se lembrava de acender as luzes. Havia um cheiro generalizado de umidade pela casa.

Quando penso no que me atraiu ali, especialmente no seu quarto, eu não sei dizer. Estava curiosa sobre a intimidade dos dois. Para minha surpresa, o lugar lembrava o de uma criança apaixonada por ciências, um lugar fofo e infantil. Não conseguia detectar mais nada lá. Imagens de planetas estavam afixadas nas paredes. Havia todo tipo de pequenos objetos sobre a prateleira, como uma coleção de bolinhas de gude esverdeadas com insetos dentro, além de lupas e um microscópio.

Matias reparou que eu observava os bichinhos de pelúcia sentados em fileiras de gavetas entreabertas, enquanto deitava na cama com Eleonora, dando dois tapinhas na colcha para que me juntasse a eles.

Eu me joguei de uma vez, sentindo o ar emplumado escapar dos travesseiros, esvaziando enquanto minha cabeça afundava, até que Matias me virou de costas e foi arrastando os dedos pela minha coluna. Senti sua presença, vértebra por vértebra. Deitou em cima de mim, prometendo que não iria me amassar, e eu perguntei, segurando o ar para evitar a pressão do seu corpo sobre meus ossos, amassar o quê. Ele riu, dizendo que tinha vontade de amassar meu corpo, meu rosto, meus dedos.

Sabia que as vértebras são compostas do mesmo material que os nossos dentes? Um monte de nervos amassados, que nem você.

Respondi rindo, sentindo seus arranhões numa paixão controlada.

Como você é gostosa, Ana.

Virei de volta para ele, e ele seguiu debruçado sobre mim. Eleonora, cúmplice dos caprichos dele, olhava o teto, tolerando nossa troca. Dava para notar que os dois planejavam me incluir em seus jogos sexuais, e decerto já sabiam que a minha preocupação era não parecer uma criancinha assustada.

Fiquei imaginando Matias horas ali, mas talvez Eleonora passasse mais tempo na casa dele, condicionada aos seus desejos, jogada na sua cama observando-o organizar as encomendas, com seus pacotinhos cada vez mais profissionais. Chegou a comprar uma maquininha para cortar plástico e também uma balança eletrônica para não errar na dose exata que distribuía em festas da cidade. Eleonora ia junto. Apesar de vigilantes sobre a escola e o tempo livre deles, não ocorreu aos pais de Eleonora e Matias perguntar quem eram os amigos nem o que os dois ficavam fazendo fora até tarde.

Eles me contavam essas histórias, rindo sem parar um do outro. Logo Matias disse a ela para abrir a boca. Esfarelou um cristal sobre a sua língua, e voltou a se debruçar sobre mim para lembrar que ela era a provadora oficial de suas fórmulas *freestyle*. Era sua cobaia, seu ratinho ruivo de laboratório, e continuou dizendo apelidos.

Eleonora Faz-Tudinho, ele disse. Só te dar um peteleco que você faz. Vai, abre as pernas. E não faz a envergonhada só porque tem visita. Vai, abre, vou enfiar em você um cristalzinho.

Pequeno, Ma.

Tão pequenininho que vai sumir em você. Quero ver você ficar bem louca.

Seguimos no quarto por um tempo, falando, rindo, até que Matias disse que tinha tido uma ideia e Eleonora reagiu com uma risadinha.

Já escurecera por completo quando paramos na cozinha. Matias abriu a geladeira, puxou uma travessa com bolo e pegou um pedaço com uma colher.

Só não vai deixar rastro, por favor, avisou Eleonora. E cuidado com a bancada. Mas logo vi que não falava das migalhas do bolo nem da tal governanta que tinha ido levar a filha ao dentista. Matias puxou um prato do armário, amassou nas costas da mesma colher uma pedra de cocaína e pôs no micro-ondas.

Ela não vem mesmo, Éli?

Com esse trânsito, você mesmo disse, volta amanhã cedo.

Normalmente é ela quem prepara o prato?, perguntei.

Eleonora sorriu à minha tentativa de ser engraçada e abriu o congelador. Cadê a porra do gim? Já tô mole. Ma... culpa tua.

A noite promete, disse Matias.

Promete o quê. Ó, aproveita que também tem pedra de gelo. Cristais da geladeira.

Matias riu do que ela disse e me olhou novamente com curiosidade.

Além de gelo, e de pó e de cristal, disse Matias, puxando do bolso um saquinho, eu tenho mais coisa.

O cara é um gemólogo, Ana. Tô falando.

Nem tem nome ainda. Analisou uma das pedras contra a luz antes de passar para mim. Presta atenção porque essa é bem pura, disse, puxando de volta o cristal da minha mão.

Matias se dedicava cada vez mais às encomendas, faturando o que jamais imaginara. Não que precisasse de dinheiro, mas começou a gostar do empreendimento e das horas no laboratório da faculdade, enquanto um colega do último ano, em troca de cristais, fazia vista grossa e ao mesmo tempo vigiava para que Matias não fosse pego.

O Audi azul-marinho do ano, o carro em que fora me buscar na estação de metrô, fora presente dos pais ao entrar na faculdade. Dependendo do reflexo do sol, era quase violeta. Matias disse que queria um modelo mais novo e tinha a grana na mão, mas não poderia justificar a compra.

Em pouco tempo ficou conhecido como Dr. Caligari, porque graças a ele, segundo ele mesmo, a realidade ganhava um ar de expressionismo alemão. Pureza era um detalhe importante em seu negócio, e disse que não me preocupasse: não faria entrega quando estivesse com ele no carro.

Quanta proteção, Eleonora suspirou. Naquele instante ela estava já bem alterada. Tentei adivinhar sua rotina. Devia estudar, consumir o que Matias produzia, e estudar mais. Eu a vi assim, fingindo dedicação acadêmica para os pais, enquanto trepava com o irmãozinho de porta dia e noite, dizendo sim a todas as suas vontades.

As famílias se conheciam bem, e o fato de Eleonora e Matias passarem horas trancados no quarto ou saírem juntos era até uma tranquilidade. Seguramente devia haver alguma curiosidade sexual entre eles, mas pelo menos era com alguém de confiança e dentro de casa.

Porque o mundo é um lugar perigoso afinal, cheio de más intenções, conforme eles repetiam para mim na cozinha.

Os dois casais tiveram essa conversa esclarecedora sobre os filhos adolescentes dois meses antes, durante um churrasco na beira da piscina dos Schulz, como Eleonora chamava os pais de Matias. Foi mais ou menos quando eu o conheci.

10

Matias seguiu disparado, sem tirar o pé do acelerador nem olhar para os lados. Só otário para em farol vermelho à noite em São Paulo, ele tinha dito com os olhos fixos na avenida, mas isso foi bem antes. Agora tirava um racha solitário consigo mesmo e a cada aceleração ficava mais entregue ao volante, sobressaindo ao bando de perdedores. Havia a euforia de estar alterado sempre que quisesse e de ter aqueles lampejos de percepção repentina, mas ninguém realmente dava a mínima.

Eu estava ao lado de Matias, Eleonora no banco de trás, e os dois apostavam que eu não seria uma boa candidata para a faculdade de medicina porque era incompetente ou mole demais.

Meio cuzona, dosou Matias para Eleonora, indicando com a mão erguida um mais ou menos pelo retrovisor. Não serve nem pra farmácia, onde a vida é em laboratório, quanto menos pra medicina, porque tem que lidar com gente.

A conversa dispersa se arrastava, e quando parecia ter morrido num silêncio repentino, eles me jogavam de volta na cadeira elétrica. Ressurgia no papo como um alvo favorito, já que não havia mais nada para dizer. Eles gritavam, guinchavam, fingindo pânico entre sussurros e risadas. Eu ia deixando, porque minha grande preocupação naquele momento era encontrar as pedras de Matias. Sabia que estavam comigo e não queria dar bandeira. Buscava numa agitação suada, em todos os vãos possíveis do carro, até perceber que o saquinho estava na minha mão.

Ana ia ter um treco se visse um enforcado chegando na cadeira de rodas no pronto-socorro, ouvi.

Enforcado não chega em cadeira de rodas, retruquei com dificuldade de visualizar o que acabava de dizer.

Eleonora riu. Quando virei para trás, percebi que ela me olhava fixamente. Tudo bem, Ana, você também pode empurrar caçamba de morto com o enforcado dentro.

Fiquei me perguntando se morto era posto em caçamba e qual a terminologia correta para isso, mas não conseguia me concentrar.

Como assim? A dúvida pretendida que veio com a minha pergunta foi que não havia dito alto o suficiente. Já nem estava certa de que minha voz tinha saído.

Aceita. Você não tem estômago pra pronto-socorro. Gente baleada, esfaqueada, atropelada. Queria ver o primeiro paciente todo baleado, queria ver pra onde você iria correr.

Tentei me defender, mas não dava para articular direito.

Matias parou num posto para comprar cerveja e voltou com um galão de gasolina. Disse que era para encher o tanque, o que passou por minha cabeça sem maiores registros.

No primeiro depoimento à polícia, tentei descrever toda a noite, desde a hora em que nos encontramos na casa de Eleonora. Disse ao oficial que, antes de parar no posto de gasolina, ficamos rodando ao acaso, nas proximidades do Mercado Municipal, e para ganhar tempo comecei a detalhar as caixas amontoadas nas ruas, os caminhoneiros entregando mercadorias antes do amanhecer.

Falei para a polícia da piscina de Eleonora, do seu quarto, da cozinha, da sala, do cheiro da casa. Naquele momento o oficial pediu que me concentrasse nas duas festas. Sim, fomos a duas festas antes de parar no posto de gasolina. Dias depois, quando vieram me buscar, tive que incluir o McDonald's no depoimento.

A primeira festa foi num galpão. A fila para os banheiros sumia e ressurgia em meio à multidão que dançava às batidas do DJ. Matias e Eleonora estavam entre amigos, e eu insistia em fazer parte da rodinha estreita porque não conhecia mais ninguém. Fiquei ali, com a mão no bolso para não perder a comanda de consumação, enquanto grupos com pochetes iam cortando passagem entre nós.

Matias era um sucesso com seu serviço de entrega. Dava para ver como circulava pelo galpão feito um rei. Subiu no palquinho que chamavam de anfiteatro, que lembrava um caixote preto, e estendeu os braços, perfurado pela luz estroboscópica. Eleonora ia e vinha, às vezes fazendo questão de reparar se eu ainda estava lá.

Dançando, fazia do cabelo solto sua sensação. Beijou uns caras e me puxou algumas vezes para me recalibrar. Enfiava cristais na minha boca enquanto sussurrava assoprado que não era para engolir, só para chupar. Daí, um pequeno empurrãozinho de autoajuda: enquanto não estivesse ofendendo ninguém, que fizesse a minha, que fosse eu mesma.

A festa seguinte foi numa mansão no Pacaembu, perto de casa. Lembro dos seguranças bloqueando o portão com uma lista de convidados, e um cara de nariz achatado que cumprimentou Matias com um tapinha na bunda. Caligari!, o amigo gritou, e se voltou para mim. E você? Como conheceu o Matias? Ah, já entendi. Você deve ser o Anjo Azul. Ó lá, adoro cinema alemão.

Entramos juntos, mas eu só pensava no calor louco que fazia lá dentro e por que Matias insistia em discutir corrida de Fórmula 1. Ele me puxou, querendo saber se eu entendia o que eram trezentos e trinta quilômetros por hora, como se aquilo me provocasse um tesão instantâneo. Depois perguntou se eu queria mais dipelique, no mesmo tom com que me perguntava se eu estava bem.

Não, tô bem. Na verdade tô cansada.

Ninguém tá te obrigando a ficar.

Acedi com a cabeça que poderia ficar ali a noite toda, mas decidi esperar mais cinco minutos antes de resolver ir embora sozinha. No jardim, calculei que não estava longe de casa, e até tentei localizar meu edifício na silhueta de prédios que podia avistar. Acabei esquecendo que planejava ir embora.

Eleonora falava sem parar e se abraçava a dois gordinhos na cozinha. Fiquei vagando por perto, olhando para eles. Ela parecia feliz da vida, até que me encarou, com os cachos em volta do rosto, perguntando o que eu estava fazendo. Precisa de alguma coisa?

Não sabia se era o efeito da droga, mas esquecia de achar o que fazer quando perdia Matias ou Eleonora de vista. Eu me peguei encostada contra a parede algumas vezes, olhando o movimento, e as pessoas me perguntavam se estava na fila do banheiro.

Acabei entrando com uma menina de franja preta. Ela esticou seis carreiras bem medidas de pó que iam se desalinhando do tampo da privada enquanto me falava do… e se escangalhava de rir. Depois desenrolou a nota de dez reais e levantou minha blusa e acariciou meu peito por cima do sutiã, zombando enquanto dizia que, por cima da lingerie, o toque era bastante decente.

Na verdade gostava do tecido sobre a pele, ela sussurrou, piscando para me assegurar que estávamos na mesma página. Devo ter perdido algo, porque de repente ela ficou toda séria e me disse que seu mundo estava atormentado por aparências, ressaltando que eu devia estar ciente do mau-olhado, porque naquela festa estava cheio. Sua expressão mudou de afetuosa com lábios fofos para profética com olhos perdidos no horizonte da pia, ao mesmo tempo que, levantando o indicador, reivindicava poder de afirmação e mais espaço físico.

Saímos abraçadas do banheirinho e lá pelas tantas encontrei Matias no jardim em outro grupo e, do jeito que falou comigo, pareceu preocupado com meu sumiço. Troquei olhares com outras pessoas que passavam enquanto nós dois tentávamos falar, e me surpreendeu a sua insistência irritada. Havia algo vexatório ali, talvez sua postura inflexível, ou seu zelo insincero por mim.

Perguntou outra vez se eu estava bem, tipo machinho intolerante, e quando virou as costas, um cara me deu uma cerveja para brindarmos e me beijou na boca em seguida. A música tinha se transformado num som distante. Pequenas rodas de amigos se formavam. Matias e Eleonora tinham desaparecido novamente.

Senti que era levada de situação em situação. Era a primeira vez que passava uma noitada assim, tomando drogas e trombando com estranhos que me contavam coisas e tocavam meu corpo como se já me conhecessem. Lembro que estava gostando demais daquela sensação de flutuar.

Não me mandando pegar a Radial Leste... Não quero ser assaltado por maluco. Hoje não.

Passamos novamente pelo posto e em duas quadras estaríamos no McDonald's, mais uma vez. Matias e Eleonora começaram a discutir, ela dizia que não saíamos do lugar, e Matias foi ficando mais irritado.

Ali, Matias.

Ali o quê? Polícia?

Calma, seu noiado. McDonald's de novo, quer mais um hambúrguer? Saco, Matias.

Não. Vai. Passa o copo.

Nem sei como fomos parar na frente do pronto-socorro do Hospital Samaritano, mas o cortejo de ambulâncias me chamou a atenção. Parecia que a quantidade de gente do lado de fora era maior do que lá dentro, mas logo vi que os veículos estavam estacionados e que não havia aglomeração nenhuma, inclusive o pronto-socorro parecia fechado. Não havia acidentados, ninguém.

Meu. Matias. Porra.

Eu limpo. Matias foi puxando o lenço de seda do meu pescoço. Aliás, quem anda de lenço? Em seguida molhou-o na gasolina e começou a limpar o banco de couro.

Meu, Matias. Já emporcalhou o carro com refrigerante e ketchup. Agora tá passando gasolina no banco. Você tá vendo o que tá fazendo? Gasolina.

Só porque eu te levei pra passear, não significa que você vai ficar me dando bronquinha. Já saí cedo da festa pra te levar pra casa.

Não precisava, eu disse, olhando o lenço molhado.

No farol da praça Buenos Aires, notei uns papelões na calçada de uma parada de ônibus ao meu lado. Dava para desconfiar que alguém dormia ali. Matias viu que aquilo chamou minha atenção, e insinuou que eu não me atreveria a botar fogo lá, indicando uma delegacia de polícia adiante.

Não entendi direito o que ele queria dizer, mas ele continuava falando, logo também Eleonora, de volta ao assunto do pronto-socorro e da faculdade de medicina. Matias desacelerou para acelerar em seguida, dizendo que eu não tinha coragem. Passava batido nos sinais e dava uma espiada para checar se meu nível de adrenalina também estava alto.

Deu mais uma volta pela rua Pará, entrando por trás na rua Bahia, e quando estava a uma quadra da parada de ônibus novamente, freou. Abri o galão e joguei gasolina sobre os papelões.

Puxei o lenço encharcado do chão do carro e Matias me passou um isqueiro. Enrolei o tecido numa garrafa de cerveja semivazia, acendi a chama e atirei pela janela. A explosão no abrigo do ônibus foi brutal, enquanto arrancávamos dali, passando pela delegacia de polícia do outro lado da rua, depois pelo supermercado, pelo McDonald's, e fomos subindo, e logo estávamos na avenida Rebouças, na direção da marginal.

O troço explodiu no momento em que Matias acelerou, e ao olhar para trás vi um movimento, parecia mesmo uma pessoa se debatendo no fogo. Era uma imagem distante para mim, não parecia real. Saímos eufóricos, gritando, descendo assim toda a Rebouças, e Eleonora apertou meu ombro. É isso aí, passou no vestibular, ela gritou, agora vamos escrever na tua testa: CALOURA.

II

Desviamos para a direita na marginal e entramos num motel. No quarto, Matias se livrou do tênis, da calça e da camiseta, atirando-se de costas no colchão, só de cueca. Eleonora perguntou se estava bem, e ele respondeu que não sabia se tínhamos feito o correto.

O correto?

Seguia presa à imagem fixa de um homem pegando fogo, e tentava me convencer de que eu é que a tinha criado. Dava para ouvir os gritos daquela criatura indefesa e solitária, e sentir o cheiro da sua carne tostada. Esfreguei as mãos, queria limpar a sensação de queimadura da minha pele, mas descobri que vinha de dentro. Girei os pulsos em círculos rápidos e estiquei os dedos, buscando abranger os músculos. A articulação estava totalmente travada e havia algo prendendo o meu rosto. Foi aí que percebi que minha visão estava borrada.

A gente não viu direito se tinha alguém embaixo do papelão, mas tenho quase certeza de que não tinha ninguém. Ninguém, Matias, tentei convencê-lo, falando com dificuldade.

A gente sabe que tinha, ele reagiu. Meu. Não acredito nisso. Vou ligar pra polícia. Cadê meu celular?

Deixa que eu acho.

Mexi nas suas roupas, o celular estava caído no chão. Chutei o aparelho para debaixo da cama e peguei o saquinho de MD.

No banheiro, abri minha bolsa, onde estava o gim que Eleonora levara para tomar no caminho. Esmaguei o maior cristal sob a garrafa, enchi um copo de gim e joguei ali, vendo o resto do cristal resinoso descer num redemoinho rosado. A quantidade não me pareceu suficiente. Acabei virando todo o saquinho na pia, amassei a sobra do MD e misturei com o gim.

Eleonora beijava Matias debruçada sobre ele, enquanto o farelo do pó ainda boiava no copo que eu segurava. Minhas palavras se perderam quando disse que estava chegando, soavam como tambores na minha cabeça.

Puxei Eleonora para o lado e lhe passei o gim. Tranquiliza ele, sussurrei no seu ouvido.

Tranquiliza você. Você não é a namorada? Ana, diz pra ele se acalmar. Fala logo porque senão vai dar merda.

Espera, Matias. Ninguém vai ligar pra ninguém, eu disse. A gente vai ficar aqui.

Porra nenhuma que eu vou ficar aqui. Olhando pra cara de vocês? Duas malucas drogadas que nem conseguem perceber o que a gente acabou de fazer.

Eleonora fingiu dar um gole na bebida e pôs o copo na mão de Matias. Tó, Mati. Bebe, a gente relaxa e daí a gente vai pra polícia. Né, Ana?

É, sim.

Chupa meu pau.

Mati.

Vai, só pra eu me acalmar.

Eleonora deslizou de joelhos na frente dele e eu me sentei ao seu lado. Dei-lhe um beijo, e ajudei Matias a elevar a cabeça. Bebeu metade de uma vez, e a outra metade logo antes de pedir a Eleonora para ir devagar.

Contei assim, que Matias me mandou preparar a bebida no motel. Enquanto ia apresentando os fatos para a polícia, me esforçava para não lembrar da imagem dele com os olhos parados. Quando deixou de respirar, tentei lhe alcançar a bombinha para asma, mas logo lembrei que estava caída no carro.

Não que um aparelhinho fosse salvar sua vida. Era só para ele ver que a bombinha estava ali e assim ter uma sensação de conforto. Só que não estava.

Intoxicação aguda, determinou a polícia, classificando a morte de acidental. Do motel fomos escoltadas à delegacia, e tudo o que eu me perguntava naquele momento, uma, duas, mil vezes, era por que não tinha ido para casa antes.

Olhando para a parede gasta da delegacia, fiz de conta que não estava ali. Imaginei meu travesseiro, encostei a cabeça no ombro, buscando consolo. Acariciei a parede. Apertei as mãos. Só fui dormir na minha cama na noite seguinte.

Se tivéssemos nos livrado do corpo, tudo poderia ter sido diferente. Tentei me convencer disso, tanto que bolei um plano na delegacia e quase acreditei nele. Cheguei em casa ao amanhecer e ninguém me viu. Nem o porteiro.

Meu plano consistia em atirar o corpo de Matias num barranco, mesmo sabendo que não teria coragem para isso. Mas, se tivesse, eu o veria rolar precipício abaixo e voltaria para casa. Eleonora me deixaria num ponto de táxi, e a visão dela partindo tornaria tudo mais lento. Ela se afastaria cada vez mais, dizendo fica bem, com os lábios secos ligeiramente entreabertos. Já teria amanhecido e a rua não estaria tão deserta, então o plano não teria sido tão perfeito. Tentaria não sair do controle, seguindo meus próprios passos, numa lógica calculada e linear.

Durante o verão meu pai às vezes acabava dormindo na rede e amanhecia ouvindo música. Eu teria ido até ele para contar o que acontecera, mas não teria conseguido falar direito. Por efeito da droga, minha fala escorreria pelos cantos da boca.

Depois justifiquei para mim mesma que de qualquer forma ele teria sorrido sem interesse, ficando no máximo surpreso de que eu tivesse ido até o terraço e pedindo cuidado para não pisar nas suas tartarugas. Imaginei-o me convidando em seguida para sentar, diante de sua mesa de pedra lotada de papéis, copos e vasilhames com folhas de alface por toda parte.

Nosso apartamento, declarou minha mãe um dia, não vai segurar o peso disso aqui. Pérgulas, árvores, terra, bancos, mesas de pedra, tapetes orientais. Ela falava em infiltração e rachadura, e meu pai argumentava que aquilo era apenas um apartamento e que sempre podiam dar fim naquilo. E comprar outro.

Na delegacia, moída por uma dor de cabeça lancinante, tentava afugentar todas aquelas impressões quando Carmen chegou, com os pais de Eleonora. Não se conheciam, mas entraram ao mesmo tempo. Os pais de Matias ainda não tinham voltado da viagem.

Ao ver minha mãe ali, foi como se ela abrisse a porta do meu quarto de manhã. Algo que ela não fazia havia anos, mas essa imagem foi o que tirou minha cabeça da parede. Por um segundo, acreditei que ela me dava bom-dia e que nada daquilo tinha acontecido.

12

As vacas são surdas, anunciou Eleonora com a bochecha achatada sobre a mão.

Tínhamos passado só três horas no trem, e a impressão era a de que não havia mais nada para fazer a não ser observações sobre a paisagem que relutava em passar. O olhar de Eleonora era indagador, e quando tentei acompanhar sua curiosidade errática, fui ficando mais sonolenta. O gado não reagia ao balanço tremido que vinha de debaixo do trem, do som que quase brotava da terra, um ruído abafado que saltava de dois em dois, ao contrário da explosão para todos os lados da manada na fazenda dos meus avós no interior de São Paulo.

Conseguimos uma cabine, e a decisão espontânea de cruzar os Estados Unidos por uma estrada de ferro nos divertiu, mas até então a viagem tinha sido um repicado de pastos, vacas e paradas de poucos minutos na névoa constante. Às 11h08 estávamos em Sacramento. Às 11h25, em Erickson Industrial Park. Nesse ritmo, meu Deus.

Nossa comissária de trem, uma jovem negra sorridente que não devia ter mais que vinte anos, passou avisando que o almoço estava servido.

As mesas cobertas com papel branco no vagão-restaurante acomodavam no total quatro pessoas, e a sugestão do funcionário que nos recebeu enquanto anotava os pedidos era não deixar nenhum lugar vazio. Eleonora sentou contra a janela, voltando a encostar o rosto no vidro.

Porque, senhoritas, nem é meio-dia e vejam. Já está quase lotado, o homem falou, entregando-nos os cardápios.

Um casal de Oakland se acomodou na nossa frente. Durante a apresentação breve, trocamos apertos de mão, nomes e lugares de origem. Tinham o mesmo cabelo, aloirado e fino, que combinava com o capim seco da vegetação de inverno que se via através do vidro. O homem se aventurou a nos perguntar se tínhamos viajado no California Zephyr antes e, quando balancei a cabeça em sinal negativo, ele completou dizendo que aquela era a terceira viagem deles.

E, por favor, daria para não esticar as pernas? Sim, a senhorita. Para evitar acidentes, porque este corredor é estreito, pediu o atendente com a bandeja na mão. Fiquem à vontade, lembrando que na sua passagem está tudo incluído, menos a bebida alcoólica.

Eleonora achou graça no marasmo compartilhado e, ao ver o garçom que voltava do fundo do vagão com uma bandeja de taças cheias, pediu vinho tinto para nós duas, inclinando o torso para trás a fim de abrir espaço para ele servir a bebida.

Saúde, brindou Eleonora, elevando a taça já marcada pelos lábios. Aqui a gente bebe esse. Na nossa cabine tem aquelas garrafas que comprei em San Francisco. Não sei se chocaria muito o povo daqui trazer nosso próprio vinho para o vagão de comes e bebes, prosseguiu ela, medindo o garçom.

Acho que não daria mesmo.

Viu, Ana. Viu os da frente? Esses sim se parecem.

Não encara, Eleonora.

Atrás do casal de Oakland, havia uma família de sete, usando camisas e vestidos do mesmo tecido de estampa florida. Éli perguntou a eles o que achavam da refeição do trem.

É boa, disse a mulher mais jovem do grupo. E todos ficaram calados, enfiando-se mais em si mesmos.

Eleonora indagou no meu ouvido se eram menonitas ou amish. Nosso companheiro de mesa decidiu responder, tendo o cuidado de baixar a voz. Provavelmente o entusiasmo dela o divertia.

São menonitas. Só não é muito comum embarcarem na Califórnia. É mais comum em Iowa, Nebraska. Por aí, ele disse, fixando os olhos pequenos e ligeiramente afastados nas profundezas do papel branco. Mas eles não dirigem, então é mais fácil viajarem de trem. De trem ou de ônibus, continuou ele, desviando o olhar para a paisagem. Vocês são brasileiras de onde?

Dissemos que de São Paulo, e a mulher ao seu lado nos encarou com um sorriso, decidindo permanecer calada, mas depositando a mão sobre a dele.

Não é por nada que o trem se chama Zephyr. Zéfiro. O vento oeste amplia os horizontes do deserto de Nevada.

Eleonora lia um folheto colorido deixado na cabine. A grandiosidade da travessia, a beleza natural de sete estados em quase quatro mil quilômetros de viagem, estava tudo ali. Até então tínhamos passado por rochedos e cristas afiladas cobertas de neve.

A tarde toda foi um entra e sai animado: crianças de bochechas afogueadas corriam pelos vagões e fotógrafos amadores se posicionavam diante das janelas panorâmicas com um arsenal de lentes profissionais para capturar a magnitude dos picos que ficavam mais altos e estreitos.

Foi assim até chegar a Reno, então a cena mudou. Acabou o ambiente familiar classe média californiana, como o casal de Oakland, que, buscando um fim de semana ensolarado nas montanhas, desceu em Glenwood Springs, estação popular entre esquiadores.

A parada em Reno durou quinze minutos, a mais longa até então. Eleonora e eu descemos para tomar um pouco de ar fresco contra um paredão, enquanto reproduzíamos o Velho Oeste observando o elenco de personagens que enchia as plataformas. Os passageiros já não pareciam estar de férias, mas sim com um propósito de viagem mais utilitário. A viagem ganhava um ar regional.

Na plataforma, uma morena magrela tentava equilibrar duas sacolas grandes sobre uma mala. Logo adiante um homem serpenteava pelo povo gritando por ela. Quando a moça se virou, notei que tinha um olho arroxeado sob a maquiagem que brilhava dourada no começo da noite.

Pocahontas, eu te amo!

Tô te esperando aqui. Bem aqui, ela riu, apertando o lado esquerdo do peito com as duas mãos, como se o seu coração transbordasse.

O homem abriu espaço entre as pessoas, chegando a empurrar Eleonora. Puxou a Pocahontas para si e lhe deu uma bofetada carinhosa na cara. Volta logo.

Nossa. Trenzinho animado, esse. Eleonora riu, virando o rosto de lado, como se sentisse o tapa na própria pele.

Para de provocar, Éli.

Olha, passando por Lovelock. Ei, acorda, Ana. Vamos tomar um vinho ruim lá na cantina.

No vagão-restaurante, você quis dizer.

Que é hora do jantar, eles acabam de avisar.

Novamente nos sentamos à mesa forrada com papel. Na nossa frente, reconheci um jovem que tinha subido em Reno. Havia passado por nós na plataforma, entrando antes da morena com o olho inchado. Aliás, procurei a Pocahontas no vagão, mas não a vi. Brinquei com Eleonora, dizendo que o lugar vazio à mesa estava reservado para ela.

Oi, disse ele, olhando para nós e aproveitando para cumprimentar o mesmo funcionário de antes, que passava por ali anotando os pedidos. *Boss!* O de sempre.

Michael, é um prazer tê-lo a bordo.

Quantas vezes teria feito aquele trajeto, tive vontade de perguntar. E por quê? E onde desceria?

O funcionário não tardou em reaparecer. Aqui teu hambúrguer. Nada menos do que a escolha de sempre, disse.

O garçom era a imagem da cortesia e do profissionalismo. Dessa vez virou-se para Eleonora, a quem chamou de lady, e indagou se tomaria a taça do mesmo vinho tinto que bebera no almoço.

Já reparei que o senhor não esquece das coisas, ela disse, batendo o indicador contra a têmpora, como se fosse apertar um gatilho. Ótima memória.

A senhorita é brasileira, não é? É que a ouvi conversando com sua amiga. Quando era mais novo, visitei a cidade de Manaus. Um lugar incrível, mágico. Fiquei bastante impressionado com as... palafitas?

Isso.

Peguei febre amarela.

Não diga, Eleonora disse com um sorriso manso e sedutor. Agora tem que ir pra São Paulo, pra ser assaltado.

Michael, nosso companheiro de Reno, riu. Devia ter a nossa idade. Falava por falar, e cada rodada de trocas rápidas com Eleonora, marcava com uma risadinha. Tipo hiperativo, não tardou em nos contar que era campeão de *snowboard* e que fugira para o México aos quinze anos.

Prefiro viver sem camisa, entende? Mas a sua amiga aí, Ana, tem cara de esquiar bem.

Michael enfiou uma ponta do forro de papel da mesa na calça, improvisando um longo guardanapo. Se resolvesse levantar de uma vez, levaria a mesa toda consigo. Falou da escassa neve no inverno, do aquecimento global, da Amazônia, de como costumava haver mais ursos na região que atravessávamos. Em pouco tempo, minha companheira de viagem e ele brindavam por qualquer coisa, num *high five* obstinado que a fazia rir como se fossem velhos amigos.

Lembrei do único urso com que tive algum tipo de contato, o urso-polar do zoológico do Central Park, um animal neurótico de cativeiro que ia e vinha, nadando entre dois paredões, um de cimento e outro de vidro grosso, do lado onde o público do aquário se concentrava.

Cada vez que o urso alcançava o vidro, pressionando com as patas gigantescas o plano transparente para retomar o impulso da volta, eu sentia uma espécie de conformidade com a sua ação, uma vontade quase irresistível de fazer a mesma coisa, junto com as crianças que apertavam excitadas os dedinhos no vidro. Mas ele já tinha se virado e nadava na direção da outra parede.

Mais uma vez girei os pulsos sob a mesa, tentando desenrolar o que estava enrijecido para acompanhar a boa disposição deles e as explosões de riso ocasionais. Fixei o olhar na janela, estudando a grossura do vidro, quando alguém atrás de mim tocou meu ombro. Levei um susto ao me virar, desconfiada de que fosse mais um desconhecido querendo uma aproximação suspeita. Era a Pocahontas. Chamava-se Mary e queria saber de onde eram as minhas pulseiras.

13

Depois do jantar passamos horas ouvindo música, sentindo o peso do chacoalhar do trem nas costas. Enquanto estávamos no vagão-restaurante, alguém tinha esticado as camas. A superior se estendia da parede, enquanto o sofá se convertia na cama de baixo. A nova ordem espacial veio com lençóis, travesseiros e uma manta, equilibrando nossa falta de palavras com o conforto neutro e utilitário da cabine. Meu celular tocou, o que me sacudiu como um despertador porque estava caindo de sono.

Pedi a Nick que esperasse um momento enquanto eu escapava para o corredor. Instalei-me mais adiante, no final do vagão, onde ficavam as garrafas térmicas de café, disponíveis a qualquer hora para os passageiros.

Cadê tua namorada, estão perguntando.

Vai, Nick. Fala pra eles o que você quiser.

Corri os dedos pela janela, apagando o contorno de uma gota seca com a barriga do polegar. Nossa história já durava quase três anos e nunca nos demos ao trabalho de rotular nossa relação, e seu desejo de uma resposta levava a um mal-estar.

A gente vai se ver antes de eu ir, Ana?

Sim, Michael. A gente vai.

Michael? Sua voz saltou como a lâmina de um canivete.

Nicholas era um tipo controlado. Seu sorriso nunca se abria por completo, e essa reserva era parte do seu charme.

Vi meu reflexo na janela, estava com cara de boba agora. Estendi a palma de uma das mãos contra o vidro, tentando reprimir o frio e o medo ao esticar os dedos. Nem doeu, voltei a dizer para mim mesma.

Nick. Desculpa. A gente compartilhou uma mesa com um cara chamado Michael. Um maluco de Reno que ficou contando sua história de vida. Eleonora tava a fim de conversar e os dois foram no mesmo ritmo.

Você gostou do cara?

Se eu gostei do cara? Havia exagero na minha surpresa. É que ele não costumava fazer perguntas como aquela.

Você não vem mesmo comigo?

Como assim?

Era a primeira vez que Nick ia para o Brasil e andava meio rabugento porque eu não queria acompanhá-lo. Eu lhe disse que não gostava mais de ir ao Brasil, mas ele queria que eu abrisse uma exceção. No ramo imobiliário, a família de Nick se especializara em resorts e clubes de golfe nos Estados Unidos, no México e na Costa Rica.

Ainda tenho que conquistar teu território, ele brincava.

O Brasil está fora do meu arsenal, eu respondia. Pode ficar com o país inteiro.

Se tudo corresse bem, comprariam duas fazendas perto de Juiz de Fora, onde planejavam construir um paraíso com cara de mundo natural, só que remodelado.

Mesmo reconstruindo a natureza, as pessoas têm um interesse genuíno em preservar, ele me dissera uma vez.

Se é que eu consigo imaginar essa tua ideia de preservação, seria grama e buraco. Um monte de buraco.

Minimalista.

Nossa, Nick. Que saco.

Você troca meu nome, parece ter esquecido que vou pra tua terra e ainda acha um saco o que digo. O que foi?

Desculpa. É tanta viagem. Pensei na empresa de grama artificial do pai da Eleonora. Nick e Eleonora deveriam se conhecer. Tô com saudades.

Também, meu amor. E tua amiga?

Enquanto o ouvia, observava meu reflexo na janela do trem. Eu me sentia encurralada com as suas perguntas. Ela? Dormindo.

Tão cedo? E você, Ana, o que tá fazendo?

Tô falando com você. Bem que você poderia estar aqui.

Por que essa viagem? Por que um trem?

Você já me perguntou isso. Sei lá, foi ideia da Eleonora. Porque é bonito.

Onde estão? Utah? Ainda em Nevada?

Acabamos de passar por um lugar chamado Lovelock.

Nick suspirou. Vem me ver, cochichou. Quero fazer uma viagem com você.

Provavelmente culpava Eleonora pelo fato de eu não acompanhá-lo ao Brasil. Concentrei-me na maneira como ele pegava as minhas mãos, imobilizando-as entre suas pernas. Era amoroso, mas chamá-lo de namorado não me convencia. Gostava de estar com ele. Isso já bastava.

Eleonora apareceu na porta. Tinha um aspecto sonolento. Parecia que, ao ouvir seu nome, viera conferir quanto tempo eu iria demorar na ligação. Aproximou-se com um sorriso sorrateiro e segurou minha mão.

Também te amo, Nick.

Ama nada, Eleonora disse.

Às três da manhã passamos por Salt Lake City. De tão escura e densa, a noite havia adquirido consistência própria. Assim como as raras casas suburbanas que teimavam em pipocar do lado de fora, com algumas poucas luzes aqui e ali, os intervalos na conversa tinham se tornado cada vez mais espaçados.

Pensei que Eleonora tivesse adormecido com a música, mas quando olhei para baixo, vi que estava sentada quieta, sem o fone de ouvido. Estava totalmente sintonizada com algo, chegava quase a assustar.

E aí.

Tá ouvindo o quê?, ela perguntou.

Pavana, do Ravel.

Pavana?

Pavana para uma infanta morta. Quer ouvir? Ravel fez uma versão pra orquestra, mas essa aqui é só pra piano. Toma. Passei o fone para Eleonora. Vem aqui em cima.

Mais que de altura, tenho medo do teto, ela riu, subindo na cama que saía da parede. Eleonora se acomodou ao meu lado. Bonito o Ravel, ela disse, fechando os olhos. Acho que a gente não despenca daqui.

Pousei a mão sobre a dela, e seus dedos se entrelaçaram aos meus de um jeito firme. Prestei atenção no sacolejo do trem. Na escuridão, só aquele chacoalhar nos situava. Fora, as luzes sumiam depois de cada parada.

Você sente dor nos dedos?

Não.

Fica massageando sem parar.

É mania.

Eleonora segurou minha mão com mais firmeza. E esse Nick? Me conta dele. É teu namorado?

Não. Bom, acho que sim.

Uma resposta enrolada.

Não é tão complicado assim.

Nunca é. Lembra a penitenciária. Lá tive uma pessoa que me ajudou muito. O nome dela era Roberta. Mas foi foda porque acho que ela se envolveu demais comigo, e daí veio outra, uma paquera, e deu uma grande merda. A Mara ia sair ao mesmo tempo que eu, mas a Roberta ia ficar.

Você meio que trocou a Roberta pela Mara.

Era só paquera, mas daí deu rolo. A Roberta bateu em mim por causa da Mara. Fez isso em mim, disse, tocando a cicatriz que contornava o pescoço. Quase morri.

E ela? Tá solta?

Só a Mara.

Que tenso.

Acho que esse trem, nós duas aqui, me faz pensar em muitas coisas. Nesse ambiente de sonhos, ela tentou rir.

Conta.

Na Roberta, por exemplo. A gente meio que namorava, ela era bem protetora. Mas a mulher foi se mostrando bem louca. Muito autoritária e violenta.

E a Mara?

Essa era toda explosiva, uma prostituta da rua, toda tatuada. Gostava dela. Nem me importava que fosse cheia de problemas. Era soropositiva, mas se recusava a ver um infectologista. Flertava com a cadeia inteira, e a Roberta ali, só observando. Com a mesma candura no olhar, a Roberta falava da arma que tinha tido, o buldoguinho. Falava alisando o cabelo comprido. Matou um cara com um tiro só, na cabeça, a vários metros de distância. Autodefesa foi seu crime.

Segundo ela.

O que importa é que, quando não perdia o controle, ficava calma e contida. Terna como uma psicopata. Palavras como "autorrealização", "crescimento" ou "bom senso" a tornavam diferente das outras durante seus brindes estranhos, logo antes do café da manhã em nossa cela.

E o crime da Mara, qual foi?

Tráfico. E você, Ana, não tem cicatriz?

Tenho. Dessas no corpo todo.

Perguntei-me o que faria com aquela proximidade que ela estava cavando. Imaginei seus cabelos ruivos soltos, ligeiramente ondulados, cujas pontas mais claras lhe davam um ar ensolarado, apesar do escuro, do lado dos de Roberta. O batom que Eleonora costumava usar era um vermelho-claro desbotado de todos os dias, e acabava acentuando seu rosto luminoso. Como o som batido do trem, Eleonora tinha um poder de multiplicação. Apesar de não vê-la direito, seus traços me desconcertavam, já eram parte da minha existência.

Ela se debruçou na cama e pegou de um golpe a garrafa de vinho e o casaco que tinha deixado sobre a mesa. Tá com frio?, perguntou.

Não.

Engraçado como as montanhas vão se afinando. Né, Ana?

É.

Quer mais vinho?

Quero.

Como na noite em que nos conhecemos, mantinha seu sorriso selvagem meio encolhido, de farra juvenil. Senti um calafrio quando ela segurou minha mão, no momento em que me despedia do Nick no celular. E de novo quando saltou para a minha cama.

Lembrei do convívio com as meninas na Fundação Casa, das noites no beliche. Uma vez fizemos as contas. Poucas se consideravam amigas de alguém, mas a maioria precisava estar junto. A homossexualidade era indiscutível. Noventa por cento, uma vez alguém calculou.

Às vezes eu fico pensando na motivação.

Pra você vir até os Estados Unidos?

Pra fazer o que a gente fez.

Acho que até hoje não vejo as coisas com clareza. Quer dizer, vejo as coisas, mas não consigo sentir. E a gente precisa justificar o que fez, sentir remorso, assim fica mais fácil levar a vida. Não é à toa que dizem que sou uma sociopata, psicopata e as demais variantes. Lembra que já chamaram a gente de assassinas em série?

Pois é, Ana. Tava pensando. Achei legal a gente entrar no trem, fazer um passeio desses, ver os cavalos selvagens soltos por aí, as vacas, esquiadores entrando e saindo do trem. A gente mal se conhece. Tô viajando com uma estranha que fica destroncando os dedos, e você deve ter uma impressão parecida de mim.

Seu jeito de falar arrastado era sedutor. Era essa a minha impressão dela, mas não disse nada. Eleonora falava de perto, era uma mulher ao mesmo tempo cheia de transparências e indefinições, mas ali ela me pareceu artificial e estudada, como a pintura do Bronzino. Talvez fosse a pose endurecida sobre o beliche, e a lembrança da pele de mármore, com a cicatriz reta no pescoço.

Eleonora acariciou meu rosto. Em seguida meu ombro.

Me dá um beijo, eu disse.

Ela alisou meu cabelo, repartindo com as duas mãos em partes iguais. Beijou meus olhos. Quando eu te vi pela primeira vez, você pareceu uma pessoa perfeitamente racional, e teu rosto do passado ainda me assusta. Sorte que tá escuro.

E a facilidade que você tem pra falar com estranhos também me enche de desconfiança.

Ah, sabia. Ficou com ciúmes do Michael.

Que bobeira.

Ele e a Pocahontas estão se entendendo agora. Coitado do macho, o fofo da parada de Reno, mandando uma bolacha na cara dela, achando que ela tava morrendo de amores por ele. Ninguém é de ninguém.

Foi o que eu aprendi.

Eleonora se calou.

Que foi?

Sabe que não passo um dia sem pensar no Matias, sem querer ligar pra ele.

Achei que ele te manipulava o tempo todo, que a essa altura estivesse aliviada de ter se livrado dele.

Sempre gostei disso, eu acho. Da dominação. Mesmo que não pareça. Estranho, né? Daí eu me pergunto por quê. E quando penso nos últimos momentos dele lá no motel, acho que teve algum desejo perverso, de ser enganado por você e por mim.

Que ele manipulou a gente pra dar um copo cheio de MD pra ele? Não faz sentido, Eleonora.

Não, só tô dizendo que o Matias que eu conheci quando criança sempre foi um cara esperto. Não me surpreenderia que tivesse algum plano que a gente não percebeu até agora. Mesmo loucão do jeito que estava.

Ele queria ligar pra polícia. O problema foi que a gente acabou fazendo a mesma coisa, mas só depois, e essa demora custou a vida dele. Não?

Enfim. Acho bacana que a gente acabou se encontrando de novo depois daquela noite cabulosa. Ó. Saúde, ela disse, elevando o copo de vinho. Pelos erros.

Às vezes fico pensando. Será que a gente fez algo realmente perverso? Tipo ruim mesmo? Se foi um erro.

Isso já é pergunta de psicopata, ela riu.

E você tá com medo de se parecer comigo. Por isso veio até aqui. Pra ver se a gente é parecida.

Que psicologia mais furada, Ana. Parece o nosso amiguinho Michael lá no jantar, se gabando de comer dois quilos de carne vermelha por dia. Como era mesmo? Comia carne porque antes era vegano e agora caçava porque precisava se conectar com a dor do animal. De tão vegano que era. Você ouviu aquilo?

E ainda vestia um colete verde-exército pra caçar por aí, quem sabe umas minas no trem.

Puta reaça retardado.

É, percebi. Vai dormir com o campeão de *snowboard* hoje?

Não, Ana. Relaxa. Vou dormir aqui em cima com você.

Ela deitou a cabeça no meu ombro e deslizou a mão sobre a minha coxa. Ao reerguer a cabeça, jogou o cabelo para trás, expondo um dos brincos.

No brilho da noite parecia pérola, como na imagem de Bronzino em Praga. Ela me envolveu num abraço apertado, quase tão sufocante como a armadura na pintura. Ergueu a cabeça de lado, oferecendo seu pescoço.

Examinei sua pele exposta, a cicatriz ostensiva, os pequenos cortes feito ruídos que iam se granulando na noite. Senti sua proximidade, o que me deixou meio nervosa. Tinha medo de me soltar, não tinha certeza se confiava nela. Antes de eu me irritar com aquela dependência súbita, ou com a curiosidade cega pelo seu corpo, Eleonora disse meu nome.

Ana, ela repetiu.

Quê.

Por que uma manada explode em todas as direções?

Não sei. Acho que o medo desorienta.

Vem, abre a tua mão. Aperta a minha.

14

A primeira luz da manhã abriu a paisagem de Utah. Helper, era o que informava a placa da estação. Da minha janela, avistava a plataforma, depois a rua principal, na linha do trilho, e ainda dois postos de gasolina. Havia uma família. O carro ficou no pequeno estacionamento da estação e o casal se apressava com duas crianças pequenas. Correram para embarcar no nosso trem. Tinham três malas.

Carbonville veio em seguida e em Price o sol tinha emergido totalmente sobre a planura vasta. Do outro lado do trilho poucas ruas formavam uma grade de pequenas construções, casas e algum comércio. As luzes das ruas ainda estavam acesas, o que trazia a sensação de volta no tempo, ou de que aquilo era um cenário com iluminação artificial. Depois de uns casebres e um posto de saneamento, a cidade foi embora. Os raros trailers se assemelhavam a carga abandonada, e o vale se abriu novamente, com montanhas rosadas ao fundo que pareciam corar sob o sol fresco.

Sabe, Ana, que quando saí da penitenciária fiquei totalmente aterrorizada de andar sozinha? Não conseguia cruzar uma rua e só a ideia de entrar no metrô me dava pânico. Mesmo quando não tinha ninguém, não confiava.

Você?!

É. Porque as pessoas se descontrolavam só de me ver. Daí um dia criei coragem e fui até o centro de São Paulo, até a ladeira Porto Geral. Sei lá, pra recompor seus últimos passos.

Esqueci de te contar. Talvez você ache que essa ideia de visitar os lugares onde ele esteve seja meio macabra, mas era uma fixação minha. Até hoje é.

Claro que não iria achar isso.

Não queria parecer muito apegada a uma história que não era exatamente a nossa. Quer dizer, a parte em que ele foi comprar miçanga, antes de a gente aparecer. Fui ficando curiosa com as viagens do pajé para São Paulo. Sabe, Ana?

Quantas vezes será que ele fez esse trajeto do oeste pro leste? Claro que ele não ia caminhando, mas já sonhei com seus pés em carne viva, cheio de bolhas, os passos pesados em sua trilha na direção do inimigo.

Você ficou traumatizada com o fogo. E olha a gente fazendo uma coisa parecida bem aqui nesse trem. Atravessando o país, indo para o leste, do mesmo jeito que ele fez. Será que isso vai ajudar a entender o que aconteceu?

Não tinha pensado nisso, numa viagem pela outra. E como foi a tua descida lá na ladeira?

O Wagner até tentou me levar, mas eu não quis.

Wagner?

Nosso empregado lá de casa. Prendi o cabelo, pus um boné, óculos escuros, e daí pedi um pastel. Sentei bem de cara pro sol, no meio da multidão, observando os corpos se mexendo naquela estreiteza das ruas movimentadas. Ana, a vontade era tanta de estar ali, de comer pastel, que nem liguei quando a fritura queimou os cantos da boca, o óleo escorrendo, quase na curva do queixo, sabe? Nossa, que bom.

Engraçado, eu também. Uma coisa que me dava saudades era a feira. Morder o cantinho do pastel e assoprar dentro pra não queimar, enquanto os feirantes ficavam gritando as riminhas de venda, cada um da sua barraca, daí vinha o afiador de faca, o cara do coco ralado, toda a confusão. Ficava sonhando com tudo isso quando tava presa.

Mas lá pro centro eu não quis que o Wagão fosse, porque não queria chamar a atenção, tipo andando com segurança, ou empregado — porque quem iria achar outra coisa? Preto, fortão, ex-PM. Trabalha em casa desde que eu era pequena, super gente boa. E no dia da minha saída da penitenciária pro regime aberto foi me buscar. Veio gente de longe pra protestar, a rua tava lotada de faixas, ameaçaram até a minha família. Meu pai quis ir, mas a psicóloga, amiga dele, disse que seria melhor que ele não fosse.

Certo.

Meus pais tavam de saco cheio, exaustos e confusos, então eles se deixaram levar por ela, a psicóloga. Aliás, por anos eles se entregaram aos especialistas de todas as áreas, e muito conselho atrapalha.

O Wagner foi te buscar, então?

Esperou um tempo pra descer do carro, tava armado e usava um colete à prova de balas. Um sujeito ostensivamente a serviço da família. Abriu a porta pra mim, entrou de volta e ligou o motor. Arrancamos no meio do povo. Era ovo, fruta podre, gritaria.

Eu vi na internet.

Queria ter saído quieta, mas já viu. Alguém deve ter apitado pra imprensa. Depois de anos sendo notícia, não dava. Meu. As pessoas apinhadas com cartazes pedindo justiça. Era aflitivo, não dava pra ver até onde ia a coisa, se tinha mais gente chegando. Os mais organizados eram os que defendiam as causas indígenas. Entoavam um monte de jargão, parecia até torcida organizada, tudo ensaiado.

E a coisa de voltar lá no centro, eu entendo que isso tenha ficado latejando na tua cabeça.

É, então. Quando resolvi dar umas voltas, revisitar o lugar por onde ele passou antes de morrer, fui entrando em várias lojinhas nuns prédios velhos, imaginando a trajetória do pajé.

E a gente achando que índio usa só o que tem na terra deles. Daí que índio gosta de miçanga de vidro importado, da República Tcheca.

Vai entender.

Sei lá, Ana. Pensei nele, caçando desde criança, andando por aí na floresta com seus companheiros, pescando. E eu me pergunto, qual é nosso papel? Dizimar os caras, seja queimando descaradamente o pouco do verde que lhes resta, despejando mercúrio nos rios ou tocando fogo num deles como a gente fez. Quando entrei no carro com o Wagner, li em uma das faixas: Índio é indigente? Aquele ponto de interrogação me irritou profundamente.

Mas graças a nós a alma do índio ficou vagando por aí.

Quando saí da penitenciária, naquele bafo de manifestação, pensei nisso. Dizem que alma penada não tem sossego.

Foi direto pra casa?

Fomos, meus pais tavam me esperando com uma festinha. E você?

Quando saí, fui direto pro interior. Não teve grande movimento. Meus pais tinham se mudado pra casa dos meus avós maternos. Acho que era pra eu não ficar tão exposta a tudo aquilo na cidade. Então, quando você chegou em casa, como foi?

Passei um bom tempo trancada no quarto. Foi mais fácil. Levei uns dias pra me acostumar. Fiquei olhando, olhando. Não sabia bem o que dizer. Parei até de trepar com o Wagner.

Você e o Wagner?

É. Eu gostava. Gostava dele me olhando escondido. Desde a minha puberdade.

Quê?

Até a hora que cheguei junto. Engraçado, né?

Não sei.

Tá me julgando, Ana?

Sim, tô sim.

Vai dizer que nunca fez uma coisa parecida. Eu queria seduzir, testar os limites.

Dizem que adolescência é pra isso.

E o fato dele ter sido da polícia. E daí eu mandava nele, a filha do patrão. Eu tinha essa fantasia meio sacana. Ele fazendo tudo, trabalhando de camisa branca, suado por baixo. Eu trepava com o Matias, mas com o Wagner era uma coisa afetiva. Virou uma coisa afetiva.

Quantos anos você tinha?

Quando rolou com o Wagão, eu tinha treze e ele vinte e sete. Só tinha a gente em casa, então entrei no quarto dos empregados e sentei no colo dele. Não foi nada planejado. Foi porque sim, por curiosidade. Não é que fiquei horas me produzindo, fantasiando com a cara que ele faria se eu entrasse no quarto com uma lingerie transparente ou sei lá. Só sei que fiquei a fim, sempre achei ele homão. Foi ardido, aliás.

Ah, não diga.

Eleonora disparou a rir. Se meu pai pegasse, ou minha mãe, diriam que o negão em serviço tava estuprando a filhinha. Mas fui eu, eu que parti pra cima. E quem acabou me estuprando foi o meu vizinho.

O Matias? Não me surpreende.

Ele me arrastou um dia, foi logo depois do Wagner. A gente tava na piscina de novo, não tinha ninguém em casa, nem o Wagner. Ele me segurou e montou em mim. Assim, do nada. Ele sabia do Wagner, não sei se ficou com ciúmes, mas desde então eu virei o rato de laboratório dele.

Bem perturbado, aquele moleque. Meu namoradinho.

Pois é. Você fica dizendo que ele era perturbado, mas era teu namorado, não o meu. Eu só morava do lado. Sorte tua que não ficou muito tempo com ele. Engraçado, nossa relação saudável adolescente. Se alguém pegasse, diria que a gente tava experimentando sexo, que era normal.

E o Wagner?

O Wagner começou a desconfiar e meio que deu um susto no Matias, mas continuei a fazer os experimentos com meu vizinho de porta, praticamente tudo o que ele queria. Sei lá.

E você tem alguém agora?

Tenho e não tenho. Alguns, algumas. Mas o que me intriga é por que o Wagner nunca virou oficialmente alguém na minha vida, nem como ficante. Afinal ele era mais do que um passatempo. Foi a minha primeira vez. Esses sentimentalismos. E hoje eu sinto que gosto dele, tenho respeito por ele. Acho que sou uma grande preconceituosa bunda-mole.

E o que ele acha?

De mim? Que sou uma porra-louca. Ele é do tipo trabalhador, e talvez até se ache culpado por ter se aventurado comigo. Não? A menina dependurada no balanço da praça mostrando a calcinha. Quantas vezes ele não me empurrou na gangorra?

Com a fantasia de desbravar um território proibido.

Pode ser, um clichê assim. Mas não tô falando em desvirginar a mocinha, desses que chamam os amigos pra mostrar quantos troféus têm na parede. Notei depois de voltar pra casa que ele tava com a vista cansada, umas olheiras profundas. E antes ele não usava óculos. Mas uma coisa que ele nunca perdeu, e eu ainda gosto, é quando ele sorri, prende os lábios e fica sem expressão. Ele me deixa no suspense.

Tô sentindo que esse Wagão tem uma chance!

Mas ele não seria um cara que, se de repente eu o chamasse pra ir embora comigo, pra um lugar só nosso, iria.

Você chegou a pensar nisso?

Claro que não. Mas tampouco quero sair de casa tão cedo. Daí penso se não é por ele, ou se é por conforto mesmo.

Sabe que às vezes eu gostaria de não ser tão travada? Tem o Nick, mas não sei se sou eu que não me empolgo muito, ou

se é ele. Acho que a gente tem essa dinâmica legal, mas daí é meio morno. Por outro lado a gente nunca briga. Eu gosto de estar com ele, mas vendo de longe, eu me sinto uma garota meio Upper East Side, sabe?
Como?
Uma garota certinha, com um cara idem, e uma família perfeitinha. Careta, bons valores, o tipo de gente que diz...
Eu fiz a coisa certa.
Tipo isso.
Bom, você não fez.

Os menonitas seguiam no trem e a Pocahontas, a Mary, estava passando de um vagão a outro. Michael, assim que nos viu, sentou à nossa mesa. O cardápio do almoço era igual ao do jantar, ruim o suficiente para tirar meu apetite. Depois de examinarmos as opções com atenção redobrada, como se algum item tivesse escapado da nossa atenção, Eleonora e eu decidimos dividir um hambúrguer.

Queremos o que o Michael pede, disparou Eleonora para o garçom. Por favor.

Michael e Eleonora se encararam e riram. E não pararam mais. Ele falava rápido, meio que abafando a voz por causa do queixo apoiado na mão. Eleonora correspondia atenta, despertando a atenção das pessoas por seu jeito imprevisível.

Saíram da mesa para pegar um baralho e não voltaram. Quis ir atrás deles, e até dei uma volta pelo trem, sem encontrá-los. Eu estava mesmo era com ciúmes, mas naquele momento jurei que estava atrás dela por uma questão de segurança. Mary e Michael eram meio esquisitos.

Horas depois vi Eleonora com Michael jogando cartas no vagão-restaurante. Eleonora tinha prendido o cabelo num rabo de cavalo alto, exibindo a nuca marcada de sardas. Seu sorriso firme e vigoroso como sempre, prestes a ser tragado por ela mesma. Olhava ao redor com desconfiança brincalhona, o que a tornava mais sedutora. Sua desenvoltura me incomodou.

Vai ficar aí, Eleonora?

Minha voz escapou irritada, mas ela não me ouviu. Em seguida apareceu Mary, que chamou Eleonora pelo nome.

Éli. Elly *babe*. Voltei.

Estavam jogando algo do tipo rouba-monte, uma idiotice dessas. Mary passou por mim, sentou-se e começou a bater as cartas, só para bagunçar o jogo. Talvez estivesse meio alterada. Talvez não.

Eleonora concordava com ela, fazendo de conta que analisava tudo o que Mary tinha acabado de fazer. De repente localizei a cicatriz no seu pescoço. Quis cobri-la com um lenço, mas considerando a animação dos três, Mary e Michael já teriam visto sua cicatriz, e decerto provado o gosto do sal na sua pele. Decidi voltar para a cabine.

Fiquei horas sozinha, jogada na cama de cima, até que adormeci, despertando com um chacoalhão no braço. Tirei o fone de ouvido e me inclinei para baixo. O quê?

Se você quer jantar. Acabamos de passar por Denver, se é que isso quer dizer alguma coisa.

Eu passo.

Tá irritada com algo?

Não aguento mais hambúrguer. Nem o resto do cardápio.

Ó. Combinei de jogar mais tarde com o Michael e a Mary.

Íamos na direção do sol, e por um longo tempo era o que havia. Um laranja crescente, e a lua perdendo a faixa minguante. Despertei com essa imagem, aliviada porque seria o terceiro e último dia de viagem. Chegaríamos em Chicago à tarde, mas meu corpo já fazia parte daquela máquina cortando o mato, avançando no som de um trompete sem ar.

Isso me fez pensar no *Trenzinho do caipira*. A manhã estava mais para *Tédio de alvorada*, o poema sinfônico que se tornaria *Uirapuru*. Tédio de alvorada. Perguntei-me se Villa-Lobos começou a compor as *Bachianas brasileiras* em um trem.

O laranja que avistava da janela foi ficando mais concentrado, mais ácido e nervoso, batendo nos galhos que passavam. As luzes elétricas voltaram na paisagem, redesenhada por trilhos que se entrecruzavam conforme nos aproximávamos de uma estação velha. Vagões de carga coloridos se acumulavam estacionados em fileiras paralelas, tanques pretos também, uns mais abaulados e outros mais verticais. Em questão de segundos, a paisagem de montanhas rosadas com neve no topo voltou a existir sozinha.

Tinham anunciado o café da manhã pelo alto-falante, mas Eleonora dormia. Quis pular em cima dela, dar-lhe um susto, mas, ao descer do beliche, puxei seu cobertor e vi que embaixo havia só um emaranhado de lençóis. Ela não estava lá. Nem a bagagem, nada.

Chamei alto seu nome. Saí da cabine. Voltei e a procurei de novo. Seu celular estava desligado, o banheiro estava vazio, e não tinha mais onde procurar em dois metros quadrados. Não estava gostando daquela brincadeira. Quis chorar, mas tentei manter a calma.

Pensei em perguntar ao maquinista, a algum funcionário do trem, se tinham visto uma ruiva com uma bolsa grande de couro. Lavei o rosto e saí de novo a sua procura. Andei pelos vagões, e as cabines que conseguia abrir estavam todas vazias. Foi então que percebi que nem sabia onde Michael e a tal Pocahontas estavam alojados.

Bateu tristeza e solidão. Queria Eleonora de volta.

Ninguém tinha visto minha amiga e, ao dar com o funcionário do vagão-restaurante, ele informou que Michael já tinha saltado do trem, assim como Mary. Ficou me encarando e balançou a cabeça quando lhe contei que íamos juntas para Chicago.

Pareceu antecipar minha desconfiança sobre os dois passageiros de Reno. Por fim disse que não me preocupasse. Era a primeira vez que via Mary, mas Michael não deixava de ser um sujeito honesto, apesar de suas fantasias de campeão de *snowboard*.

E o que ele faz da vida então?

Michael vende peças por aí, peças de computador.

Os demais passageiros só me observavam, curiosos pelo meu desespero, com exceção dos menonitas, que me convidaram para sentar com eles à mesa durante o café da manhã. Virei o número oito da mesa de sete, parecia que eu era a peça que estava faltando, e esse foi meu consolo. Eles me ouviam.

Perguntaram sobre Eleonora e eu respondi sem rodeios. Ela foi embora.

Para onde?, o mais jovem deles quis saber. Um dos seus dedos marcava uma página do livro *Fuga de Alcatraz*. Em razão da aliança grossa que usava, procurei seu par à mesa, e percebi que era uma mulher com uma franja tão reta quanto a dele, o que a tornava mais jovem ainda, apesar das marcas de expressão em sua pele muito branca e fininha. Seu rosto magro tinha uma secura que atribuiria à vida simples do campo. Era a mesma pessoa a quem, na primeira refeição, Eleonora perguntara se a comida era boa. Lembrei que, na ocasião, mencionou que tinha que entregar algo para o jornal.

Nossos olhares se encontraram.

Você é jornalista?, perguntei de repente, tentando fugir do assunto Eleonora.

Trabalho para o jornal menonita, respondeu.

Ela me olhou diretamente, o que interpretei como uma abertura para falar. Usava um vestido de chita, e ele uma camisa do mesmo tecido, aquele de estampa florida. Eram idênticos como as alianças de ouro. Chamava-se Emily.

E vocês estão vindo de San Francisco?

Sim, subimos em Emeryville.

Perguntei se trabalhava mesmo no jornal da sua comunidade e ela não se incomodou com a minha insistência nervosa, enquanto seu marido, discreto, voltou a ler.

Emily disse que era repórter, mas que só fazia registros de nascimentos e óbitos. Eram todos anunciados no jornal. Enquanto descascava com lentidão uma laranja, contou que felizmente o número de nascimentos era sempre superior à lista de mortes. Graças a Deus, ela disse quase em um suspiro, e sorriu com todos os dentes, tornando as rugas prematuras mais visíveis na sua pele fina.

Sobre a Califórnia, Emily contou que fez uma cirurgia lá, sem entrar em detalhes.

E correu tudo bem?

Sim.

Desembarcamos às 15h15 em Union, a estação de Chicago. Emily tinha tanta bagagem que me ofereci para levar o que pude, considerando sua cirurgia recente. Ela parecia perfeitamente recuperada. Os demais do grupo também estavam sobrecarregados com sacos de estopa, e eu me senti parte daquela procissão de sacolas até o momento em que chamei um táxi.

Todos eles me agradeceram com muitos acenos calorosos, enquanto eu entrava no carro. Fui para o aeroporto, pensando nas horas de trem desde que nos víramos no vagão-restaurante. Emily mastigava um pedaço de laranja, enquanto descascava o resto da fruta. Calculando as refeições, concluí que foram umas dez desde Emeryville.

No táxi, eu tinha a impressão de que minhas retinas tremiam, assim como os dedos de Emily sobre a casca da laranja.

Efeito do movimento do trem. Lembrei as pausas, a ausência de perguntas e os risos contidos daquela família.

Peguei um avião de volta para Nova York, indecisa se ligava para a polícia. Ou para os pais de Eleonora. Eu me sentia derrotada por ela ter saído assim. O pior era que nem sabia para onde. Tornei a refletir sobre a nossa viagem, e no que a teria feito ir embora daquele jeito. Cogitei em ligar para Nick.

Não queria pensar mais em Eleonora, mas ela ainda estava sentada na minha frente, e desde a janela imaginada do trem tudo era uma massa vasta de um amarelo esgotado e seco de fim de inverno. O latido de um cão me arrancou da paisagem e me transportou de volta para o aeroporto em Nova York. Estava à espera da minha bagagem.

Só no dia seguinte fui perceber que Eleonora enviara uma mensagem para o meu celular, dizendo que tinha descido antes porque precisava ficar só, mas deixou escapar que Michael e Mary mandavam lembranças, e que ambos lamentavam muito não terem se despedido de mim.

Em todo caso, Eleonora continuou em sua mensagem de voz, os dois brigaram e depois fizeram as pazes. Mas brigaram de novo — a maior baixaria, enfatizou —, e depois sumiram por aí, abraçados.

Eleonora contou que acabou ficando sozinha no motel. Não disse onde estava, e decidi que tampouco me importava.

Parte 2
Dentes

15

Feliz Natal, dona Ana. A voz de Eleonora saiu devagar.

Minha neta achou que você não viesse mais.

Presenciei sua chegada quando vinha do quarto justamente para dizer à minha avó que estava pronta. Primeiro ouvi a campainha, em seguida a escassez de palavras, e lá estavam elas, no hall de entrada. Sob a luminária grande de vidro, que lembrava um arbusto alto e geométrico invertido, as duas mulheres me encararam. Minha avó parecia confusa, como se tivesse esquecido de uma convidada tardia para o seu aniversário. Ao mesmo tempo, parecia acolher a invasão súbita de uma desconhecida em seu apartamento.

Olha quem está aqui, minha avó disse, um pouco estacada. Ana, serve a Eleonora, por favor. Pergunta se ela quer um refresco. Eleonora, se quiser tomar um banho, fique à vontade, lembrando que devemos sair em vinte minutos para o restaurante.

Cravei os olhos em Eleonora, sem entender o que ela fazia ali, e um mal-estar rabugento me pegou de surpresa. Ali estava ela, de volta como um gato obstinado. Não quis perguntar onde estivera nos últimos três dias. Questioná-la sobre seu sumiço brusco me fazia sentir sovina e miserável.

Eleonora esperou que minha avó se afastasse para mostrar as meias, uma estava furada. Olha isso, ela disse. Dava para notar uma ponta de constrangimento na sua risada explosiva.

Passa teu casaco.

Obrigada. Acabei de chegar de Chicago.

Não diga. Porque foi onde eu disse pros meus avós que você estava. Então, como foi lá?, perguntei, buscando um cabide no armário.

Que foi, Ana?

Como assim, que foi?

Vai, dá um desconto, Ana. Foi mal ter ido embora assim do trem. Só não voltei antes pra Nova York porque tava confusa, precisava de um pouco de ar, só isso. Nada contra você.

O engraçado é que suspeitei que viria hoje, não sei por quê. Até minha avó parecia que rondava a porta por algum motivo. E avisou o porteiro que, se você chegasse, podia subir, como você deve ter notado.

Talvez porque você tenha dito que eu ia voltar hoje. Foi toda uma surpresa planejada.

Se quiser tomar um banho, vai logo, porque meus avós estão esperando.

Fala pra eles irem na frente. Alcanço depois.

Cara. Como você é folgada. Some quando quer, aparece quando quer.

Tá parecendo briga de casal.

Empurrei Eleonora contra a parede. Não me importa se você veio porque não tinha um plano melhor. Só tenta não chamar tanto a atenção só pra você mesma.

Para seu aniversário de setenta e cinco anos, Ana tinha planejado uma festa onde meus avós moravam. Compraram a casa da Flórida havia uns dez anos, e geralmente era ali que faziam encontros familiares e comemorações. Estrategicamente era mais perto do Brasil, como meu avô observou, o que facilitava a vinda de James. Assim como eu, meu pai era filho único.

Daquela vez decidiram atrasar a festa alguns dias, por causa da morte de uma amiga de infância de Ana. Voaram direto para East Hampton, onde tinham outra casa, originalmente da família de minha avó. Ana, que costumava passar as férias lá, conheceu a amiga num piquenique na praia, e desde então ficaram muito próximas.

Nadavam no mar e passavam horas na areia conversando. Vieram os garotos, até dividiram namorados, e só liam o que realmente interessava em literatura, como dizia sua amiga. Anos depois, conheceu alguém durante a faculdade e desapareceu por duas décadas.

Ana me contou que seu silêncio tinha a ver com um casamento difícil e que, depois de seu divórcio, as duas retomaram a amizade. Ela se tornara uma artista, e a cerimônia de despedida fora realizada em seu ateliê, que ficava na parte de trás do jardim de sua casa.

Disse que a amiga nunca rejeitou o caminho criativo. Em relação a si mesma, Ana justificava que amava tocar piano muito além da projeção de ser concertista, mas não era disciplinada o suficiente para sofrer por causas estéticas. Eu não entendia bem, e até soava meio cínico o que ela dizia, até porque era uma pessoa pragmática e organizada. Se tivesse realmente decidido ser uma pianista, teria sido.

Desde cedo, Ana aprendeu a ser objetiva — sem grandes emoções, como ela costumava dizer. Parte disso envolvia dar conta do imprevisível, como foi com Eleonora, surgindo do nada. Eu as vi, uma encarando a outra, e por um breve instante senti que havia uma lacuna ali. Vi como o sorriso de minha avó se alargou em seu rosto tal qual um escudo, projetando uma sensação de que tudo era fácil ao cumprimentar Eleonora. Convidou-me para que me juntasse a elas no momento em que escapava para terminar de se arrumar.

Meu pai era menos prático do que ela. Quando soube que Eleonora realmente viria me visitar, telefonou, mas não disse muito. O que você quer com essa Eleonora?, foi o que perguntou.

Visualizei o homem preocupado, com pensamentos dispersos, fixando atentamente seu olhar pálido no horizonte da cidade, como se tivesse perdido a esperança de um milagre. Aposto que apoiou o queixo na mão do outro lado da linha, o único gesto que me fazia lembrar da sua mãe. Quando voltei da viagem de trem com Eleonora, James ligou novamente.

Numa voz sumida, que a princípio me pareceu terna e quase compreensiva, indagou como eu estava, mas conforme comecei a falar, ele foi perdendo o interesse no que eu dizia. Deixou claro que estava decepcionado com a minha decisão de me reconectar com ela e seu monólogo foi azedando. Isso aconteceu um dia depois de eu ter voltado de Chicago, então eu nem sabia onde Eleonora estava, mas a ideia de que jogava cartas com Mary e Michael em algum lugar do Meio-Oeste me consumia. Enquanto o ouvia, tudo o que conseguia enxergar era um baralho pronto para ser cortado. Deixei meu pai prosseguir com seu monólogo, sobre como a minha mãe estava deprimida e se eu queria desgraçar minha vida mais uma vez.

Podia imaginar seus braços tensos, encolhidos contra o corpo, e o rosto queimando de irritação. Antes de desligar, disse que no momento não viria me visitar porque não queria vê-la. Sua voz saiu como um lampejo, deve ter sido uma surpresa para ele mesmo explodir assim comigo. Era a desculpa perfeita que precisava para não ter que sair do seu terraço em São Paulo, onde gostava de passar horas deitado na rede, dando folhas de alface aos seus papagaios e às vinte tartarugas soltas, todas com nomes de pilotos famosos de Fórmula 1.

Divertia-o observar como os répteis ficavam imobilizados diante de qualquer obstáculo, recolhendo a cabeça para dentro da carapaça. Olha o Schumacher, ele dizia.

Ana e John queriam que eu fosse para a Flórida no Natal, mas, por causa da morte em Long Island, mudaram de planos. Mantiveram a festa no sábado, decidindo passar por Nova York antes.

Vieram talvez um pouco influenciados pelo filho, que os alertou, falando baixinho do seu jeito clinicamente depressivo com ar de inocente, que eu não deveria ficar sozinha com Eleonora, embora já tivesse viajado com ela por alguns dias.

No fundo, ele também sabia que Eleonora iria acabar aparecendo naquele dia.

Eleonora saiu do quarto com o mesmo vestido preto de seda que usara em San Francisco e o cabelo preso num coque simples. Passou pela minha cabeça que ela tentava me confundir com uma cena que se repetia.

O que me chamou a atenção foi a maneira como a minha avó observava nossa hóspede. Eleonora estava perto da janela que dava para o Central Park decorado com luzes de Natal. O vidro continuava curvo até a sala seguinte, onde meu avô estava sentado.

Ana veio da cozinha e parou no meio da sala para dar uma olhada nela. Parecia comedida, cuidadosa o suficiente para não demonstrar nada além de tranquilidade. Estava envolta num xale preto de franjas e se assemelharia a uma pintura do Goya, não fossem seus olhos azuis que traziam à cena um ar quase sobrenatural, uma luz do Norte. Os brincos de esmeralda somavam duas gotas abrasivas que iluminavam seu rosto quadrado, recortado pelo cabelo liso que ela seguia pintando de castanho-escuro.

Este é John, meu marido.

Vovó alisou as franjas do xale, com a mesma devoção que dedicava às bordas do tapete da sala, especialmente quando uma visita estava subindo. Talvez tentasse acalmar a mente de quaisquer sentimentos que não eram bem-vindos. Papai devia ter ligado. Claro.

Ao ser direcionada por vovó, Eleonora se aproximou dele. Olá, John.

Como se avaliasse a nova presença na sala, o olhar de meu avô disparou ao seu redor, tentando compreender a situação. Ele tirou os óculos de leitura, alargando em seguida a mão para cumprimentá-la. Ela se aproximou, porque John permaneceu sentado. Não havia muita simpatia no olhar dele, mas desobrigou minha amiga de uma conversa séria ao tentar fazer graça com ela.

Ruiva, hein?, disse ele, desviando seus olhos grandes para mim. Quando eu tinha cabelo, era ainda mais vermelho que o teu. Cabelo bem grosso. Agora eu tenho que usar esse boné aqui para andar na rua, para evitar que meus pensamentos congelem. Mas ainda estou tentando plantar milho aqui, disse ele, tocando a cabeça coberta. Você veio ver minha neta, não veio?

Sim, eu vim.

Eleonora sorriu e olhou em volta para captar a reação geral da plateia. O avô normalmente tinha um temperamento péssimo, mas com ela foi como se de repente ele se lembrasse de onde estava. John franziu a testa e balançou a cabeça. Brincou com as chaves que trazia na mão. Era uma das suas fixações, enfiar a chave no anel do chaveiro, repetidamente. Fazia isso sem parecer fisgado por nenhum tipo de entusiasmo, mas cada vez que acertava a chave, sorria, exibindo a dentadura.

Sob a viseira do boné de beisebol não se podia adivinhar a cor de seus olhos, em contraste com o traje bem definido. Ele costumava dizer que as roupas refletiam seu estado de espírito, e eu me perguntei se para Eleonora isso era notório na sua camisa branca e no paletó de casimira azul-marinho feito sob medida, além do boné, claro, que parecia um aceno para ela. John também usava mocassim de camurça, delicado demais para as ruas. Eu via seus sapatos como uma forma de protesto contra os jantares demorados que minha avó apreciava.

Isso porque almoços lhe caíam melhor do que jantares, ele justificava, mas o fato era que não se importava muito com comida. Poderia existir apenas com um almoço, desde que fosse bem servido sobre uma toalha engomada, onde também houvesse taças imaculadas de cristal. Mas o mais importante era que não queria sair de casa depois de escurecer, nem para festejar o aniversário de sua mulher.

John, precisamos ir, ela disse. Estão todos esperando. Max e os demais.

Max vem? Eleonora inseriu-se na conversa, mencionando o único nome que conhecia.

Sim, ele vem, vovó confirmou, deixando de percorrer as franjas e retirando o xale do ombro para enfiar os braços nas mangas do casaco que o marido segurava para ela. Em seguida Ana prendeu-o por cima do agasalho com um nó ligeiro.

Nesta casa estamos sempre prontos para sair, ironizou meu avô, chacoalhando seu molho de chaves.

Voltou para pegar seus óculos de leitura. John era vigoroso. Excepcionalmente alto, olhava para os outros suspenso em seu mirante de quase dois metros. Caminhava meio endurecido, mas se postava como um jogador de tênis assíduo. Ao retornar, sua expressão alheia e grave não oferecia resistência.

Segurou a porta para que passássemos e, do corredor, virou-se para a esposa.

Feliz aniversário, querida. Cada vez mais jovem e mais bonita, emendou meu avô, com uma piscadela tão caprichada que até ele pareceu se surpreender. No momento em que se sentasse com um coquetel na mão, esqueceria a vontade de voltar para casa. Seguiria ofertando sua perspectiva humanitária sobre vários assuntos. John adorava falar de empreendedorismo local e filantropia, mostrando muito pouco interesse por aqueles que não faziam parte do seu círculo afluente.

Vamos? A pergunta de meu avô nos colocou em marcha.

O restaurante italiano se expandia num clarão sobre a avenida Madison, com uma parede de vidro que descia até a calçada e sugeria um interior minimalista.

Dentro era acolhedor, com paredes revestidas de painéis de madeira e um bar que refletia uma transparência festiva nas mais de trezentas garrafas coloridas, em tons de verde, âmbar e vermelho. Acima dos frascos iluminados, uma fotografia em preto e branco de quase três metros de largura cobria a medida inteira do balcão.

Quando íamos àquele restaurante, eu tentava reconstruir a circunstância em que a foto fora feita. A cena parecia um clichê mediterrâneo. Era um piquenique na paisagem rochosa à beira-mar. Entre copos e garrafas espalhados, estavam sentados os quatro irmãos sócios do estabelecimento, com os pés descalços semienterrados na areia, alheios ao esplendor da paisagem e ao fotógrafo. Pela intensidade dos olhares e elegância das roupas, com as gravatas ligeiramente desatadas, era difícil imaginar que se encontravam ali apenas para trocar receitas culinárias ou relaxar depois de um dia de trabalho.

Ao notar que Eleonora também estudava a foto, vovó inclinou-se na sua direção para dizer que estavam na Sardenha, num vilarejo próximo a Ólbia, e toda vez que ela e John iam a Nova York, reservavam uma mesa com Buciano, o caçula.

Eleonora perguntou em seguida se tinham o hábito de reunir um grupo de amigos assim, fosse na Flórida ou em Nova York, para o Natal ou para o seu aniversário, ao que minha avó reagiu com uma encolhida incerta de ombros.

Desde que ninguém se perca em nostalgias natalinas, ela disse, com o olhar fixo em John, posicionado na outra ponta da mesa, eu não me incomodo.

Recuperando o entusiasmo do início da conversa, minha amiga contou a Ana que a família de sua mãe tinha origem sarda, Cabella era o sobrenome.

Eu ri. Também, né.

Não, sério, ela respondeu, erguendo as mãos para tocar o cabelo. Cabella vem de Casa Bella, um sobrenome típico de Cagliari. Não vem de "cabelo", se é isso que você tá pensando.

Sardos no Brasil? Veja só, vovó disse.

Sem ouvir o que as duas diziam, meu avô acenou de volta. Não era uma mesa tão comprida, mas por causa do ruído geral era mais fácil nem insistir em acompanhar a conversa. Já que não voltaria cedo para casa, o que importava para ele num jantar barulhento era o uísque de aperitivo, o vinho durante a refeição e a grapa após a sobremesa. Eu o observava. Manter-se alheio a todos, fingindo participar aqui e ali, era a grande arte dos surdos, como ele mesmo afirmava. Até que fosse fisgado por algo que realmente o interessasse.

Como de costume, Max estava sentado ao lado de minha avó. Depois dele vinha Eleonora, e em seguida Scott, companheiro de Max de longa data. Max gostava de ressaltar seu sorriso meigo, como ele mesmo dizia, mas Scott estava mais para uma sombra resignada sobre o pratinho de pão. Era um antigo funcionário da Steinway e mostrava-se particularmente murcho em situações sociais. A faquinha que mantinha distraído entre os dedos parecia uma extensão do seu constrangimento.

Meu avô tampouco parecia sociável, mas era porque não ouvia muito bem. Na cabeceira, mantinha o prato entre os cotovelos, e uma firmeza maliciosa nos lábios contraídos. Pelo menos John tinha tirado o boné. Mesmo que vovó esvaziasse nele seu cartucho de boas maneiras, meu avô resistia. Sem mais, empurrou meu braço para fora da mesa e rimos. Era o que vovó chamava de humor polonês. Dizia isso porque o avô de John era quase polonês, do lado alemão da fronteira. Um fanfarrão frívolo e passional, segundo Ana, que não o conheceu.

Do outro lado, à direita de Ana e de frente para Max, estava George. Talvez meu avô alguma vez tivesse querido perguntar se eu sabia de detalhes do caso que ela tivera com George durante anos. Eu só lembro de quando eles apareceram em São Paulo, eu tinha dez, onze anos. Ela o apresentara como seu amigo e havia ficado por isso mesmo.

Lembro que notei algo diferente naquela amizade. Ninguém perguntava o que George fazia no Brasil, se estava trabalhando como paisagista, e aquilo me deixou curiosa. Meus pais agiam de modo oposto ao que se considerava boa educação em casa, ou seja, perguntar sobre os visitantes antes de abordar outros assuntos, por menos interessante que fosse o que tinham a dizer. Tédio certamente não era o quadro deles. Vovó nunca me disse uma palavra a respeito dos dois, talvez porque fosse óbvio. Era assim que eu gostava de ver a coisa. George deixava minha avó brilhar sem interrupções, fazendo do seu silêncio um combustível para as anedotas dela.

Estava recém-casada quando o conheceu num jantar beneficente para o Jardim Botânico do Bronx. Era um tipo alto e magro, até lembrava meu avô, mas seu silêncio era mais reflexivo, ponderado. Não era taciturno, mas bom observador. Na sua companhia, era notória a transformação de vovó, que alinhava a postura, expressando a inteireza de uma experiência. Demonstrava ser capaz de sentir na pele o que ele dizia e seguir adiante na conversa, provocadora. Não sei se ela e George ainda tinham algo, mas, quando Ana falava, ele sorria com o olhar baixo, galantemente submisso. E ela o olhava de volta.

Francie era a mulher de George, eles sentavam sempre juntos. Seu aspecto sóbrio contrastava com a blusa de tecido delicado sob o blazer, que expunha a pele muito branca, e o bico dos seios pequenos transpareciam conforme ela se mexia. Não me lembro de tê-la visto sorrir alguma vez, só de seu cabelo sempre desarrumado, preso num rabo de cavalo frouxo, revelando as orelhas redondas, além de enfatizar o perfil bonito de seu nariz reto e curto.

Trabalhavam em seu escritório próprio de arquitetura e paisagismo, ela cuidando da arquitetura e ele do paisagismo. Estavam destinados a envelhecer juntos, disse minha avó. Ambos eram conversadores e obviamente dividiam interesses. Ultimamente, vovó me disse, o assunto favorito de Francie era energia sustentável e sua forte reação à comissão federal que controlava a eletricidade e ainda investia em carvão e óleo combustível.

Observei minha avó, ela pediu mais um gim. Ergueu o rosto e olhou diretamente para mim com um sorriso breve, mas presente. Sabia exatamente o que eu estava pensando. Sempre sabia.

Do outro lado, o olhar saturado de Francie revelava sua falta de coragem de confrontar Ana. Preferia encarar os convidados à sua direita, tocando os brincos quando falava, o que fazia naquele instante, enquanto discutia algo com Jack e Jackie, o último casal da mesa. Jackie era minha tia-avó, irmã de Ana. Seu corpo pequeno e esguio era igual ao de minha avó, assim como os gestos e o corte reto de cabelo. Pareciam gêmeas, mas Jackie era bastante reservada, e praticamente quem falava pelas duas era a minha avó. Talvez Jackie se sentisse ainda mais acuada naquela noite por causa do barulho que nos rodeava. O restaurante estava lotado.

Os olhos azuis são do lado alemão, diriam as duas. Em seguida explicariam que formavam a sexta geração nova-iorquina. Como sua mãe, tinham uma conexão especial com a horticultura e com o que era feito no Jardim Botânico do Bronx. Ajudaram a levantar alguns milhões de dólares para o laboratório.

Jackie estudou biologia e, além do desenvolvimento de jardins públicos, para ela era fundamental apoiar pesquisas com enfoque na biodiversidade, recursos globais e novos híbridos criados no Jardim Botânico do Bronx. Para as irmãs, aquele jardim era um símbolo de perseverança do espírito comunitário que definia Nova York.

Jack, o marido de Jackie, tinha uma rede de hotelaria, e era parceiro oficial de tênis e companheiro de copo do meu avô. Juntamente com outros bons vivants criaram uma reserva para desastres ecológicos, como furacões e terremotos.

O jardim botânico foi construído por bilionários com ótimas intenções, como eu mesmo, ele disse. Só dão dinheiro para compensar o impacto que causam com a construção de hotéis ou com o financiamento de carros poluentes. Assim os mais bonzinhos são na verdade os piores. Saúde.

Toda vez que meus avós vinham da Flórida, jantávamos juntos, e normalmente cada um ocupava o mesmo lugar à mesa, exceto por Scott, tímido demais para jantares em grupo, e Eleonora, a recém-chegada. Sentaram-se lado a lado.

Algo que queria te perguntar, Max. *Espalier* tem a ver com spalla? O suporte que segura a planta?

Spalla quer dizer "ombro" em italiano, George. Então, sim, é um suporte, em ambos os casos. E a espaleira — ele se virou para o resto da mesa — é aquela peça que encaixa no violino e fica entre ele e a clavícula do músico. Mantém o instrumento firme contra o corpo e ajuda a aliviar um pouco a tortura que é mantê-lo erguido durante um concerto. Ou nas horas infinitas de estudo. E um spalla, para responder a sua pergunta, é o violinista principal. Tecnicamente, ele oferece suporte para o resto da orquestra.

É como firmar um jardim francês, por exemplo, cheio de árvores treinadas para crescer exatamente de um jeito só, riu George. Não é, Francie?

É verdade. Francie massageou a têmpora. Engraçado que sempre penso nos instrumentos como mecanismos ligados ao corpo, como um encaixe ou uma muleta, disse ela.

Francie falava com uma indiferença divertida, observando por vezes a rua. Inclinou-se sobre a mesa, a ponto de tocar

Max, e sorriu. Em seguida endireitou-se na cadeira para aproximar sua taça do nariz, fechando os olhos por um segundo. Gostaria de acreditar que o aroma do vinho tinto tinha um efeito calmante sobre ela.

Que tal o vinho?, perguntou o marido.

Está ótimo, George. Ouvi dizer que os melhores violinos são feitos de pau-brasil pernambucano, nada a ver com um jardim francês, com aquelas árvores de braços abertos. Como no jardim da Ana, por exemplo. São lindas. George me mostrou o que você fez em East Hampton.

Isso mesmo, Francie querida, brincou minha avó. Foram treinadas por mim. Tenho paixão pela ordem e por uma existência regimental, pois meus gostos estéticos são praticamente assépticos. Não é verdade, Mutke?

Max sorriu. Tua paz de espírito te salva do teu cinismo, *sweetheart*. Estamos agora no Jardim das Delícias Terrestres, repleto de espécies exóticas tropicais, como Eleonora e tua neta Ana. Se bem que a jornada desde a queixeira até a voluta pode ser complexa, riu ele, e dobrou os dedos de sua mão sobre a palma da mão de Eleonora, que estava ao seu lado. A voluta é onde o violino termina, lembrando uma folha seca enrolada em si mesma.

E o arco?, perguntou George com suavidade, observando Eleonora cruzar e descruzar o garfo e a faca sobre o peixe.

Na verdade, eu diria que a vida do violino começa no arco. Porque é ele quem dita a respiração do musicista, continuou Max. O arco é um sopro. Rítmico, melódico. Sabe, George, eu costumava sonhar com a crina do cavalo e a respiração ofegante do animal, e pouco a pouco percebi que aquela era a minha própria respiração. Essa percepção mudou tudo para mim.

Um brinde. Coisa ruim não morre cedo, Max disparou com um sorriso quase tímido, olhando para a minha avó.

Pois é, vou ter que viver muito para te enterrar, Mutke. Mutke, ela saboreou de novo.

Você é Max ou é Mutke?, Eleonora perguntou casualmente.

Sou os dois, ele respondeu.

Eleonora levantou os ombros e respirou fundo, deixando-se levar pela conversa.

Para Max ela era uma interlocutora fácil. Fazia perguntas e o instigava a falar, e Max gostava do som da própria voz. Contando da sua infância, por exemplo, revisitando antigas estações de metrô do Lower East Side.

Foi esse o bairro onde você cresceu?

Sim.

Max falou do apartamento que sua mãe herdou do irmão, bem ao lado do *diner*, onde também funcionava a delicatéssen da família, na rua Suffolk.

Nosso apartamento era repleto de livros, e entrava bastante luz natural ali. Realmente não me incomodava que a vista única desde a sala e dos quartos fosse um paredão de tijolos do outro lado da rua. Até achava aquilo bonito, rítmico, riu Max. E a cada chance que tinha, íamos ao parque. Éramos uma família obcecada pelo beisebol também. Quando fiz dez anos, o tio de minha mãe me levou para ver os Yankees. A emoção de estar naquele estádio enorme, a importância do cachorro-quente kosher, a pipoca doce, nunca vou esquecer. E para responder tua pergunta, não fui registrado com esse nome. É um apelido que minha mãe adotou. Mamãe gosta de Mutke, fazer o quê?

Max Mutke, murmurou Scott para si mesmo.

Minha família é judia por parte de mãe, Max disse, e voltou a erguer as mãos, quase tocando a mesa, como se estivesse prestes a executar uma melodia. O curioso é que ela se casou com o filho de um inglês batista chamado Roth, e o nome soava suficientemente kosher para consolar a família dela.

Roth. Mas ninguém nunca foi religioso na tua casa, não é verdade?, perguntou minha avó.

Eu comia pastrami e jogava gamão com meu pai. Tive uma infância comum, mas completa. Max suspirou, recolhendo um pouco de polenta sobre o pedaço de salmão espetado no garfo. As pessoas devem achar que comemoro o Natal em Chinatown, como grande parte dos judeus nova-iorquinos. E que o resto do ano passo à base de gefilte fish, ele riu. No fundo gostam que eu seja como o tio de minha mãe, o velho Mutke, que me levou para ver os Yankees. Era um *bagel* bonachão, movido pelo buraco no estômago. E sempre ando esfomeado, tal qual meu tio-avô, Eleonora. Acho que gostam que eu me pareça com ele devido a todo o repolho e pastrami que tornaram seu lugar famoso, onde a porta de vaivém com uma mola solta bate na cara dos clientes quando entram. Dia desses vai machucar alguém.

Entre Maxwell e Roth, sugeriu vovó de um jeito amoroso, você sempre será meu Mutke.

Max encolheu os ombros. Como pianista, fui caracterizado por aquela sensibilidade asquenaze. Minha mãe se orgulhava tanto disso. Ela sempre insistiu que eu explorasse uma certa imagética mística relacionada à minha herança judaica, enquanto meu pai gritava, vamos, você é um batista! Em suma, Eleonora, sou um impostor por razões sentimentais. Nunca tentei resistir à glorificação do meu povo. Você não acha que tenho algo de nostálgico, acha?

Zero, disse minha avó.

Diga a verdade.

Os dois riram. E voltaram a rir.

Um brinde a vocês dois, eu disse, juntando-me à sua alegria. Eu me sentia livre e à vontade na companhia deles. Com eles, era mais fácil esquecer que o piano representava um refúgio para mim, porque para eles a prática do instrumento não tinha nada a ver com isso. As teclas de marfim me lembravam dentes e ossos, e necessariamente as miçangas. Talvez por isso nunca mais me sentiria longe o suficiente das ruas de São Paulo, das pessoas querendo me linchar. Estiquei os dedos sob a mesa.

E você, Eleonora? Comemora o Natal, imagino?

Depois do que aconteceu, o Natal virou uma espécie de maldição em casa.

Como assim?, perguntou Francie com um sorriso.

Bom, aquilo que aconteceu com a gente. Você já deve saber, disse Eleonora, virando-se para mim. Não sei como foi pra você, Ana, mas passei o Natal de 2010 com a cabeça enfiada num travesseiro tentando apagar. Daí, quando vi que não funcionou, saí do quarto e me forcei a comer nozes e cerejas na sala. Natal, né?

A mesa caiu em silêncio. Eleonora olhou o relógio e se ajeitou na cadeira. Todos nos olhavam. Eu me senti completamente impotente, aquilo era pior do que estranhos me encarando na rua. Meu rosto ardia de vergonha. Logo no aniversário da minha avó.

E o Nick, ele vem? Minha avó sorriu, tentando mudar de assunto.

Não, vovó.

Tudo o que conseguia enxergar era o vômito espumoso saindo da boca de Matias e os olhos parados fixos em mim. Lembro do contraste entre seus olhos escuros e sua pele branca. Era um rapaz bonito.

Depois dessa noite, eu também me escondi, cobrindo o rosto com um lençol, e quando achava que tinha adormecido, tornava a ouvir minha respiração e o ranger dos dentes. Bruxismo. Lembro que o dentista me disse que um lado da boca estava ficando mais plano. Eu estava me roendo por dentro.

Era uma memória suada e escorregadia, de rangidos prolongados e dentes limados. Na ceia de Natal fiquei ouvindo minha própria mastigação e minha família evitando falar do Matias. Daí tocou o interfone e fiquei detida por três anos.

Me acompanha até o banheiro?, vovó pediu.

Fiquei olhando para ela por um tempo, mal tinha percebido que meu avô apoiara sua mão sobre meu braço.

Sim, já vou.

Buciano, o proprietário caçula, alheio ao que Eleonora acabara de contar, aumentou a música e acompanhou minha avó de perto, ensaiando uma marchinha atrás dela e cantando parabéns, enquanto Ana firmava as mãos dele na sua cintura fina e recebia beijos e abraços de quem estava no caminho.

Os frequentadores do restaurante a conheciam, inclusive a rodinha de mulheres acotoveladas no bar com seus vestidos de paetê.

Não demorou para que Scott e Eleonora começassem a dançar, a convite de Buciano e *le donne*.

16

Saímos do restaurante e seguimos a pé. Eleonora ia um pouco atrás, medindo o pavimento com passos regulares, e tentava reiniciar a conversa. Eu ainda estava em choque com o que ela havia soltado à mesa sobre o nosso passado criminoso de Natal, um comentário que dera cabo do apetite de todos. Desviamos para o Central Park e ela me perguntou se eu ia lá com frequência.

Às vezes. Morando tão perto, você acaba vindo menos, respondi. Íamos na direção do Sheep Meadow.

Quer ver onde eu costumava passar horas logo depois que me mudei pra cá?, perguntei, desviando de umas pedras. Fica só a cinco minutos daqui.

Enquanto caminhávamos, observava a transformação do parque à noite. Senti também as pulseiras de miçangas no bolso, os enfeites que os indígenas inseriam na própria cultura como forma de absorção dos outros, e acabavam tendo esse amplo alcance, seus desenhos disseminados por mundos tão diversos. Nos meus pulsos, tudo aquilo fazia sentido, como uma malha tecida de forma livre.

Pensava no fato de eles comprarem miçangas em grandes centros urbanos como São Paulo. Era essa a lenda, que as pessoas precisavam viajar realmente para muito longe para encontrar as contas, que cresciam em árvores enormes, formando copas coloridas. Eram árvores semelhantes à sumaúma, guardada pelos incas, como Eleonora tinha me contado. A sumaúma também era a árvore sagrada dos maias, e suas raízes, de tão grandes, podiam tocar o mundo subterrâneo, alcançando o outro lado do globo, enquanto seus galhos longos chegavam ao céu. Sem dúvida, era a maior árvore de todas as florestas tropicais.

Ao chegarmos ao campo aberto, tentei imaginar as mudanças de cenário desde sua criação bucólica. Muito antes de o Meadow se tornar o local para todo tipo de protestos nos anos 1960, era uma extensão verde onde ovelhas pastavam, um campo para caminhadas e piqueniques.

Impressionada com a amplidão do lugar, Eleonora sentou na grama gelada e me perguntou se ovelhas realmente pastavam ali.

No começo, contei a ela, fazia fotos com meu celular das pessoas passeando pelas alamedas, das que alimentavam os patos, dos skatistas. Andava meio paranoica, achando que alguém iria apontar o dedo pra mim, mas me sentia ancorada no parque, no sentido de conforto mesmo. Poderia passar o dia todo aqui.

Um dia sentei perto de um casal de judeus ortodoxos com duas filhinhas. Aproximei-me das crianças para pegar uma caneta delas que caíra no chão. Não sei por que gravei essa imagem. Acho que foi a primeira vez desde que chegara a Nova York que não tive medo de interagir com as pessoas. Momentos depois, um rapaz sentou ao meu lado e puxou assunto.

Era o Nick. Bem aqui neste banco. Parou pra amarrar o tênis.

Natural da cidade, estava terminando direito pra poder assumir parte dos negócios imobiliários da família. Uma coincidência, já que minha mãe também é advogada imobiliária. Ficamos sentados aqui por um bom tempo, contando das nossas vidas. O papo veio fácil. Os rostos passando, as sombras das árvores e os ruídos de uma tarde ensolarada no parque iam encaixando na nossa conversa.

Eu me reconheci no seu olhar comedido, piscando na luz do sol. Como nossos rostos estavam ligeiramente na sombra das árvores, quando batia o sol, não dava tempo de desviar. Eram umas quatro da tarde quando saímos do parque. Apenas caminhamos. Nessa direção, eu disse.

No seu entusiasmo tímido, Nick ia se orientando, mostrando alguns prédios conhecidos, traçando também um mapa dos lugares da sua infância. Paramos num café aonde ele costumava ir. Nick pôs as mãos nos quadris, assim, para finalmente fazer uma escolha — ele sempre pedia um descafeinado.

Ele provou o café, reagiu com satisfação, disse que estava quente. Nick, eu disse, sem saber por quê. Àquela altura tinha deixado de ser um estranho sem nome. Eu gostei dele.

Eu diria que bastante, acrescentou Eleonora.

Num determinado momento o céu escureceu.

Não diga. O que obrigou vocês a tomarem a decisão de ir jantar.

Saímos de lá para outra longa caminhada. Do restaurante fomos esbarrando um no outro pelas ruas, ganhando tempo, mas já sabendo que todas as possibilidades levariam pro mesmo lugar.

Deixa eu adivinhar. Pra um sexo selvagem.

Exato.

E vocês tiveram uma noite de sexo selvagem.

Quase.

Porra, Ana!

Já te falei, ele é um tipo reservado.

Ah, entendi. Tirou o tênis porque é um cara educado e mora num apartamento superlimpo. Perguntou se você queria tomar algo, botou um som, fingiu ler o jornal inteiro antes de finalmente notar que estava meio friozinho e talvez ficassem mais confortáveis debaixo de uma manta. Eleonora arqueou as sobrancelhas. E da nossa noite, quando foi que ele ficou sabendo?

Os convidados da minha avó ficaram meio passados no jantar.
Duvido que tivesse sido novidade pra qualquer um deles.
Novidade não era, mas também não precisava ter falado daquele jeito escancarado.
Você prefere que olhem pra gente e fiquem fazendo de conta que nada aconteceu? Falando alto a respeito, pelo menos a gente humaniza a coisa.
Desde quando humanizar é jogar tudo pra cima e sair andando? Com o Nick não foi assim, como você fez no restaurante. Quando contei que estive presa, ele me olhou admirado, sem saber se falava sério.
Provavelmente já tava imaginando favela armada, crime organizado.
Decerto. Daí ele desconversou total, perguntando se o Brasil era mesmo um lugar vibrante, com praias formidáveis.
Putz.

O telefonema veio durante nossa caminhada no Central Park. A mãe de Eleonora explodiu quando soube que eu estava ao lado da filha. Falava alto o suficiente, e provavelmente era o que queria, que eu participasse remotamente da conversa, embora Isabel dissesse que não iria dividir conversa nenhuma com uma assassina. A mãe sabia que seus gritos eram incoerentes e até cômicos para nós, mas insistiu. O ar saturado prometia neve, e um silêncio cândido cobria o entorno. Tinha esfriado bastante, e Eleonora alternava as mãos enluvadas para segurar o aparelho. É onde ela mora, mãe.
Isabel soltou uma risada histérica que mudou rapidamente de direção, ao perguntar à filha se achava risível que eu, Ana, estivesse tentando exercer controle sobre Eleonora. Antes de desligar, ela lembrou que, apesar de ser mais jovem, eu não passava de uma americana fria, uma coisa degenerada,

corrompível, imoral. Que, por mais cautelosa que Eleonora fosse, eu ainda seria capaz de manipulá-la.

Dava para ouvir o que ela dizia do outro lado da linha, e eu fingia anotar meus defeitos numa caderneta.

Eleonora riu alto, olhando para mim. Sim, eu conheço esse tipo, mãe.

Toda a educação que teu pai e eu te demos, disse ela. Que tipo de pessoa é capaz de mudar você assim de repente? Só uma sociopata, minha filha. Ouve o que eu estou dizendo.

Mã, relaxa, eu nem conhecia ela.

Então?! E você ainda me inventa de passar o Natal aí. Não dava pra ficar em São Paulo. Teve que pegar o avião e ir até aí.

É onde ela mora. E claro que todo o Brasil tá falando disso, mã. É mesmo um escândalo eu estar aqui.

Acordei com a orelha dobrada no travesseiro. Senti sede e estiquei o braço para alcançar um copo que não estava ali. A luz entrava no quarto refletindo as árvores de inverno na parede. Não se moviam. O desenho dos galhos recortados me aproximou dos passos da minha avó, da sua caminhada de pantufas pelo apartamento. Veio a lembrança da noite anterior, quando ela tirara a dentadura no lavabo do restaurante e passara a limpá-la com a escova de dentes que trazia na sua carteira ampla de festa. Trilhei meus dentes com a língua, sentindo o esmalte escorregadio.

Seus passos retornaram. Vovó devia ter parado na cozinha. Ou no banheiro. No restaurante, usara a pia como se estivesse em sua própria casa. Depois voltamos ao salão e cantamos parabéns com todos, unindo as palmas das mãos, e antes de cortar o bolo, ela fez um pedido, hesitando sobre a parte em que afundaria a faca. Pegou para si um A, deixando o resto das letras intactas no creme branco.

Não me admirava de ter sonhado com luz de velas, queda de neve e com a caminhada noturna no Central Park. Eleonora e eu conversávamos sobre isso quando nos conhecemos, enquanto eu tentava acompanhar seu ritmo acelerado, num jogo de enfiar árvores na neve, como velas no bolo. Acho que também eram feitas de cera.

    Levantei de uma vez e parei diante do espelho. Busquei apoio na cômoda e, sem saber o que procurava exatamente, abri a primeira gaveta. Ali estava um apanhado de caixinhas de joias sem uso. A maioria não abrigava mais nada, nem uma ostra, como dizia vovó sobre a sua própria boca.

    O abre e fecha compacto dos veludos foi me despertando. Havia caixinhas revestidas de couro por fora e cetim por dentro, mas a que me chamou a atenção foi uma desgastada, de feltro preto comum. Parecia familiar. Dentro havia uma correntinha fina de ouro e, ao erguê-la, um pendente correu pelo fio. Fixado no ouro amarelo, reconheci o dente de leite dos meus dez anos que não lembrava onde fora parar. Tinha dado à minha avó, sem adivinhar que na mesma época ela já teria perdido seus próprios dentes.

    A surpresa do achado me trouxe uma alegriazinha de manhã de Natal, seguida da lembrança menos agradável do recreio na escola, do sol no rosto e da bolada na cara que veio não sei de onde. Foi assim que perdi aquele canino, quase pronto para cair sozinho, não fosse a bola. Estava no pátio, tentando me aquecer ao sol. A pancada e o zunido me isolaram do resto das crianças, e a vergonha aparvalhada de ter sido o alvo no meio do pátio se concentrou no sangue empoçado na boca.

Diante da cômoda sob o espelho, abrindo e fechando as gavetas, meu cabelo liso e curto estava no lugar, mas mesmo assim ajeitei-o atrás das orelhas. Não eram só os olhos e o cabelo, tinha também a mesma estrutura física da minha avó e de Jackie. Miúda e flexível. O peito pequeno não enchia a palma da mão. Fiquei me examinando, sonolenta, e voltei a me deitar.

Além das contas brancas que Eleonora me dera e eu usava nos braços, havia agora uma correntinha com o dente de leite no meu pescoço. Como se esses artifícios me aproximassem de um mundo mais primitivo, apesar de tais migalhas não expressarem grande coisa para mim. Talvez só um falso patriotismo, fatal e triste, algo que aprendera na época da bolada na cara.

Fantasiar-se em 19 de abril, Dia do Índio, era um exercício de reconhecimento do outro, dizia a professora, mas aquilo não passava de folia. Índio para mim era cola, cartolina, plumas coloridas e gritinhos estridentes que soltávamos ao ensaiar uma dancinha, ou quando atravessava algum túnel, batendo freneticamente com a mão na boca para recortar o som. Essa era a ideia do reconhecimento: olha, também podemos ser selvagens. Que legal.

Uma batida na porta me fez puxar o lençol para me cobrir. Eleonora?

Sim, era ela. Avançou dois passos para dentro do quarto, sem dizer nada. Só ficou me olhando fixamente. Já é meio-dia, anunciou com um sorriso repentino. Estou menstruada, não tem nada pra mim? Tipo absorvente?

Tenho. Peraí que eu vou pegar. Dá um segundo.

Valeu.

Dormiu bem? Sonhei que a gente tava andando num bolo gigante, que as velas eram árvores. Desculpa, só tenho esse, eu disse, passando o absorvente para ela. Olha o que acabei de achar na gaveta. Mostrei meu pendente.

Um dente? Legal. Minha mãe costumava fazer anéis com os dentes do meu irmão, com os meus também. Viu. Teus avós entraram e saíram do apartamento um milhão de vezes. Tua avó me disse que estão se preparando pra viajar pra Flórida. Sai logo desse quarto pra dar um alô pra eles, Ana. Ah, teu namorado tá aqui também.

O Nick?

A gente já tomou três cafés na cozinha. Obrigada, ela disse, erguendo o absorvente. Na sua prontidão havia carinho. Estava de bom humor.

Antes que ela alcançasse a maçaneta, Nicholas abriu a porta e entrou, surpreendendo-se um pouco com a presença de Eleonora.

Oi, Nick, ela disse.

Nick. Dei-lhe um beijo, enrolada no lençol ainda.

Feliz Natal! Dormiu, hein?, ele disse, indicando as persianas fechadas. Teus avós estão de saída.

Preciso tomar um banho.

Vejo vocês lá fora, Eleonora falou, saindo do quarto.

Não deu pra ir ontem ao restaurante, ele disse.

Nick transitou com tranquilidade, abastecendo-se de coragem para dizer algo. Em seu rosto via-se que estava longe de esgotar um assunto que nem tinha começado. De repente pareceu-me nervoso, esquivo, e incapaz de escapar da própria miséria. Sentou-se na cama e me olhou.

Não pude ir, estava com minha irmã.

A gente já tinha falado sobre isso, não tem problema.

E daqui a pouco vou ver meus pais. Quer vir? Quer jantar amanhã?

Vou pra praia com a Eleonora, passar uns dias. Ela vai embora em breve.

O assunto não se esgota entre vocês?

Não é isso.

Então?

Então estou feliz que ela tenha vindo me visitar, eu disse, pensando no que ocorrera no restaurante, aliviada de que ele não estivesse lá. Você não perdeu nada ontem, disse de repente. Meus avós estão saindo agora?

Ainda não. Não sei. Viu, Ana.

O quê.

Quando ela finalmente voltar pro Brasil, a gente devia fazer uma viagem.

Sim. Brasil. Podemos também pegar um trem de volta pra San Francisco, se você quiser.

Gosto do teu humor natalino, disse sorrindo. Nos beijamos, fui para o banheiro e ele me seguiu. Liguei o chuveiro, larguei o lençol e entrei no boxe.

Como foi ontem? Ana?

O quê? Já disse, não perdeu grande coisa, repeti, enquanto lavava o cabelo. Observei o vapor subir e limpei o vidro com os dedos. Via seu corpo atrás da porta de vidro. Vai entrar na ducha comigo?

Ele abriu o boxe, fechou a torneira. Em seguida secou meu rosto na toalha, e depois de esfregar cuidadosamente minha cabeça, minhas orelhas, me cobriu com ela. Em seu abraço, a toalha estava úmida e quente.

Ana. Estou com saudades.

Senti prazer na transparência das palavras e em seus olhos calorosos fixos em mim, como se eu fosse a única coisa que ele conseguia enxergar. Seu rosto bonito resistia a qualquer sinal de impaciência, aos ruídos cambiantes fora do quarto.

Rimos juntos e, enquanto me olhava, Nick tirou a camisa, depois a calça. Firmei entre as mãos seu rosto estreito, ele tinha um olhar obstinado de ianque. Senti-me alinhada à sua vontade. Ele me beijou, mordendo meus lábios de leve, caçando a parte interna deles, enquanto varria minha pele sob a toalha. Senti-me misturada a ele no calor.

Ele sentou na minha cama, seu olhar brilhava perplexo, a cabeça inclinada, os dedos me arranhando.

Que bobo que eu sou, ele disse.

Beijei-o na boca sem pressa e rimos de novo. Não vamos deixar nem uma sombra escapar daqui. Nem mesmo um pensamento.

Bobo mesmo. Eu te amo, Nick.

Logo Eleonora iria embora e eu ficaria olhando para ele daquele mesmo jeito, bem de perto, e ainda me perguntando se estávamos perto o suficiente. Amava seus olhos penetrantes, o modo como me observava com atenção, gentil ao toque.

Ana.

Sobre a mesa de jantar, havia um conjunto de recipientes pequenos de plástico da loja de comidas da família de Max. Salmão, arenque, caviar, salada de batata e *bagels*. Em potes menores havia manteiga, ovo cozido picado, gema e clara separadas, mais cebola. E o cream cheese com cebolinha, que minha avó lembrou de tirar da sacola.

As embalagens estavam todas no centro, destampadas, contrapondo-se aos pratos de porcelana, cristais e talheres de metal.

Bortsch. Quem quer?, Ana perguntou.

O motorista os esperava para levá-los a Teterboro, em Nova Jersey, de onde sairia o voo, mas isso não impedia vovó de sentar um momento.

É uma tradição, eu disse em português, justificando a mesa improvisada, mas Eleonora entendeu que a tradição era o tipo de comida.

Ótimo. Max não vem?, perguntou em seguida à minha avó.

Max disse que tem planos com o Scott. E você, Nick? Veio resgatar a Ana dos excessos da Eleonora? Seu sorriso afável voltou-se para Eleonora, com uma piscadinha. Não sei não, acho que ela não é boa companhia para a minha neta.

Eleonora riu sem jeito, cruzando os braços sobre a mesa. Sorte que sou como a senhora, dona Ana. Fico só esperando a oportunidade de escapar.

Eu também sofro de ansiedade. É uma coisa terrível, disse minha avó, rindo de si mesma. Pior que reumatismo.

Sob a mesa, toquei a coxa de Nick e ficamos quietos, ouvindo a conversa sinuosa das duas. Sua mão encontrou a minha e entrelaçamos os dedos. Eleonora e Ana se entregavam a uma troca de viradas engenhosas, e provavelmente o papo se estendia desde cedo.

Nick, comedido, apertou minha mão, à espera de que lhe dirigissem a palavra.

17

Peão só se fode. Eleonora cobriu o sorriso com a mão. Precisava dar um fim nele.

Se te ouvissem, Eleonora, jogariam você de volta no calabouço.

Eleonora me examinou, impassível. Se te ouvissem — quem? Tenho que ter cuidado com o que digo mesmo trancada num apartamento? Mas, Ana. Vê se não tenho razão.

Sobravam uns poucos em suas posições originais. Desde que Eleonora organizara as peças de xadrez para o início da partida, o destino dos peões tinha mudado bastante. O que era bom, segundo minha adversária, porque indicava que o jogo estava avançando.

O fluxo do tempo, ela disse segurando meu peão, não deve ser medido pela contagem de quadrados, mas pela quantidade de peças que faltam. Não sei onde, mas li que o número total das peças de um jogador é o equivalente a uma arcada dentária. Dezesseis de cada lado.

Tateei o pendente sobre o peito. Nem duas horas haviam se passado desde que encontrara a caixinha de feltro gasta, e o dente perdido já tinha voltado a fazer parte de mim. Pressionei o amuleto enquanto examinava o tabuleiro. Então, esse meu canino corresponde a qual peça?

Se os incisivos são o rei e a rainha, mais um bispo de cada lado, teu canino seria um cavalo. E numa sociedade de torres e de bispos, o cavalo sempre foi uma peça fundamental. Já pensou nisso? O cavalo.

O olhar de Eleonora deixou o jogo por um momento, buscando a sala em sua extensão. A parede ampla estava carregada de livros e de pequenos objetos.

Dizem que os astecas consideravam os cavalos espanhóis como criaturas divinas. Eles nunca tinham visto cavalos antes. E Ana. Olha isso. É um campo de batalha com fronteiras a serem definidas. E não falo só de fronteira física. Pensa nos bispos e nos reis em suas torres no Velho Mundo, enviando os jesuítas pra converter os indígenas, e em como os cavalos devem ter inflamado a fantasia desses nativos. Minha adversária inclinou o corpo para a frente, coçou o antebraço e se endireitou na poltrona. Vai, Ana. Tua vez.

Quando ela me encarava assim, mostrava o branco embaixo dos olhos. Sua beleza era feita de um olhar sem emoção, marcado por dedos impacientes batendo na mesa. Puxei a manta do sofá e me enrolei nela antes de arrastar o bispo, cruzando o tabuleiro na diagonal até onde deu.

Gostei do toque pessoal, você no manto da fé. Mas meu peão escapará das fogueiras da Inquisição. Olha.

Cara, não sei por que volto a isso, ao corpo queimado, às miçangas que ele tinha comprado no centro, mais os dentes que devia levar no peito, sei lá, porque imagino que ele teria alguma coisa pendurada no pescoço.

Como você.

Como eu. E o corpo enfeitado com miçangas. Tudo empretecido. É muito esquisito.

O cara morreu na Angélica porque era a hora dele. Pajé dá e tira a vida, ouvi dizer.

A gente tenta retraçar o passado pra entender. Ou não? E ainda não faz sentido. Não faz. Não encaixa.

Onde é que faz sentido nosso passeio no meio da noite? Até hoje penso nisso, em como as pessoas ficam obcecadas pelo nosso caso. Cheguei a desenhar um selo comemorativo. Um botão, porque é redondo como uma data qualquer. E dois furinhos, a gente. Agora, sem brincadeira. Joga.

Encarei Eleonora, e ela me devolveu o olhar com um sorriso fixo, suspensa na zona neutra da rodada. Eleonora dizendo tranquilamente que era a hora dele de morrer, e a vítima no abrigo improvisado.

Depois da noite do crime, aquele homem desconhecido passou a existir no meu horizonte. Aonde quer que eu fosse. Longe, silencioso, lá estava ele. Será que pressentiu três adolescentes subindo a avenida Angélica num carro blindado? Eu me perguntava se ele pôde sentir a morte se aproximando e decidiu não tomar nenhuma atitude. Tudo isso não parava de me assombrar.

Sabe do quê, Ana?
Quê.
Eu te odiava. Era a única coisa que fazia sentido. Até que cansei de te odiar. Cansei.
Eu também já te odiei bastante.
Agora somos iguais. Duas jogadoras, uma na frente da outra. É a tua vez. Éli.
Ela reagiu com um sorriso vago. Mantinha o olhar inexpressivo sobre o tabuleiro. Eu não conseguia antecipar no seu rosto uma estratégia de bote. Quando vi, era tarde demais. Foi a sua vez de usar o bispo preto para capturar o meu. Eleonora ressurgiu de repente de sua tranquilidade tácita, deu um peteleco na minha peça, fazendo-a rolar para fora do tabuleiro e despencar no chão. Abafada pelo tapete, a queda foi quase silenciosa.

Cai o bispo, ela anunciou, exagerando o sorriso para mostrar os dentes. Você já usou aparelho?
Não.
Eu já.

Sabe uma coisa que eu não consigo entender, Eleonora? A inexistência de vingança por parte da aldeia. Dente por dente.

Por ele não ter voltado pra casa, os indígenas podem ter considerado que ele ficou por aí, pairando como uma alma penada. Daí, sem corpo, cadê a vingança, sabe?

Como era mesmo o nome dele?

Nawa Mudu.

Nawa Mudu. Que nome forte. Fechado.

É. Soa bem autêntico pra um ritual de ayahuasca. Um pajé chamado Nawa Mudu parece mais real do que um pajé chamado José, obviamente. Por mais urbanas que sejam, num ritual assim as pessoas querem se aproximar da floresta. E começa pelo nome. Nawa Mudu é bem místico, ou não?

Sim, mas o que você quer dizer? Que ele tinha um nome adequado pro negócio? Tipo um nome artístico?

É meio difícil entender esse conceito, até porque, entre eles, chamar a si mesmo por um nome é um tabu, mesmo que fossem conhecidos como Kaxinawá por outros povos. Acontece que o nome Kaxinawá não era lá uma beleza para eles — *kaxi* significa "morcego", que está associado a sangue, e *nawa* é algo como "estrangeiro, imigrante", então insistiram em ser chamados de Huni Kuin, que significa "homens verdadeiros". Certamente é uma escolha bem mais grandiosa. Mesmo que eles não venham dizer olá, meu nome é tal, é assim que gostariam de ser reconhecidos pelos outros. Entendeu?

Kaxinawá é bem mais bacana.

É realmente um grande alívio saber que você acha Kaxinawá bem mais bacana. Eleonora arrastou dois dedos sobre o tabuleiro, como um fantasma de duas patas. Agora, se prepara. Vou comer teu cavalo, ela disse. O teu dentinho de leite, ela indicou meu pendente. Parecia que apontava para o meu coração.

Não vai, eu disse, apertando-o contra o peito. Mexi a peça no tabuleiro. Dois e um. L de cavalo.

Massageei os pulsos carregados de contas, olhando os quadrados no tabuleiro, que para mim formavam a estrutura de uma paisagem aberta e abstrata. Não sabia que estava tão impactada pela história do nome de Nawa Mudu e do seu povo sem nome. Sentia uma dissonância nisso, ela havia me dito que *huni* queria dizer "nós", dentro da categoria de humanos, e *nawa* queria dizer "outro".

Sobre Nawa Mudu, se é que esse era mesmo seu nome, dava para intuir que em seu universo haveria mesmo uma fricção assimétrica, um antagonismo entre o nós e o outro. Sempre presente e necessário na ontologia deles, Eleonora prosseguira. Quase como se pudessem se beneficiar dessa osmose, compartilhando o conhecimento mútuo de um e outro.

Voltei a observar as miçangas ajustadas em mim, que me fortaleciam como dois braceletes. Os desenhos gráficos nas malhas brancas tinham um pouco disso: apesar da homogeneidade, havia um escape, uma surpresa, como o L que acabava de desenhar no tabuleiro. Havia um elemento imprevisível dentro do conjunto esteticamente equilibrado, surpreendente como a escapada do salto do cavalo.

As contas, sozinhas, não significavam nada, eram como um pequeno quadrado do tabuleiro de xadrez, se bem que o preto e o branco formavam também um padrão expressivo. Nossa conversa rumou do seu interesse por antropologia para algo que eu queria ter perguntado antes, mas havia esquecido, sobre o período em que frequentou a faculdade quando era presidiária. Voltei ao assunto, e ela falou sem rodeios.

Foi aí que parei, eu disse. No momento controverso em que você entrou em ciências sociais. Quando você quis se aproximar da antropologia.

Em fevereiro de 2011, Eleonora foi condenada a dez anos e cinco meses de reclusão por homicídio qualificado. Eu ingressava na

Fundação Casa, onde passaria três anos. Foi quando nossos caminhos se bifurcaram.

Como ainda não tinha terminado o ensino médio, o natural seria seguir estudando em reclusão, enquanto Eleonora foi atirada no mundo adulto. Se havia a vontade de se instruir, completar ciclos da escola ou tentar uma faculdade, por exemplo, cabia ao recluso procurar e lutar por opções.

Eleonora terminou o primeiro ano de farmácia antes de ir para a penitenciária. Lá dentro, ela ainda tinha dezoito anos e era oficialmente maior de idade, mas a educação tornou-se um assunto vago, parte dos escombros de uma vida passada. Complicando ainda mais, decidiu abandonar o curso de farmácia e começar de novo, provavelmente motivada pela dor de ter perdido o melhor amigo, com quem havia planejado um futuro profissional.

A possibilidade de frequentar um curso superior fora da penitenciária, segundo o juiz, estava prevista, baseada na Lei de Execução Penal. Também foi considerada a individualização da pena, prevista na Constituição Federal. Além de ter bom comportamento, Eleonora nunca se envolvera em outros crimes, e contribuía para a organização de nova parte da biblioteca da unidade onde estava. Considerando todos esses aspectos, a diretora da unidade prisional, o promotor e a Secretaria de Justiça entraram em acordo.

Embora a situação fosse incomum, talvez tivesse passado desapercebida, não fosse a sua opção. Eleonora queria ciências sociais, com especialização em antropologia, e isso gerou falatório. A escolha da antropologia refletia sua transcendência após o crime, numa tentativa de compreender melhor seus ancestrais, não só o povo Kaxinawá. Foi o que ela me disse. Foi o que ela alegou a todos que a ouviram.

Depois de ter participado ativamente do homicídio de um indígena, sua preferência por antropologia apenas comprovava que ela queria se redimir, demonstrando interesse pelos direitos humanos. Mencionou-se que Eleonora dava um bom exemplo aos outros presos, na determinação de crescer através do estudo.

Pesquisas mostravam que as chances da volta ao crime ficavam reduzidas por meio do estudo, assim como pelo trabalho, mas muitos argumentavam que Eleonora simplesmente estava sendo estratégica. E a escolha de estudar antropologia refletia isso. Outros simplesmente questionavam se a detenta tinha ou não direito à educação pública.

O episódio desencadeou uma onda de críticas, e os debates nas redes sociais iam longe. Era aceitável ver uma jovem da elite brasileira presa, mas vê-la aproveitar-se de uma universidade pública já era um absurdo. Na balança contava ainda que Eleonora era uma detenta com boa educação, contra mais da metade de jovens e adultos presos que não haviam sequer terminado o ensino fundamental.

De repente, o caso de Eleonora mobilizou a atenção das pessoas, no sentido de repensar a política da educação dentro do sistema prisional. Alguns estados nem tinham escola nas prisões.

Eleonora entrou na USP, que não ficava na comarca de Santana, mas foi autorizada a frequentar a universidade em regime semiaberto. Nas primeiras duas semanas uma agente feminina sem farda a acompanhou, para demarcar sua viagem e anotar o tempo do trajeto.

Tudo corria bem. Por ser considerada tecnicamente uma extensão da unidade prisional, a universidade enviava relatórios mensais sobre seu comportamento e seu desempenho nas aulas, e a investida parecia ser um sucesso, sem a objeção dos demais alunos.

De volta à prisão, seu novo status independente gerava ciúmes, principalmente por parte da sua namorada, Roberta, considerada uma líder natural entre as detentas. Roberta também estava em regime fechado e, na cadeia, ela se inscreveu no Exame Nacional do Ensino Médio e passou por meio do Sistema de Seleção Unificada. Estava um pouco atrás de Eleonora, mas a alcançou. Isso a encheu de esperança, até o momento em que não passou no vestibular.

Mais do que reduzir seu tempo de prisão por meio do estudo, Roberta queria conquistar um lugar de dignidade, ela dizia, entre os que sabiam expor e discutir seus problemas sem cair na porrada para vencer um argumento. Não resistiu.

Em uma explosão de ciúmes, teve uma briga com Eleonora que virou assunto na penitenciária. Eleonora caiu na mira de algumas presas, e não demorou muito para que um grupo a encurralasse. Algumas se defenderam dizendo que ela as ofendera com sua atitude arrogante. Eleonora sobreviveu por pouco. Foi espancada, sofreu um corte profundo no pescoço e ficou desacordada durante horas.

Após sua recuperação, reiniciou o curso, monitorada eletronicamente. Provavelmente por ter alegado temer retaliação, passou a cumprir prisão domiciliar. Ia à universidade com um segurança particular, mas a experiência dos estudos não foi mais a mesma. Dois anos depois, trancou a matrícula.

Eleonora me contou que queria ciências sociais, e as pessoas a parabenizaram quando entrou na faculdade. Na cela e nas redes sociais, de vilã tornou-se redimida e consciente. Roberta, a namorada, dividia a cela com ela, e quem as via juntas dizia que formavam um casal comprometido. Tinham até começado a estudar juntas, passando horas nas apostilas. Roberta queria psicologia, mas não conseguiu entrar. Eleonora foi e Roberta ficou, o que começou a gerar tensão entre as duas.

Segundo Eleonora, sua namorada era uma lutadora, um tanto impulsiva, mas não tinha nenhum problema de mau comportamento no presídio. A situação piorou quando Roberta ficou sabendo que Mara, ex-detenta e paquera de Eleonora, fora procurá-la na faculdade. Ao voltar às aulas, Eleonora tentou esconder durante dias os hematomas no rosto que resultaram da surra que levou de Roberta.

Não suportando a humilhação, Eleonora terminou o namoro, porém ocorreram mais brigas e a gritaria das duas era ouvida nas celas mais próximas, de onde as presidiárias acompanhavam o drama. Ouviram Eleonora terminar com Roberta, Roberta implorar que ela ficasse, como se Eleonora pudesse fazer as malas e cair fora. Éli me contou que o grande final esperado pelas outras internas, e que gerou falatório geral, foi a suposta resposta arrogante, quando disse a Roberta que era impossível continuar com alguém como ela. Eleonora vociferava, chamando a namorada de brutamontes, ignorante, que só sabia resolver os problemas na porrada. E que sentia muito, mas muito mesmo, que Roberta não tivesse passado no vestibular. As detentas aplaudiram. Queriam o nariz empinado de Eleonora.

 Àquela altura, grupos humanitários haviam passado a se reunir do outro lado da rua para protestar contra a sua presença na universidade às custas do governo, logo uma pessoa que tinha matado um indígena.

 Eleonora contou que nunca mais viu a paquera e que se sentia paralisada cada vez que passava pelo portão de entrada da universidade, onde se davam mais protestos. Ela não sabia mais quem era quem, todos pareciam enviados de Roberta.

 Eleonora permaneceu anos na mira das pessoas e tudo o que fazia chamava a atenção. A saída da prisão em feriados, a faculdade, além de detalhes sórdidos dos seus relacionamentos íntimos. Tudo era notícia. Se ela ainda estivesse presa quando nos correspondíamos, certamente alguém teria dado um jeito de interceptar as cartas e publicá-las como um folhetim.

***

Passei bastante tempo encantada pela imagem da mulher coberta de pérolas — e só depois associei os dentes àquela armadura renascentista, ou às miçangas queimadas na rua. Antes de mandar a primeira carta para Eleonora, contornei com os dedos a silhueta daquela figura sobrenatural, tentando modelar a pintura de maneira idêntica à Eleonora que tinha visto em carne e osso.

Acho que era parte da minha fantasia, ter a impressão de que as coisas estavam bem alinhadas entre nós. Começou com meu cartão-postal. Não me lembro de ter mandado cartas para ninguém antes, exceto para meus avós quando era criança.

Sua letra era caprichada, redonda, e quando chegava um envelope dela, eu pensava na penitenciária, apesar de Eleonora já ter saído de lá. Para mim, ela estava isolada, tentando enxergar alguma coisa da janela, e a luz incidia em seu rosto. Eu a via na prisão.

Na nossa correspondência, ia fazendo seu retrato. O que mais me chamava a atenção eram os papéis de carta fantasiosos que vinham em resposta, com mocinhas perfumadas de cabelo cor-de-rosa e cabeçalho ilustrado cheio de desenhos. Talvez quisesse ser vista como uma menininha, ou fosse um indicativo de que se infantilizara na cadeia, mas o perfume no papel me fazia pensar antes em algo mais perverso, considerando que nossa lembrança comum se reduzira ao cheiro de carne queimada.

Eu quero me sentir protegida, escreveu ela, entre duas princesas com cabelo lilás até a cintura. Os desenhos até que eram intrigantes, especialmente quando ela escrevia coisas como: é difícil aprender a ser gente sem passar dos limites.

Nunca tive muito essa fronteira social em mim. Além disso, fiz as coisas por aí, mas nunca me senti realmente culpada. Reconheço o que é o certo e o errado, mas não sinto remorso, respondi.

Imagina você descobrindo teu lado afetivo e as pessoas tentando te destruir o tempo todo, ela me escreveu noutra vez.

Depois contou das experiências sexuais na penitenciária. Falou da Roberta, mas não consegui imaginá-la. Busquei na internet. Falou também de como era vista por outras presas. Qualquer delito seria inimaginável para ela, porque ela não precisava roubar. Deviam observar Eleonora como se fosse um bicho raro numa jaula de laboratório.

A Roberta, nesse sentido, até que me ajudou bem.

Pelo que entendi, você tem uma espécie de dependência emocional das pessoas, respondi.

Nem vem, foi sua resposta num papel com estrelinhas e uma lua amarela, de onde pendiam alguns ratinhos. Aproximei a carta do nariz para sentir se tinha perfume.

Quando começamos a conversar por telefone, certa vez ela me disse que iria renovar seu passaporte para me visitar. Precisava de um respiro. Uma pausa. Ruminei a ideia com um pouco de receio, era o que eu queria também, só faltava articular. Ouvi minha respiração, puxando o ar com dificuldade. Vem, escrevi. Vem me visitar.

O olhar adquirido na prisão cheio de vontades sitiadas, quando anunciou o xeque-mate, era tudo isso.

18

Ana mostrou a firmeza do mamão papaia na pressão dos dedos. Se uma banana esverdeada é considerada madura no meu país, por que não esta daqui?

Fiquei de olho na fruta, enfeitiçada com a capacidade que minha avó tinha de tornar o mundo palpável em suas mãos. Deu uma comprimida eficiente no item mais ordinário da cesta, com a convicção de uma comedora de banana verde.

Ela visitava o Brasil com seu amigo George. Por que não este?

Vovó estava passeando e agia de acordo ao observar as coisas que chamavam a sua atenção, e quando não entendia o que era falado, guiava-se pela expressão no rosto das pessoas. Usava um chapéu de abas largas e falava sobre frutas, território, fraternidade.

Tira o cotovelo da mesa, ordenou ela.

Estávamos no terraço do nosso apartamento em São Paulo e na época, aos dez anos de idade, eu sempre ficava um pouco curvada de vergonha por não saber direito o que fazer comigo mesma, além de ser essa a maneira que encontrara de esconder meu sorriso banguela. Sorriso manco, como dizia meu pai. Normalmente isso me incomodaria, mas estava distraída com vovó e com as coisas estranhas que ela atraía com sua presença.

Às vezes suas frases soavam enigmáticas para mim, sobretudo quando se arriscava no português. Ela falava um pouco do idioma e não tinha medo de cometer erros. Parecia satisfeita, sentada com sua família brasileira, enquanto buscava apoio no ombro do amigo, como se precisasse tirar uma pedra do sapato.

Protegidos da luz direta, os pãezinhos doces se escondiam sob um pequeno linho bordado, que combinava com a toalha da mesa, exibindo nas pontas as mesmas flores delicadas de dente-de-leão em lilás. George esfregou os braços. Assim como ele, vovó arregaçou as mangas. Estava quente, mas o gesto trazia uma expectativa para o que vinha da cozinha.

Junto a um saboroso bolo salgado saído de uma fôrma imitando uma folha, havia outros formatos que só viriam da cozinha em ocasiões especiais, como os potes de vidro antigos com compotas de frutas que brilhavam exuberantes em cores diferentes no seu doce abafado e espremido. Eram receitas antigas, o que me fazia olhar com certa desconfiança para aquelas frutas polpudas, apodrecidas por gerações.

As compotas tinham relação com a amizade de Ana e George ou eram parte de um sonho. Ao conversar com ele, Ana apresentava um jeito estranho no olhar, como se recordasse algo. Às vezes ela balançava a cabeça em desacordo, mas com muito cuidado, buscando nele uma luz inédita. Era mansa e cautelosa, como se assoprasse uma ferida aberta.

George parecia disposto a ajudar minha avó o tempo todo, ainda que ela não precisasse de nada. Achei engraçado aquele cavalheirismo confuso, enquanto reservava para si duas xícaras, uma com café e outra com chá. Não conseguia decidir, justificou para Chiquinha, a criada.

Ela reagiu com uma risada, sem entender o que ele queria dizer exatamente. Não até ele cobrir as duas xícaras com as mãos. *No more?* Isso ela sabia dizer em inglês.

Meu pai olhou para George, sem dizer nada. Havia uma distância indiferente entre James e o mundo, talvez proveniente das grandes esperanças de sua mãe em relação a ele. Observei os dois. Mãe e filho mal desenvolviam uma conversa relaxada. Mal falavam.

James indicou as xícaras, sugerindo que tudo o que George conseguia fazer era tapá-las com as mãos, para que Chiquinha não as levasse. Não dava para saber se se tratava de uma brincadeira, mas minha mãe também olhou para George, enquanto colocava um pouco de compota em seu prato, depois de oferecer a ele.

George viera a São Paulo a trabalho, para completar um jardim fora da cidade, e minha avó, em vez de se hospedar conosco, decidira ficar perto do seu hotel. Sua decisão me pareceu prática. Se necessário, ela poderia chamar um táxi, acrescentara meu pai.

Lembrei da noite anterior, quando minha mãe sinalizou ao meu pai que aquilo era uma pena para mim, porque não aproveitaria tanto a vovó numa de suas raras visitas ao Brasil. James não respondeu e ela insistiu. Seguiu falando e percebi o silêncio entre eles. Não porque ele não respondesse, mas porque ela não estava dizendo o que queria dizer.

De manhã cedo, Ana e George vieram me buscar para uma caminhada pelo centro. No brunch ainda estávamos suados, falando das pedras preciosas que vimos nas barraquinhas da praça da República. Eles lembraram em voz alta que chegamos a secar lágrimas de tanto rirmos enquanto comprávamos redes, papagaios de cristal de quartzo e uma tigela de ágata rosa, com faixas concêntricas dentro, que me recordavam o tronco de uma árvore antiga.

Voltamos para casa carregando as diversas sacolas e parando no caminho para admirar prédios que expressavam, segundo George, a glória modernista brasileira. Disparei na frente para mostrar meus favoritos também. O prédio no final da Marquês de Itu que parecia um barco. Outro que se chamava simplesmente Cinderela, feito por um homem com um nome maluco, de quem George já tinha ouvido falar. Artacho Jurado.

Sua voz era afável, dirigida pela curiosidade. Enquanto falava, notei minúsculos vasos sanguíneos ao redor de seu nariz. Sua pele rosada barbeada dava a impressão de ser delicada demais para ficar na rua daquele jeito, mas ele parecia tolerar e até gostar do calorão. Quanto mais nos afastávamos do centro, mais desertas pareciam as ruas na manhã de domingo.

Dá pra ela. A lembrancinha, Carmen segredou, apontando sutilmente o queixo para a sogra.

Minha mãe me cutucou com uma caixinha preta sob a mesa. Eu não sabia que ela correra até o ourives para transformar meu canino numa joia. Olhei para meu pai, tentando adivinhar se ele tivera participação naquilo, mas não. Meu pai nos observava sem muito interesse.

Mergulhava o pão com manteiga no café, e parecia realmente impressionado com o fato de a manteiga voltar lavada, mais clara. Uma olhadela garantiu minha cumplicidade no seu experimento. Eu me senti dividida entre seus modos e minha mãe, e senti uma ponta de inveja por ninguém comentar seu procedimento.

Chamavam-no de James aqui e ali, e ficava por isso mesmo, até porque ele evitava encarar as pessoas quando lhe dirigiam a palavra. O céu estava azul e parado, corando o terraço cor de areia, George e minha avó, mas meu pai, que algum dia fora igualmente branco, agora graças à pele curtida pelo sol parecia à vontade no calor de sua própria concha, de onde pouco saía.

A raiz da questão, ouvi de repente. Minha avó tinha se empolgado com o dente transformado em pendente deslizando por uma correntinha de ouro. Acolheu a caixinha preta de camurça nas mãos e me agradeceu muito. Depois colocou a corrente, o que me deixou acanhada, porque, ao encará-la, meu sorriso banguela ameaçou reaparecer, enquanto a troca de olhares entre a sogra e a nora foi a mais amistosa que posso lembrar.

George contava de Ilhabela, ressaltando a experiência exótica da viagem, a começar pelos borrachudos. Dava tapas nas feridas que ainda coçavam, enquanto explicava como chegara de barco à praia do Bonete, onde as mulheres varriam a areia usando meia de futebol até os joelhos, justamente para evitar as picadas dos insetos.

Nada dramático, disse, ao notar que seus braços inchados estavam expostos.

Quer uma pomada?, perguntou Carmen.

Não, obrigado, está tudo bem.

Mesmo?

Minha mãe lhe perguntou da impressão que tivera de São Paulo e seus jardins. George comentou as caminhadas pelo Trianon e em seguida como se sentia em meio à aglomeração na avenida Paulista. Passou a falar sobre canteiros oficiais, perguntando direto ao meu pai por que eles existiam. Era uma pergunta cuja resposta provavelmente só George sabia.

James, sem demonstrar interesse algum pelos canteiros, respondeu com outra questão. Não, por quê?

Foi quando prestei atenção no meu pai. Era um homem visivelmente melancólico. Gostava de se debruçar sobre o balcão e acompanhar o movimento na rua. Esse isolamento apático devia vir do grau de exigência de sua mãe, disfarçado nos seus olhos azuis muito claros. Eram os olhos da família, e daquele azul de aço nem eu nem meu pai escapáramos.

Indaguei-me se aqueles olhos me tornariam uma pessoa rígida algum dia. Ou meio distante, como eles. Entre os dois, mal havia conversa.

Carmen estava convencida de que se casara com uma pessoa melancólica, mas ainda havia atração ali. Compartilhava comigo fragmentos afetuosos da vida deles quando eu tentava entender o magnetismo entre os dois. Às vezes davam-se as mãos sentados no sofá ou acrescentavam estrelinhas ao lado dos bons artigos que deveriam ler no jornal.

Ao chegar ao Brasil, meu pai investiu no mesmo modelo de empresa do avô, e o negócio ia dando certo já em algumas cidades no interior de São Paulo, considerando-se que na compra financiada a margem de juros no país era bem maior do que nos Estados Unidos. Apesar disso, James seguia sem muita vontade de promover o negócio, o que, dentro da cultura protestante em que crescera, não só era incompreensível como inaceitável.

Talvez tivesse sido por esse motivo que viera para a América do Sul, longe do radar da família. Tinha o desejo supremo de uma vida despreocupada, sem horários fixos, abastecida de uísque, biografias e cartas para jogar, metido no seu próprio ecossistema de tartarugas e samambaias. A única certeza era o café da Chiquinha, três vezes ao dia. De quando em quando ele a convidava para sentar e ela o olhava com devoção piedosa.

O coitado tem algo a dizer, ela desabafava sobre seu português. Lembrava-se novamente das suas limitações quando o via no telefone, todo fluente em inglês, especulando na Bolsa ou conversando sobre arte.

James saía de casa raramente, para ver corridas de carro ou visitar leilões, e para as suas aquisições de arte alugara um galpão, assim não teria que levar nada para casa, nem decidir o que tiraria das paredes para substituir pela nova arte. Esse era o palpite de Chiquinha. Ela sabia de tudo e ficava de olho nele, porque James havia se transformado em parte da casa, e a casa era seu domínio, com duas pinturas do Guignard de balõezinhos no céu, bem posicionadas sob uma iluminação especial.

Eu nunca soube o quanto tinha se enraizado no novo país. Meu pai era avesso às florestas tropicais e à areia, então, quando minha mãe insistia em ir à praia, ele não tirava o chinelo nem embaixo d'água.

Não demonstrava grande interesse pelos assuntos locais, sociais nem políticos, e tampouco se aplicava no português, porém isso era justificável, dizia minha mãe, simpática a ele mas também desdenhosa ao argumentar que fazia sentido, considerando-se que os norte-americanos só falavam a própria língua.

Por outro lado, James gostava de colecionar dicionários, e pelas peças de arte brasileira expostas na casa, dava para captar o homem singular e até sonhador que era.

Naquela manhã, ia adicionando uma colher de açúcar depois da outra ao café, sempre evitando olhar para a mãe. Acho que me lembro bem desse brunch porque foi quando passei a observá-lo pela primeira vez como a um filho, e quem sabe como a um marido também. Só tinha dez anos, mas notei que, da mesma maneira que ele imitava minha mãe, zombando da sua caipirice preocupada em não mencionar o que já se sabia entre Ana e George, meu pai não queria que a mãe dele percebesse que usava o elevador para descer do terraço ao apartamento porque estava com gota.

Seu quadro clínico era conhecido também como doença dos reis. Achou no dicionário. Desde então passou a usar bengala dentro de casa, fazendo graça para a Chiquinha rir. Dizia que o nome da doença estava de acordo com a nobreza da sua vida. Andava meio manco, dependendo de quão incomodado se sentisse. Especialmente na perna direita, a dor da gota, quando se manifestava, era bastante intensa. Queimava os pés e os tornozelos.

Às vezes dura o dia inteiro. Arde por dentro, explicou.

Aquilo me impressionava, ver meu pai cada vez pior, estendido no sofá ou na rede. James tinha na época pouco mais de quarenta anos. Perguntei se gota era hereditária.

Provavelmente sim, Aninha. Qualquer desgraça é hereditária. Eu o observava desafogando palavras entre um pensamento e outro, fora do meu alcance. Às vezes buscava apoio nas paredes, assim como um pouco de concentração, o que para mim se assemelhava às ocasiões em que tentava se lembrar de uma palavra em português.

Nos verões, ele se afundava na rede com a bengala do lado, esperando passar o toró — essa era outra palavra que ele apreciava porque derivava de gota, brincava. Adormecia com o dicionário nas mãos, um dedo como marcador preso entre as páginas. Deriva da gota. Gota, ele se ajustava como se tivesse acabado de acordar. É tudo um fenômeno de condensação, concluiu de uma vez com um sorriso, praticamente para si mesmo.

Ele se divertia também com objetos populares do cotidiano, como uma infinidade de caixas de fósforo Fiat Lux que guardava num dos armários próximos à entrada do apartamento.

Curioso foi o policial em casa depois do crime, registrando cada uma das caixinhas empilhadas num canto e imaginando se não foram elas que deram origem à ideia macabra de incendiar alguém. A pressão para que meu pai falasse foi imensa. Não era tímido, mas não gostava de ser pressionado.

Sou advogado, foi o que conseguiu dizer. Soou mais como uma ameaça do que como uma oferta de colaboração com a polícia para defender a filha.

Vovó viera duas vezes com o marido. Uma quando nasci e outra quando eu era pequena. John não gostava de sair dos Estados Unidos e não suportava os borrachudos, enquanto George exibia as marcas nas pernas como um veterano de guerra.

Ana também tinha viajado para o país com Max, em 1984, antes de meus pais se conhecerem. Max lembrava do ano porque era o fim do militarismo no Brasil, ele me contou. Foi tocar no Rio e acabou ouvindo Tom Jobim, a quem conhecera em Nova York. Até se tornaram amigos.

E então Gal Costa entrou no palco, disse Max durante um jantar em Nova York. Em outra ocasião vi Caetano Veloso tocando com Jorge Ben. Marcante. Como o Wagner Tiso. Caetano me chamou no palco pra tocar e eu toquei Bill Evans. E uma das canções do Caetano, uma versão de "Cravo e canela". Foi demais. E melodias de cordel.

Vai, Max. Conhece alguma?

Max respondeu em português, pausando em cada sílaba. *A moça que dançou a lambada com o diabo em Juazeiro do Norte.* Conhece?

Não.

Mas eu vou te contar mais. Eu vou cantar o cordel pra você, disse, sob a impressão do que era estar realmente no Brasil, na terra de Heitor Villa-Lobos. Grande orquestrador. Grande gênio. *Rudepoema* é uma de suas melhores composições, escrita nos anos 1920 para Arthur Rubinstein, que nunca gravou a peça. E não sou só eu que acho. Para Messiaen, Villa-Lobos era o gênio da música.

Em 1984, observou Ana, o repertório de Max era mais livre. Recheado de sonoridades de música folclórica.

Lembra? A Funarte publicou aquelas partituras de música folclórica de cada estado do Brasil, contou Max.

Sim, sim.

E uma vez eu te fiz ouvir *A prole do bebê* de Villa-Lobos, esta sim gravada por Rubinstein. Ah, bons tempos, suspirou Max.

Encerrava o assunto Brasil, até não resistir e voltar a ele, comentando o ecletismo, a diversidade e a diferença entre a música norte-americana e a sul-americana.

Eu sou nova-iorquino, dizia. E ao contrário do que muita gente diz, acho que existe um som norte-americano. A escala pentatônica, a abertura do som, isso torna nossa música luminosa. Max correu a unha do seu indicador inclinado sobre as teclas negras. E na orquestra o folk americano não funciona tão bem quanto no jazz.

Ergueu as mãos para falar da nostalgia norte-americana, de um céu azul estridente cheio de esperança, liberdade e trompetes.

Não há uma coisa muito tensa, nem presa. Isso é característico da nossa música. Pensa na gratuidade do Barber, na luminosidade de Copland, Max seguiu. Dizem que isso é norte-americano, assim como a música russa é sombria. São estereótipos do que chamo de folclore, eu sei.

19

Tomei conhecimento de um piano na fazenda dos meus avós maternos no interior paulista. E nem era um piano, era um cravo bem desafinado no meio da sala, imponente e isolado, com o tampo aberto expondo a pintura delicada de uma paisagem pernambucana. Ninguém chega perto, era a ordem da casa.

Minha avó Cecília ficava me vigiando quando criança, enquanto eu, sentada no sofá, admirava a pintura no instrumento, a da capivara solitária de frente para o rio. Costumava fechar um olho para inserir o animal na paisagem que se avistava das janelas. Queria a capivara dentro das cercas brancas, perto das jabuticabeiras e dos cavalos que pastavam.

Depois da parada de Ana e George em São Paulo, fomos juntos de carro visitar meus avós maternos. Meu avô Antônio contou aos hóspedes estrangeiros que o vendedor puxara uma pasta de plástico para mostrar uma imagem idêntica, comparando a paisagem pintada no tampo do cravo com a pintura no Louvre, datada de 1639. De acordo com o antiquário de Salvador, o instrumento era do século XVII, originário de Flandres, como provava a assinatura do fabricante sob a caixa das teclas. A grande dúvida, no entanto, era se a madeira pintada pertencia à peça original.

O rio São Francisco e o Forte Maurício no Brasil, com uma capivara no primeiro plano, suspirou meu avô com a expressão franca e rendida. Esse é o nome da pintura. Não sei não, o que vocês acham?

Antônio era um sujeito gozador, e já ia imitando o antiquário que vendera o cravo para eles, dizendo com um sotaque baiano pomposo que vivia massacrado pela incerteza da autoria da pintura, se era mesmo um autêntico Frans Post.

Provavelmente o que temos aqui é só uma copiazinha boba da pintura. E olha que só concordei em comprar o cravo para sair logo dali. O sujeito dizia, os senhores estão levando consigo uma cena brasileira num tampo de instrumento intocável.

Meu avô encantava as pessoas com seu charme de homem caipira e ingênuo, apesar de não ser nem um nem outro. O cabelo branco à escovinha estava sempre bem aparado, expondo o rosto magro e severo. Mesmo que zombasse do vendedor aflito, não gostava que ninguém se aproximasse da peça. Era orgulhoso demais para demonstrar que se apegara ao instrumento. Como um bicho de estimação, o cravo tinha nome. Vanderlei, por ser um nome pernambucano de origem holandesa, e vovô explicava que *van-der-lei* significava algo como "vindo da ardósia". O nome abrange justamente a origem torta, como Antônio dizia, do instrumento-com-ou-sem-tampo.

Levei o Vanderlei pra minha mulher. Porque a Cecília, ela gosta dessas coisas. Ela gosta de tudo o que é velho. Olhem para mim.

Antônio deixava as pessoas sempre à vontade, mesmo às custas da mulher. Debochava de como ela gostava de viver rodeada de móveis e objetos empoeirados, disposta a ser enganada só para ter qualquer coisa que soltasse uma chispa de brilho do passado, nem que fosse um latão velho sem importância nenhuma.

Ele é um caso perdido, Cecília franzia a testa, um pouco constrangida.

Meu avô provocava mais risos ao estacar na sala repleta de santos barrocos e mobiliário antigo. Estou perdido num museu.

***

A única vez que se tocou oficialmente no cravo, foi quando minha avó Ana esteve na fazenda com George. E Cecília sugeriu que ela tocasse.

Sentada no banquinho, em sua postura impecável, tocou Chopin. Anos mais tarde, ao chegar a Nova York e conhecer Max, foi inicialmente em Chopin que me espelhei, mas observando Ana ao cravo, eu ainda não tinha nenhuma impressão do compositor. Pelas mãos de Ana, na casa de Cecília e Antônio, Chopin era algo relacionado ao som horrível do cravo.

Que lindo, dizia vovó Cecília.

Até os cavalos no pasto pareceram se mobilizar. Era um ruído doido. Lembro que fiquei envergonhada pelo som do instrumento, e ao mesmo tempo a paisagem do tampo do cravo me distraiu. O rio aberto num descampado, com a capivara. Mais à esquerda na pintura, havia um cacto florido cujos braços espinhentos pareciam sombrear a sala.

Muito emocionada com o concerto improvisado, Cecília aplaudiu, perguntando a Ana se sabia tocar o "Tema de Lara". Ana pareceu não entender o pedido, e Cecília se adiantou.

Do *Doutor Jivago*, lembra? A Aninha sabe, disse finalmente.

Senti uma mistura de timidez e orgulho. Nas raras vezes em que me encontrava sozinha na casa da fazenda, dava um jeito de tocar qualquer coisa, só de sentar na frente do cravo me fazia sentir importante. E seu som me fascinava. Lembrava um ventilador velho, que fazia girar as notas pinçadas, ou uma caixinha de música de bolso a cilindro. Voltei a desviar o olhar para os cavalos que avistava da janela da sala, para ver se estavam prestando mesmo atenção. Ainda não sabia se iria tocar para todos ali na sala.

Meu avô me segredou que o cravo fora feito — feito não, esculpido — de uma de suas árvores.

Sentada no seu colo, eu ri, resistindo a acreditar. Se fui eu que fiz essa geringonça, ele me perguntou, de qual árvore você acha que veio?

Tomada de curiosidade, perguntei se era de jabuticabeira, e ele apertou minha barriga nos seus braços.

Em São Paulo tínhamos um piano simples, um Yamaha contra a parede, e nem lembro direito quando apareceu no apartamento. Apenas estava lá. Comecei a estudar aos nove anos, disputando o espaço com a buzina dos carros. Aprendi a ler as notas, e depois as decorava, mas seguia insegura, ancorada na pauta, como se algo pudesse sair flutuando do lugar. Uma professora vinha uma vez por semana e me ensinava a tocar um pouco de música popular brasileira, como marchinhas e chorinhos. Até que Ana me cedeu a banqueta e, diante do meu primeiro público, executei o "Tema de Lara".

Quando criança, ficava no sofá lendo gibis. Olhava ao redor, e o que mais chamava a minha atenção em meio à mobília barroca não era o cravo, mas o oratório de jacarandá, com mais de trinta anjos esculpidos. Minha pequena contribuição tinha sido a coleção de cangaceiros de cerâmica que comprei com a mesada que meu avô me dava, e ele me deixou arrumar cada peça sobre o altar de reza. Ninguém os tirou mais dali. Bem, ele próprio os tirou, mas isso foi anos depois.

Praticamente pendendo do oratório, mais acima, havia uma Nossa Senhora Desatadora dos Nós esculpida em nogueira, e o tamanho da peça permitia que a figura ficasse debruçada, como se vigiasse não só o cravo, mas toda a sala. No outro canto, havia um são Francisco de Assis mineiro em pedra-sabão que olhava para a santa. O sorriso exagerado me assustava. Fixava a atenção nos contornos da escultura, no efeito das dobras do pano, e até no detalhe do cinto de corda, e seguia sem entender o fascínio dos outros pela peça.

É um santo muito lindo, Cecília disse. Adquirimos quando a Aninha nasceu. Para quando você tiver a tua própria casa, não é, Aninha?

Carmen observava a mãe, provavelmente lembrando-se de palavras semelhantes que ouvira dela quando era criança. Com a ponta da língua enfiada no buraco do dente que me faltava, assenti com a cabeça por nós duas, mas preferindo em segredo o cravo, já sabendo instintivamente o que pensava minha avó Cecília. Tocar era uma arte para as jovens mulheres, mas o santo era para a eternidade.

Antônio era engenheiro de profissão, e enquanto eu lia na sala, às vezes ele passava na minha frente mostrando o caminho para os marceneiros e carpinteiros, acertando os últimos detalhes da reforma que durou anos depois que se mudaram da cidade de Ribeirão Preto para a casa principal da fazenda. Venderam a maior parte da propriedade, onde se plantava café, que rendera à família séculos de fortuna.

O sistema de irrigação que construíra para o pomar era um reflexo daquela época, dizia. Tinha uma piscina e quadra de tênis, onde faziam aula duas vezes por semana às sete da manhã, quando o sol ainda não estava forte.

A paixão do meu avô, no entanto, estava no aconchego dos interiores. A sala foi o único aposento cujo pé-direito ele aumentou. Insistiu na simplicidade do rústico, com as tábuas maciças originais bem lixadas e preservadas com óleo. Alisava os armários recém-reformados, refeitos com folhas de treliça, conservando os puxadores e trancas em ferro batido.

Nas janelas de guilhotina, manteve os vidros do século XVIII. Restaurou as conversadeiras de pedra, assim como as sacadas e os balcões. Sua alegria estava no resgate de um modo de vida de anos de tradição colonial.

Redes, esteiras e tapetes se estendiam por toda parte e, segundo ele, o luxo estava nos detalhes, apreciado apenas por quem conhecia a história brasileira e o seu mobiliário sacro. Só mais tarde ocorreu-me que muito daquela dignidade reconstruída teria vindo de igrejas e capelas saqueadas. Para mim, o melhor mesmo dos móveis de madeira da fazenda eram as alamedas de jabuticabeiras centenárias.

Meu avô me mostrava onde o café tinha sido cultivado, e como o avô dele construíra o engenho desativado de cachaça. Seus passos largos me forçavam a manter o ritmo saltado ao seu lado, e a seguir alerta para o som dos passarinhos, porque ele sempre me testava, indagando qual era qual, enquanto imitava o trinado dos sabiás e dos sanhaços como se fosse um deles.

Cantam assim porque gostam das árvores nascidas das sementes, e não do enxerto. Não são como as jabuticabeiras geneticamente modificadas de hoje, que em dois ou três anos já acumulam frutas verdes nos troncos. Essas daqui, Aninha, levam dez, quinze anos para começar a produzir, dizia ele.

Parecia que Antônio podia sentir a gravidade de cada tronco nas próprias mãos. As frutas eram tão gordas que me enchiam a boca, e a casca grossa explodia nos dentes, soltando o sabor agridoce que ia se arrastando por minha língua, fazendo vovô rir das minhas caretas. Gostava de jabuticabas como eu, apesar de ser um Pereira. Seu sobrenome carregava uma sombra diferente, ele me dizia, divertido, arqueando as sobrancelhas.

Talvez isso tivesse a ver com a sua fórmula secreta de construir pontes, pensei, embora as pontes que construía fossem de concreto, e não de madeira. Uma árvore derrubada por um raio, porém, serviu de base para uma ponte que construímos juntos. Levamos semanas para limpar os galhos do tronco atravessado sobre um córrego raso, afinando o caminho de madeira. A ponte virou a nossa ponte, até que ele mandou removê-la, quando fui condenada. Meu avô morreu meses antes de eu deixar a Fundação Casa.

Recusei-me a vestir o que minha mãe mandara para o dia de minha saída da Fundação. Depois de dois meses de visita nos fins de semana, desistiu de ir me ver. Carmen disse que me amava e me perdoava, mas não dava mais. E sumiu mesmo. Não que antes ela estivesse tão presente na minha vida. Nem meu pai.

Às vezes penso que o Matias e a Eleonora me ajudaram mais a crescer que os meus pais. Nós, os três juntos, numa noite. Em todo caso, minha saída foi invisível, não só porque a unidade da Fundação Casa se situava numa rua tranquila da Mooca, mas também porque ninguém iria noticiar nada sobre menores infratores. Dali, depois do período da semiliberdade, fui direto para o interior.

Na fazenda, meu quarto estava remodelado. Fiquei sem graça de perguntar se fora obra do meu avô Antônio. As mesmas almofadas de São Paulo, perfeitamente alinhadas sobre a cama. Os pôsteres e as minhas coisinhas estavam lá. Acho que não faltava nada, só a ordenação era diferente, mas por mais que me agradasse, não dava pra ficar lá no meio do mato.

Cecília me recebeu vestida de preto. O luto tradicional me surpreendeu, já que minha avó era uma senhora jovial que sempre usava linhos claros, sem se incomodar com a terra vermelha da região. Tinha preparado um almoço e me pediu que tocasse algo no cravo. Foi um pedido franco, do fundo de sua tristeza.

Algo havia mudado no seu rosto. Mantinha um ar assombrado sobre as coisas. Reparei que sua pele estava esticada, como um deserto liso e estéril. Perguntei à minha mãe se ela também ficaria assim um dia, mas Carmen mudou de assunto.

Quis explicar nossa mudança para o interior. No intuito de apoiar vovó, que passara a vida inteira ao lado de meu avô. Quando casaram, ela estava com vinte anos, minha mãe lembrou, apontando para o retrato dos dois sobre a cômoda. Ela não disse, mas eu sabia, que a mudança foi uma tentativa de me afastar de São Paulo.

Depois do almoço fomos as três passear por Ribeirão Preto, sem nos importar com o que diziam ali sobre a família, mas apesar dos esforços de minha mãe em me mostrar que a vida seguia, eu preferia ficar em casa. Comer na cozinha e não ter que olhar pra ninguém. Não sei bem o que meus pais andaram planejando para mim, mas eles mesmos estavam submetidos a uma pressão diária. E por mais que a família fosse bem relacionada na cidade, eu estava lá para estragar tudo.

Para piorar, no interior paulista fazia um calor dos infernos.

20

Vovó voltou ao Brasil para me visitar. Chiquinha a acompanhou até a Fundação Casa, trazendo na bolsa uma carta da minha mãe, caso ela não se recordasse das palavras certas. Meu pai estava nos Estados Unidos e minha mãe no interior, então Chiquinha oferecia o braço tímido a Ana, mais como apoio moral para si mesma do que para ajudá-la a descer as escadas.

A carta que trazia na bolsa informava que Chiquinha era a empregada doméstica, orientando minha avó porque ela não falava muito bem o português.

O cabelo bem colado no gel já dizia que era dia de visita, e Chiquinha quis saber se estava no lugar certo, porque não tinha ninguém na sala a não ser a escolta. Só tem nós mesmas?, perguntou, contendo o olhar curioso depois de secar as lágrimas num lencinho que tirara da bolsa. No rosto de Chiquinha, dava para ver que ela não conseguia aceitar a criança criada por ela, na casa em que trabalhara por mais de uma década, morando numa escola estadual adaptada para refrear os impulsos das garotas mais violentas. Decerto imaginou que fosse entrar num submundo de pancadarias, de garotas indomáveis com trejeitos de menino.

Olhei ao redor. Considerando-se que a maioria das mães das cento e cinco meninas não costumavam aparecer, e a dor de cotovelo por aquele carinho era generalizada, vovó e Chiquinha já eram presenças ilustres do dia. Sentaram sob uma janela e fingi estar surpresa com a visita delas, embora soubesse de antemão que viriam. O afeto naquela instituição era uma moeda forte.

Sim, só nós, respondi, me achando importante.

A culpa é da chuva, sugeriu Chiquinha.

O pai de Amanda não tinha vindo, e ele nunca faltava, chegando no primeiro momento possível para passar as quatro horas ao lado da filha.

Fiquei olhando para Chiquinha, que estava mortificada de vergonha. Queria iniciar uma conversa, contente de que estivessem lá, mas nada me ocorria, a não ser tentar adivinhar seus pensamentos. Abracei as duas e permanecemos por um tempo segurando nossas mãos, num triângulo rendido.

Vovó exibia o interesse e a boa disposição de sempre, sem restrições. Segui seu olhar que vagava pelos armários vazios, pelas mesas. Tudo tinha cara de escola mesmo, não fossem as grades dentro das grades, as correntes e os cadeados.

Nada tão terrível assim, minha avó disse de repente, apertando mais a minha mão. Mas não tem um dia na minha vida que eu não penso em você, ela prosseguiu.

Tem comido bem?, Chiquinha perguntou.

A comida não é ruim, só enjoa um pouco. É que a rotina cansa.

Chiquinha me dirigiu um olhar macio. Cansa?

Ah. Segunda tem linguiça no almoço e estrogonofe de frango no jantar. Terça é dia de frango empanado no almoço e lasanha à noite. Quarta é salsicha, depois tem ovo no jantar.

E quinta?

Quinta é bolinho de carne e depois carne de panela. Sexta, de almoço tem almôndega e à noite panqueca de carne moída. Sábado às vezes tem lasanha de novo. De sobremesa no almoço é pudim de potinho e à noite fruta. Tem a salada, a sobremesa e o suco. Feijoada, uma quarta-feira no mês.

Chiquinha analisou o cardápio. Gostei daquela linguiça na segunda, ela disse, e começamos a rir. E aquele banho de meia hora que você costumava tomar?

Aqui são cinco minutos no máximo. Entrou, já tem que sair.

Chiquinha mostrou, assentindo com a cabeça, que compreendia a regra, e em seguida quis saber mais do nosso cotidiano, dos horários diários. Expliquei que todas as meninas tinham a mesma rotina, e o esquema era acordar cedo, logo depois das 5h, porque às 7h tínhamos que estar no refeitório tomando café e os cursos começavam às 8h. Dormíamos às 21h, com alguém vigiando a porta.

É que nem uma colega minha diz, quem quiser pode ficar se revirando na cama, mas daí o dia seguinte vai ser longo.

Mas nos fins de semana deve ser diferente, Chiquinha indagou.

Sim, a gente dorme até umas nove, nove e meia. Aos sábados fazemos faxina, daí deixam ouvir música na quadra. É legal. Algumas vão direto pro culto, como elas dizem. Ah, vovó. Estou dando aula de piano aqui.

Piano?, Ana perguntou, distraída.

Bom, é um sintetizador sem pedais, mas deu pra ensinar uma porção de meninas a tocar o bife.

Bife. Aqui só se fala em comida, Chiquinha riu.

Cantei para ela, dedilhando as notas sobre a mesa. Essa é basicamente a aula, Chiquinha. Se bem que tem alunas mais avançadas. Elas gostam.

Minha avó concordava com o que eu dizia, encarando o linóleo e as paredes com alguns desenhos e anúncios em cartazes, a maioria deles feitos à mão. E você tem algumas amigas?

"Amiga" é uma palavra muito forte aqui dentro. Porque as pessoas vêm e vão, sabe? E eu levei tempo pra perceber isso. Ou então elas não se mostravam abertas e acabavam fazendo fofoca. Então não tem muito disso, de amizade. E tem que impor respeito. Eu sou a Ana e não gosto que me chamem por outro nome, por exemplo. No meu quarto tem dezessete meninas, a maioria tem apelido. Neguinho, Gordinho.

Tudo menina?, quis saber Chiquinha.

É. No começo foi difícil me acostumar. Dá pra confiar em poucas meninas, eu disse, observando a reação delas. Se bem que tem uma, a Amanda. Não diria que é minha amiga. É mais afeto e proteção.

Amanda, repetiu minha avó.

Tem um ano a mais que eu. Ela é negra. Sorridente, linda. Se mantiver o bom comportamento, vai sair daqui a uns meses.

Tomara, minha avó disse.

Porque não foi assim por um bom tempo. A Amanda não conhecia ninguém quando chegou, mas é essa a rotina. A rotina de chegar sem conhecer ninguém, de se irritar com a ordem de dentro, de ter que se acostumar a pedir pra fazer tudo, sem a liberdade de, de repente, ir ao banheiro. Eu tento encarar como uma vida de alojamento, com horários e controle.

Horário estipulado para tudo não é só aqui, darling. E em muitos casos há gente monitorando a tua agenda também.

É, eu sei. A Amanda já estava aqui quando cheguei, e nem sempre foi tão disciplinada. Era até engraçado ver ela discutindo com o prefeito porque não podia fumar um cigarro com tranquilidade.

Prefeito?

A gente chama o diretor de prefeito. Ele caneta os cadernos, dá conselho. Presta atenção na gente.

Ele é rígido?

É um pouco, mas acho que, se não for rígido, as pessoas aproveitam. Então imagina a Amanda pedindo um cigarro pra ele. Ela falava vai, prefeito, libera um cigarro. Foi quando eu passei na frente deles. Porra, só um cigarro, nem é maconha, ela insistia. A gente se conheceu assim. Ela me viu e perguntou se eu tinha um. Não entendi na hora, mas era charme. Amanda puxou conversa depois. De cara ela me disse que colegas sim, mas amigas *never*.

Chiquinha perguntou se as pessoas eram violentas.

Aqui tem dois espaços, Chiquinha. Um pras meninas até os dezesseis e cinco meses, e outro, onde estou, pras meninas mais velhas. Mas não é incomum que, pra evitar rixa, coloquem alguém temporariamente no espaço não correspondente à sua idade.

Verdade?

Vi gente ser transferida de unidade por causa de briga, respondi, mas aqui no Espaço 1, a gente prefere resolver tudo na conversa. Isso porque a gente sabe que se tiver violência a gente vai parar na delegacia, e é capaz de ir pro CDP, o Centro de Detenção Provisória, daí pra uma cadeia de adulto mesmo, dependendo do caso.

Isso se a pessoa já tiver dezoito anos, acrescentou minha avó.

Isso, mas daí ferrou. Acontece que a maioria é casal aqui, e tem muito ciúme. Rola sempre uma tensão, por mais besta que seja o problema. Por que você tá olhando pra ela? Olha pra baixo. Ouço esse tipo de coisa direto. E as meninas podem ficar sem se ver, mas uma hora vão se encontrar de novo na quadra. Dá pra gritar pra outra pelo muro, por exemplo. Tem sempre um jeito de ficar em contato.

Então tem briga sim, Chiquinha concluiu.

Parei um segundo sem saber o que dizer a ela, e decidi seguir em frente no meu relato, da maneira mais natural possível.

Amanda, por exemplo. Ela se envolveu demais com a namorada e foi separada. Ficou doente de amor, ciúmes, tudo.

Gritava o nome da namorada do outro lado do muro, era um amor desesperado, e depois que a namorada foi solta, ela veio pra minha unidade. Quando cheguei, a namorada já tava indo embora. Quando ela voltou pro lado de cá, pro Espaço 1, a gente se aproximou. Mas antes da namorada sair, davam um jeito de mandar cartinhas e pulseiras uma pra outra, tudo num esquema escondido, claro. Como na quadra só tem um muro que separa as duas unidades, a Amanda gritava o nome da menina e a menina gritava o nome dela. Então, antes de conhecer a Amanda, eu só ouvia ela gritando do outro lado. Me disseram que ela podia ser muito violenta.

Chiquinha deteve o olhar em mim. Lembrei que uma vez ela me falou de uma sobrinha que tinha sido expulsa de casa ao contar para os pais que era homossexual.

E elas pensam em se encontrar lá fora?

Elas têm planos. Mas a Amanda descobriu que a namorada já tava ficando com outra menina lá fora, então mandou avisar que até ser solta faria o que bem entendesse. Meu coração é da outra, mas eu posso te dar carinho, ela disse pra mim.

E?

E o quê, Chiquinha? A gente fica.

O pai da Amanda vinha toda semana. Mantinha uma conversa metódica, marcada por sua voz fanha e afável.

Apesar da natureza sensível do pai, Amanda me contou que não falavam de tudo porque ele era evangélico, e por isso ela não se sentia à vontade para discutir sua homossexualidade, por exemplo. Desde os onze anos de idade se sentia atraída por meninas.

Se ele proibisse, ela riu, seria pior. Minha mãe aceitou, mesmo tendo ficado um mês sem falar comigo. Ela disse que não ligava, mas já viu, né? Depois, foi de boa. Meu irmão, que tem oito anos mais que eu, adorou. Agora você vai trazer as tuas amigas aqui em casa, ele disse. Sai fora, você é muito ridículo, Amanda respondeu.

Sem rodeios, contou que uma das meninas que levou para casa virou sua cunhada. Seu irmão casou com ela, mas isso aconteceu quando Amanda já tava presa.

A gente se conheceu num rolé, ela disse, numa rave no interior de São Paulo. Aí, de lá a gente foi pra outra balada, balada de cinta, de pó colorido. Todo mundo vestido de branco, e na hora que começa a música eletrônica, rola um blecaute e cai pó colorido do céu. A roupa fica fluorescente. Levei ela pra casa, meu irmão tava lá, dei só uns beijos nela, porque eu já tava a fim de outra menina. E meu irmão chegou interessado. E ela? Ah, taí. Hoje eles têm uma filhinha, estão juntos. Minha sobrinha tem três anos, e eu sou sua madrinha, apesar de ainda não ter conhecido a menina. Quando eu sair, vou encher ela de doce.

Sabe quando uma coisa acontece e você vai guardando, guardando, guardando, e um dia explode de raiva? Eu nunca fui de demonstrar pra minha família o que sinto, Amanda me contou. Ia guardando, guardando, guardando até que explodia. Acabava me cortando, ela disse. Muito.

Quando eu me cortava, parecia que ia aliviando mais, ela continuou. Daí eu ia me cortando mais e mais e mais. Ninguém sabia, mas um dia, quando fui descer pra represa e fui só de camiseta e short porque tava muito calor, minha mãe viu. Ela surtou. Tenho um monte de cicatriz de skate também, riu.

Foi impactante ver as cicatrizes claras na pele escura de Amanda. As várias marcas nos braços, nas pernas. Percebi que me parecia com ela, porque comecei a me cortar aos catorze também, e achei que fosse a única, mas ao saber da Amanda, eu me senti estranhamente em casa. O único problema é que aparentemente eu não tinha motivo para isso, ao contrário dela, mas chegávamos a contar a diferença, quem tinha mais marcas.

Chiquinha me encarou com o olhar perdido. Havia chegado com tantas perguntas e agora tudo o que fazia era ajeitar a saia sobre os joelhos.

A briga de Amanda com a colega de classe aconteceu de repente. Ela não esperou para resolver porque dessa vez não queria ficar remoendo nada. Foi tirar satisfação depois que a menina escreveu algo sobre ela na internet.

O crime nem parecia relacionado à necessidade de cortar, Amanda gracejou quando me contou, mas tinha uma faca no sofá quando cheguei na casa da menina pra falar com ela. Do nada a briga aumentou e ela pegou a faca e veio pra cima de mim, e ficou com a ponta quase encostando na minha cara. Consegui empurrar ela contra a parede de vidro que dava pro quintal. Ela caiu, espatifou o vidro, e a gente continuou brigando. As duas totalmente cheias de cacos de vidro e sangue, mas nem doía. Aí eu pensei ou eu mato ou ela mata. Fiquei cega de raiva e só dei uma no pescoço dela. Sabe quando você fica assim, tipo nossa? Olhei pra menina, que estava com os olhos abertos, nem piscava.

Contou que chovia muito naquele dia. Chegou em casa toda encharcada, mas antes parou no vizinho, seu colega de escola. Ela ainda ouvia a menina gritando, dizendo sua desgraçada, eu vou te matar. O vizinho perguntou:

O que foi? Cê tá muito nervosa.

Eu não, tô suave, tô suave. E tremendo.

Cê tá com frio?

Tô de boa, tô de boa.

Daí contei pra ele, era eu ou ela, Amanda disse.

Porra, mano, como você fez isso?, ele quis saber.

Larguei tudo lá na casa da menina, ela explicou. Não foi uma coisa que eu programei, sabe? Cheguei umas seis da tarde em casa, meu pai tava tirando uma soneca. Não consegui dormir nem comer durante dias. A lembrança do sangue revolvia meu estômago. Passava madrugadas inteiras assistindo filme pra não dormir, com medo de pesadelo. Só pegava no sono de manhã, quando tinha que ir pra escola, então me arrumava e, em vez de ir pra escola, ia fumar maconha num parque perto de casa. Tem uma ponte e eu ficava lá debruçada o dia inteiro.

Aos doze dias de vida, Amanda fora adotada. Seus pais acabaram se separando, mas continuaram morando na mesma rua, no Grajaú, então a vida seguia mais ou menos normal. Até os seis anos, quando foi violentada pelo irmão adotivo pela primeira vez. Os pais perceberam que os dois começaram a se afastar e chegaram a perguntar o que tinha acontecido, mas os irmãos despistavam.

Minha mãe saiu, eu tava no quarto dela brincando com o laptop, e ele me chamou. Vem aqui, Amanda imitou a voz do irmão. Não, sai fora, eu falei. Ele me jogou no chão, puxou minha calça e aí foi. Eu chorava muito e ele colocava a mão na minha boca. Várias vezes. Só parou quando fiz onze anos e comecei a ficar com mulher. Hoje meus pais sabem. Meu irmão sempre negou, dizia que eu tava mentindo. Só que, quando fizeram o boletim de ocorrência e eu contei tudo, comecei a chorar e contei isso também. Daí fui presa e a psicóloga chamou meus pais e eles disseram que já desconfiavam, mas até então eu negava, porque me perguntavam na frente do meu irmão e eu tinha medo de falar. Hoje em dia não tenho nada contra ele. Apesar de tudo, eu amo ele muito.

Amanda foi pega oito dias depois. Era dia de escola, tinha acabado de acordar. Na hora em que saiu, a polícia chegou. Ela e o pai, em choque, foram à delegacia. Tentou negar, já sabendo das provas contra ela. Disse que foi bem tratada e que até compreenderam que tinha agido em legítima defesa.

Contei às duas sua história, mesmo sabendo que iria chocar, não teve jeito. Precisava pôr para fora. Como eu, a cada semana Amanda conversava com uma psicóloga e duas vezes por mês com uma assistente social. Também fazia psicoterapia, num grupo separado.

Quando terminei meu relato, para melhorar o clima Chiquinha perguntou o que eu mais tinha vontade de fazer quando saísse.

Tirando aquele banho de meia hora? Só de pensar me dá um pouco de frio na barriga. Acho que vou ficar boba quando sair. Tipo não vou acreditar. Mais ainda quando puder dormir sem horário pra acordar.

Eu ri, tapando a boca com as duas mãos. A pergunta me entusiasmou.

E também acho que vou acabar me afogando, de tanto tempo que não vejo a praia. O bom daqui é que muita gente descobre aptidões ou habilidades novas. Eu, por exemplo, passei a escrever, a desenhar. A Amanda também. Disse que emprega melhor o tempo, porque se estivesse fora, provavelmente estaria em raves até de manhã. Vou querer seguir com a ioga que faço aqui e com o grafite. Com o vôlei e o futebol não, mas com o grafite sim.

Grafite?

Tô ficando boa nisso. A Amanda escreveu meu nome. Em troca eu a desenhei, com um cabelo bem black power, eu ao seu lado. Daí ela correspondeu com outro, duas meninas num balanço. E olha, tá vendo ali perto da janela? Fiz também uma sereia de presente pra Amanda. Já que a gente não pode fazer tatuagem, faz grafite.

Graças a Deus, disse Chiquinha.

Você gosta bastante dessa menina, hein?, perguntou minha avó.

Ela tem namorada.

Sei.

E do que ela tem saudades de fora?

Amanda surfava em Maresias. Ela também gosta de assistir minisséries e disse que vai fazer design quando sair, mas só o curso básico, porque quer se formar em psicologia forense, apesar de condenada por homicídio. Lá fora a gente vai se resolver, mas aqui dentro a gente não tá junto. A gente manda recado de amor e tudo, mas não.

Antes de ir embora, minha avó perguntou se eu tinha notícias de Eleonora. Sua abordagem não foi delicada, ela até foi bastante direta, como se eu tivesse superado o passado. Seu olhar parou sobre mim, e fiquei meio sem jeito. Olhei para ela em seguida, tentando entender para onde ia com aquela de Eleonora, do nada. Imaginei Eleonora no presídio, fazendo as unhas sábado à tarde na cela, e me incomodou não conseguir visualizá-la direito. Tinha praticamente borrado sua imagem, e mal lembrava da voz dela. Perguntei-me se tinha mudado muito de aparência.

Não sei, vovó. Acho que deve ter a mesma rotina por lá. Fazer faxina no fim de semana, trabalhar na copa, talvez tenha igreja. Não sei se ela tem visita, disse simplesmente.

Imagina a mãe dela, lidar com esse deslize da filha.

Duas mortes numa noite só não são um deslize, vovó. Primeiro um pajé, de uma tribo que as pessoas já ouviram falar por causa da moda de tomar o chá ayahuasca. Daí o amigo no motel que morre de overdose da droga que ele próprio fez.

E como você se sente?

Eu? Tô ótima, vovó. Na verdade só acho chato me imaginar saindo daqui, sabendo que a vida que eu tinha já não existe. Às vezes também tento pensar na família do Matias, mas eu mal me lembro dele, e não sei se isso é bom ou ruim. Só sei que a gente não tinha nada a ver. Eu me arrependo, apesar de não sentir nenhum remorso. Isso é ruim?

Não, claro que não.

Chiquinha nos observava sentada à mesma mesa, mas meio afastada de nós. Parecia que estava participando da conversa quase acidentalmente. O pouco inglês que entendia vinha da sua interação com meu pai.

Eu só acho que as mulheres pagam mais por esse lado. Pros homens, se aprontam e a coisa sai mal, chamam de acidente, no máximo um erro. Pras mulheres, é uma desgraça. E minha mãe não me perdoar por isso, eu acho foda.

E quem disse que tua mãe não te perdoou só porque você é mulher? Esse argumento é meio açucarado, não? Olha a Amanda. O pai vem visitar.

A mãe dela nunca veio. Só o pai. E meu pai. E você. Não, vovó. Eu acho que é isso mesmo. Se as mulheres fazem alguma besteira, viram a vergonha da família. Então o resultado disso você vê aqui. Quase não tem visita. Os homens sempre têm. Aqui, talvez dez por cento das meninas recebem visitas regulares. Ou nem isso.

Eu entendo, Aninha. Mas imagina chegar numa penitenciária, ser revistada, encarar tudo isso. Não preciso dizer que é um lugar que gera muitas questões indesejadas. Especialmente para os pais, que devem se culpar por não terem educado os filhos direito. Olha meu caso, como mãe. De certa forma, James veio para o Brasil também para se ver livre de mim, da mãe exigente demais. Fui uma boa mãe? Acho que é uma pergunta legítima que vai nos provocar para o resto dos dias.

Enquanto ela falava, reconheci algum som quebradiço de vidro e de pequenos fios de metal que se desfaziam no meu ouvido, que ficava mais aguçado nos fins de semana. Também tinha o som do ventilador.

James já era adulto quando veio, eu disse a vovó. A vida é meio chata nos Estados Unidos, mesmo. Lógico que ele queria cair fora. Não que a vida dele seja tão excitante por aqui. Ele praticamente não sai do terraço lá em Higienópolis. E quando sai, é pra ver GP ou pra ir a algum leilão de arte. Coisa mais chata.

Minha avó suspirou, erguendo os ombros. Diria que com a minha visita aqui na Fundação Casa isso fica ainda mais evidente. Como eu fiquei alheia a isso porque sempre foi difícil aceitar um filho assim. Meio fujão. Respeito mais quem faz alguma coisa. Qualquer coisa, ela tentou injetar uma dose de humor no sorriso, que saiu dolorido.

Acho que pra mim, aqui, o mais triste é ficar olhando pra cara das meninas que inventam desculpas porque não recebem visita nunca. Várias delas ainda tipo criança mesmo, sabe? E já caí nesse jogo. Cheguei a dizer que minha mãe não vinha me visitar porque tinha trânsito. Ou que não saía de casa por medo de ser assaltada.

Minha avó riu. Medo de trânsito e de ser assaltada. *Very* paulistano. Leve em conta que tua mãe vem sofrendo de depressão faz tempo.

Pensei na dificuldade da minha mãe para entrar na escola adaptada e toda a vexação de passar pela revista. Acho que sentiria angústia, ou seria assim que ela descreveria a experiência. Primeiro viria o choque, depois uma indisposição geral e logo uma sensação de debilidade, instalando-se nas juntas e nos cantos dos olhos.

Arrastei minha mão aberta sobre a fórmica cor de menta da mesa e tentei reunir algo ali com elas. Analisei toda a nossa conversa, achando que tinha faltado um pouco de espirituosidade. Talvez minha vida tivesse ficado sem graça e eu não tivesse percebido.

Chiquinha estava inquieta, pronta para ir embora, e eu senti medo da despedida. Seguramente havia capturado a atenção das duas ao contar da Amanda, mas não era justo, pensei. Elas tinham que assistir ela fumando, consumindo um cigarro em poucos minutos, astuta e sedutora, enfatizando justamente a monotonia. Tudo o que ela queria era rever o mar. E comer bolo de chocolate. Era bom ver ela me olhando, com aqueles olhos grandes, cheia de saudades das coisas.

Parte 3
Olhos

21

O garçom se aproximou. Explicou que não seria possível porque a cabine acomodava quatro pessoas, mas a mulher atrás do balcão interveio, o restaurante não iria lotar. Não naquela tarde, disse, estendendo a mão na direção do céu atrás do vidro embaçado, em busca de um sinal.

Assim como Eva — alguém a chamou da cozinha —, o garçom mantinha um olhar distraído na janela, vendo a neve cair. O jovem foi logo recolhendo os dois jogos de talheres extras da mesa na linha da janela. Senti-me transportada para o vagão-restaurante do trem. Traria água além do café que pedimos, mais o cardápio.

Estávamos na esquina de um estacionamento quase vazio. As setas pintadas de amarelo no chão indicavam a direção do tráfego, e um carro azul e branco da polícia parado praticamente na porta do supermercado, na outra ponta da diagonal, estava coberto de gelo, apesar do motor ligado.

As nevascas de dezembro, três no total, foram intensas, o suficiente para cobrir novamente o que nunca teve a chance de derreter, forçando um acúmulo de brancos e lixo. Enfeites descartados transbordavam das lixeiras públicas em meio a flocos de gelo numa alvura farta, sobrepondo sobras esquecidas, junto a uma trilha de luzinhas de Natal, num fio longo e desalinhado, conectado por meio de microtulipas coloridas de plástico.

Eleonora e eu ficamos vendo flocos finos caírem mansamente à luz do sol e formarem montes afofados, isolando a paisagem em seu próprio sepultamento, de onde nada desabrochava, não até que a terra esquentasse e começasse a espigar seus verdes. Um dia depois do Natal, East Hampton estava longe desse recomeço. Era letárgica.

Os poucos que chegavam ao John Papas Cafe vinham com os olhos vidrados, esfregando as mãos, desesperados por algo que os aquecesse. Depois de sentada, essa clientela rarefeita começava a checar a porta, para se certificar de que estava realmente fechada. Sempre havia a sensação iminente da entrada de uma corrente sorrateira de ar frio.

Eleonora, consciente da sua postura enrijecida, girou os ombros com exagero e guardou as luvas no bolso do casaco enquanto se debruçava sobre o cardápio, declarando estar faminta. E você?

Ao notar sua impaciência, o garçom se aproximou. Tinha trazido dois copos de água, repletos de cubos de gelo.

Tá cinco graus, né? Fahrenheit, ela ajustou, enquanto batia o garfo no copo. Todo esse gelo no inverno, que povo corajoso. Perguntou se o horário correspondia a almoço ou jantar e, antes de ele responder, pediu ovos mexidos. Será que daria pra não esquecer do ketchup, por favor?

Com certa irritação, o jovem indicou na mesa a composição formada por um jogo de sal e pimenta, adoçantes em saquinhos amarelos, azuis e rosa, dispostos num potinho quadrado de louça branca, combinando com as xícaras. Havia também um açucareiro e o ketchup, então Eleonora dirigiu o olhar com um sorriso para ele. Obrigada.

No vapor do café, meus olhos se umedeceram um pouco. Alguém se animou a fazer um comentário sobre futebol americano, e Eva lhe perguntou se a família estava bem. O homem de rosto avermelhado fez que sim, e o sorriso brotou fácil dos seus lábios grossos.

Yep. Todos bem, ele disse, olhando na direção da entrada. Olha ele aí.

Um bombeiro cruzou a porta recortada por persianas, aproximando-se do bar. Com o jornal debaixo do braço, sentou-se ao balcão. A cintura maior do que o assento verde-escuro ficou em evidência. Ele cumprimentou o homem ao seu lado e a gerente, sugerindo um sentido de dever, e passou a examinar o cardápio cuidadosamente.

O de sorriso fácil mencionou algo sobre um negócio próprio, lembrando no meio da conversa o incêndio de anos antes na cozinha do *diner*, ao que o bombeiro perguntou à gerente se não tinham tido mais problemas, sobretudo com a burocracia do seguro. Cruzou os braços ao lembrar como arrombou a porta da cozinha no meio da noite, rindo de si mesmo. Que doideira, ele disse.

Pelo que entendi, o bombeiro estava se aposentando e planejava mudar-se para a Flórida. Eva respondeu que não dava para planejar ir a lugar nenhum, porque não se sabia o dia de amanhã. Falavam de dois assuntos diferentes.

E aqui tem ficado bem cheio. Muita gente. Você ama e odeia ao mesmo tempo, ela disse. Mas acho que vai dar para preparar um cordeiro para o Ano-Novo. Leva cinco horas para assar.

Tenho um amigo que assa pombo. Pombo, quando é bom, é que nem frango.

Não, é melhor. Se você souber fazer direito, fica ótimo, retrucou o bombeiro, com os olhos no cardápio.

Uma corrente gelada invadiu o lugar e Eleonora se contraiu. Uma moça tinha acabado de entrar e todos se viraram, atentos à porta aberta. Suas feições pareciam mais arredondadas por causa dos cabelos escorridos e do gorro cor-de-rosa repuxado para trás, combinando com o cachecol. Esfregou as mãos enluvadas nas bochechas, resgatando aos poucos o sorriso brincalhão do olhar atrofiado pelo frio, e disse que vinha retirar um pedido.

No nome de Mike. Tudo bem, Eva?

Eva ergueu um embrulho de papel, com o recibo grampeado. Sim, tudo bem, obrigada. São vinte e sete dólares, por favor.

Obrigada, murmurou a moça enquanto contava o dinheiro miúdo, esfregando as mãos na calça e logo assoando o nariz com um guardanapo. Arfava como se viesse de uma corrida.

Diga ao Mike que vou lá na sexta. Eva suspirou. Quem sabe como vai ser o dia de amanhã, mas vou lá na sexta.

Pelo seu sotaque, devia ser grega como o cardápio, se bem que as luminárias em triângulo verde ao longo das janelas, em harmonia com os assentos, estavam mais para um lugar tradicional típico da Nova Inglaterra.

Eleonora prestava atenção na conversa. Estava entretida com o papo e o lugar em si. Observou as pilhas de jornais e o interior de dois refrigeradores transparentes, com cervejas, refrigerantes e sobremesas. Em cima, havia duas fileiras de vinho, organizadas em oito garrafas de brancos de um lado, e oito de tintos do outro, numa breve demonstração da ordem e praticidade do local.

O ambiente me pareceu muito mais monitorado do que qualquer lembrança que eu tinha dali. No centro, estavam Eva, comandando a cozinha, e o jovem garçom. Sem dúvida ela era a força motriz do estabelecimento.

Do lado de fora, um homem com um cigarro preso nos lábios revistava os bolsos, empenhado em achar um isqueiro. Estremeceu num bocejo enquanto coçava a pele violácea sob o olho.

O trem parece ser nosso meio de transporte, comentou Eleonora. Ia fotografando, fascinada com o silêncio do subúrbio de Long Island. Apontou para o céu rajado e para a paisagem cada vez mais aberta, considerando a distância da cidade a cada parada. Levamos quase três horas até East Hampton.

Ao entrarmos na casa da minha avó, desliguei o alarme e fui direto até o botão do termostato, notando só depois que os cômodos já estavam aquecidos. Tinha esquecido que minha avó avisara ao caseiro que iríamos para lá.

Procurei seu nome na caderneta que estava numa gaveta na cozinha e liguei para ele. Era um homem corpulento de Springs com aparência de lenhador. Sempre vinha de caminhonete, com seu cachorro, e entrava na casa como se fosse sua, sem tocar a campainha. Faxineiras, eletricistas, iam entrando. Era assim que faziam por lá. A intenção era não incomodar, embora aquela discrição toda pudesse ter o efeito contrário.

Disse no telefone que já tinha chegado, que não precisávamos de nada. Eu mesma ficaria de olho nos canos, deixando as torneiras levemente abertas, para que nada congelasse, fui dizendo, de olho em Eleonora, parada no meio da sala. Ela observava o desenho das janelas com venezianas.

Imagino que esta seja uma casa típica da região.

Mais ou menos. Tem esse estilo costeiro meio indecifrável, meio francês, mas sim.

Tá, mas é uma casa bastante tradicional. A parede de madeirinha do lado de fora, o gramadão, as cercas brancas. E tem lareira.

Pois é. Costumava vir com Nick, mas preferia estar sozinha para tocar piano, sem hora para terminar.

Bonito. O piano é igual ao da cidade. Virou-se de repente para mim, ao lado do instrumento. Vai tocar?

Não.

Ah, Ana, toca pra mim.

Sua postura solta me trouxe a sensação de liberdade que experimentava cada vez que chegava àquele casarão. Havia sido reconstruído durante os anos 1940, depois do furacão de 1938 que arrasou as comunidades litorâneas de Long Island. Apesar da austeridade da planta, com uma escadaria central e os quatro quartos em cima, um em cada canto, era um refúgio sereno.

Fui até a despensa na copa. Estava cheia de recipientes de plástico contendo desde castanhas até pacotes de bolacha já abertos. Avistei da janela um bando de veados. Chamei Eleonora para ver os três adultos e dois mais jovens. Saltaram a cerca, abanando os traseiros brancos.

Eleonora também ficou admirada com os arbustos encapados para a estação, os quais, segundo ela, traziam uma sensação de ordem, assim como a simetria dos vasos na entrada, entre tufos de moitas cortadas que sobressaíam em relevos pequenos de estopa. No jardim de trás, da soleira em diante, o pasto da propriedade de mais de cem anos se abria incerto, e alguma árvore, aqui e ali, era presença isolada.

Tentei decifrar a paisagem sob a neve que George havia redesenhado, adicionando cercas invisíveis para proteger dos animais os arbustos que na primavera floresciam arroxeados entre as cerejeiras, sem o estorvo das luzes da vizinhança, e que, considerando-se que muitos vinham de Nova York, era o lugar para recalibrar o olho.

Imaginei minha avó atenta, na mesma posição de Eleonora, buscando enxergar uma árvore ou outra que comprara com George em algum viveiro da região, enquanto John lhe telefonava, dizendo que tinha encerrado o trabalho e estava de saída com Jack para o tênis e depois um drinque. Ana desligaria o telefone. Ela prestaria atenção nos detalhes da natureza, no modo como a luz incidia na folhagem. Ao seu lado estaria George, ainda de camisa aberta vindo do quarto.

Eleonora, chamei. Quer sair pra comer alguma coisa?

Organizamos o que trouxemos da cidade e pegamos o jipe. Às vezes meu avô me ligava da Flórida para perguntar quando eu iria até a praia. Queria que eu dirigisse, o veículo precisava chacoalhar os ossos de vez em quando, ele dizia.

***

Percorremos a área, fazendo poucos desvios até chegar à rua principal, que terminava em um moinho de vento, marcando os limites do antigo vilarejo. Eleonora apertou a palma da mão contra o vidro do carro, na direção das luzes de Natal. Havia um encantamento na sua expressão, como se pudesse absorver o calor externo. Ela notou o menor dos pinheiros, no meio do lago congelado da cidadezinha, enfeitado com luzinhas azuis, e um cisne parado ao seu lado que alisava a plumagem com o bico. Entramos no estacionamento, e sem saber onde parar o carro, porque havia muitas opções, embiquei na frente do banheiro público, ao lado das quadras de esporte.

Impossível de imaginar, Eleonora falou, sem concluir o que queria dizer.

Desliguei o motor e vestimos gorro e luvas antes de sair do carro e apertar o passo na direção do café.

Eleonora suspirou, mostrando na malícia do sorriso a impaciência pela cena local atrás das persianas.

Minha amiga estudava o cardápio enquanto terminava seus ovos mexidos. Mussaca. Estou considerando seriamente essa opção, disse ela. Não sei você, mas eu tô morrendo de fome.

Vai em frente. Perdi a fome.

Mesmo?

Seus olhos eram marcantes. O branco exposto sob a íris. Voltei ao que Max me perguntara, se aquilo era de fato um indicador de desequilíbrio. Ele se interessava por diagnósticos visuais, da perspectiva da medicina tradicional oriental, lembrando-me que cada rosto era um campo aberto para todas as combinações e possibilidades.

Sobre a pintura de Eleonora de Toledo, sua leitura macrobiótica lhe dizia que ela possuía olhos *sanpaku*. Enquanto falava, mantinha o dedo em cima do cartão-postal que eu comprara na loja do museu. Indica um desequilíbrio geral no organismo, tão grande que pode impactar a pessoa. Está associado a uma grande propensão a acidentes e violência. Fadiga, álcool, drogas... até que um dia você se torna *sanpaku*. Tá vendo o branco grande na parte de baixo, tá vendo?

Você tá é jogando uma maldição em todas as Eleonoras do mundo.

Max riu. Disse que, se vivesse nos tempos de Eleonora em Florença, seria difícil ser santo.

No museu, havia passado horas diante da pintura. Plantara-me ali, admirada com a semelhança dos traços. E agora, graças a Max, observava os olhos dos outros no café em East Hampton para descobrir algum aviso da natureza. A vida sempre poderia te dar uma rasteira. Disso eu já sabia. Comecei a achar que a tarde estava diferente, que o céu também tinha âmbar, que os olhos dela impregnavam tudo, inclusive a mim.

Quer passar no supermercado?

Sim, ela disse.

Acho que as castanhas e as torradas na despensa estão meio velhas, eu disse. E no supermercado você vai poder sentir um gosto autêntico de marasmo pós-natalino.

Aposto que não vai ter ninguém lá, ela disse, afagando minha bochecha. Mas vou adorar passear no supermercado com você. Olha, tá nevando.

Atrás do balcão, Eva pegou o telefone. Falou olhando para o estacionamento.

Na praia a luz começava a ir embora, e com a neve, ainda que caísse em flocos finos, a visibilidade foi escasseando e quase não aguentamos o vento que batia de frente, em contraste com o mar calmo, que parecia não se mover, como se tivesse sido retirado de outra paisagem. Eleonora e eu apenas caminhamos pela orla, até que os pés congelaram.

No caminho de volta vimos um carro de polícia estacionado em Further Lane, a uma quadra da praia. Não havia acostamento, então desaceleramos para ultrapassar. Nesse momento uma policial desceu já com a pistola na mão. Mal deu para ver um veado caído, afundado na neve. O bicho gemia alto.

Quando ela disparou, o som me pareceu de mentira. Foi um pequeno estouro, desde o nosso veículo. Procuramos por outra testemunha, porém não havia mais ninguém na rua. Eleonora quis descer, mas eu disse que não iria mudar nada.

Era quase noite e a luz azulada tomou conta do trajeto até a casa. Depois de guardar as compras na despensa, Eleonora me perguntou se podia tomar um banho de banheira. Não queria interromper o meu estudo, avisou.

Claro, vai lá, onde você quiser.

Sua insistência me distraiu. Ela queria saber exatamente qual banheiro deveria usar.

Tinha escurecido. Peguei uma partitura antiga, cheia de orelhas e marcada com lápis, esquecida sobre uma pilha de papéis ao lado do piano. Reconheci nas anotações a letra riscada de Max, lembrando uma chuva forte de agulhas. Fechei a partitura e comecei a tocar qualquer coisa para tirar da mente o animal atropelado e logo morto com um tiro de misericórdia, mas não conseguia me concentrar. Minha atenção continuava na imagem da policial descendo do carro com a pistola na mão. E depois o estalo.

Os olhos do animal injetados de susto eram tão escuros que projetavam uma luz piedosa e algo de fim do mundo, antecipando o perigo, mas tarde demais para retornar, quem sabe, ao seu bando. Veio o som, e não era uma explosão estilhaçada, mas um estouro de saco de papel, aliado ao frio brutal e ao barulho do mar.

De repente percebi o ruído de água escorrendo. Pareceu que a torneira estava aberta por um tempo muito maior que o normal, o suficiente para encher a banheira duas, três vezes, e aquecer todos os canos da casa.

Ao me levantar, vi-me refletida num espelho. Não lembrava dele lá. A última vez que viera para a praia tinha sido em outubro, quando meu pai e eu nos encontramos, praticamente de surpresa.

Ele tinha dessas coisas, não gostava de anunciar para onde ia nem por quê. Era verdade, naquela ocasião havíamos comprado um espelho juntos, mas não me lembrava de tê-lo pendurado com ele. Talvez meus avós. Pensei em sentar de volta, mas Eleonora me chamava.

Fui até o banheiro e pus a mão na maçaneta. Oi. Eleonora? Entra.

22

Teu pé não gelou como o meu? Eleonora tinha espuma até o queixo. O que você tava fazendo?

Tocando piano, falei, e apontei com o polegar na direção da sala.

Eleonora mergulhou a cabeça e voltou radiante. Vem cá na água quente. Sério, sem más intenções, ela riu.

No banheiro tinha um rádio, estava ligado numa estação de música country. Roy Acuff, o locutor anunciou, "Night Train to Memphis".

Uma canção de trem? Lembro do meu espanto ao dizer isso. Olhei para Eleonora tentando ganhar tempo, até que tirei a roupa de uma vez e me meti na banheira com ela. Ficamos cara a cara, eu aguentando a quentura súbita, ela rindo, tentando seguir a letra.

Aleluiaaaaa, aleluiaaaaaaa... Às vezes eu desafino. Eleonora abriu as pernas para que eu me acomodasse melhor.

O cabelo molhado recortava seu rosto acalorado, o que lhe amolecia, relaxava o olhar. Até as mãos pareciam se mover mais devagar quando cantava. De repente, perguntou se eu não tinha achado estranho o episódio da policial atirando no veado.

Pelo menos não estraçalhou o vidro do carro, prosseguiu ela.

Ao mover-se na banheira, deixou em evidência o 2 tatuado, como uma marca a ferro quente no couro de um animal.

Viu, Éli. Notei tua tatuagem em San Francisco. Daí fiquei pensando se você tinha outras, e se isso era uma espécie de linguagem de presídio, sabe? De códigos e tal.

Códigos, eu? Acho que você tá viajando, ela riu. Por outro lado, vi que você se cortou inteira. Por quê? Não precisa responder. Ó, eu também tenho.

Eleonora ergueu o corpo para fora da água projetando os quadris para cima. Sua barriga estava toda riscada, e as coxas também, mas minha atenção parou nos pelos pubianos bem aparados.

Parece que se cortar é um mal de geração, falei, tentando disfarçar a curiosidade por sua atitude despudorada. Sabe que conheci várias pessoas com as mesmas marcas de corte lá na Fundação Casa? Lembra da Amanda? Ela chamava de cicatrizes da vida.

Eleonora riu. Será que a gente tenta fazer um desenho universal, por mais que seja inconsciente? Por que a gente acaba se cortando em linhas paralelas? Pra economizar espaço ou porque a gente tá se expressando, por meio de uma espécie de arte corporal?

Não tinha pensado nisso.

Dizem que foi a jiboia quem revelou o traçado da pintura corporal às indígenas. Faz sentido, com o sem-fim de combinações de grafismos a partir da malha da serpente. É o mundo das imagens em transformação. A gente vai adicionando. Cada dia é uma história.

De todas as aventuras, a melhor é o corpo alheio, eu ri.

O corpo alheio. Justamente esse é um tema que me incomoda. Não gosto de falar muito da prisão porque sempre parece que é sobre o meu corpo, disse Eleonora. Como ele é visto e apreendido pelos outros. Começando pelo fato de que geralmente as pessoas se sentem satisfeitas com o criminoso preso.

Óbvio, é o corpo impossibilitado de atacar os outros.

Sim, mas você sabe. Preferem não considerar que a mente do preso segue maquinando todo tipo de ideia que leve à violência. O que eu quero dizer é que a relação de quem tá de fora com o preso muitas vezes fica no fascínio pelo corpo. O fato de eu ser diferente, branca e ruiva, além de ter crescido num ambiente privilegiado, e eu tô falando de privilégios materiais, gera fascínio. As pessoas querem me consumir, roubar um pouco dessa minha coisa, sabe? Acho que eu era mais saudável da cabeça antes de ser detida.

Você parece bem resolvida com tudo isso.

Ah. Sei lá, Ana. Você falou em linguagem cifrada de presídio, em tatuagem, e se não tem muito mais do que isso pra ver no meu corpo, além do número 2 tatuado e dos riscos que me fazem parecer uma zebra albina, não quer dizer que a coisa para por aí. Mas eu não paro de pensar nessa linguagem indígena. Fico tentando entender como ela abraça a fragmentação, seja por meio da pintura ou da miçanga.

É saudável que as pessoas se coloquem no lugar do outro.

Só que ninguém tá tentando se colocar no lugar do outro, muito menos entender. As pessoas tão vivendo a própria viagem, só isso. Seja tomando ayahuasca ou consumindo meu corpo preso na cadeia através de fotos e do que chega até elas. E olha você com esse teu fetiche pela Eleonora usando pérolas, a da pintura.

Foi assim que te vi no quadro. Você sabe.

Você não me viu no quadro. Não era eu lá em Praga, Ana. Talvez isso tenha a ver com o que eu tô tentando dizer, com essa coisa de objetificação de um criminoso na jaula.

A Eleonora lá da pintura foi considerada por muitos a primeira mulher moderna porque, apesar da austeridade toda da educação rígida católica espanhola, dizem que foi a primeira rainha consorte. E ela se deixa ver. Ela se exibe com seus bordados ricos, prestes a comandar Florença na ausência do marido.

Daí que nessa época, Ana, nessa época as contas de vidro eram desconhecidas pelos indígenas do Novo Mundo, até na sua versão antiga, a faiança.

Faiança?

É uma cerâmica misturada ao quartzo que dá um brilho colorido, Eleonora disse, deslizando na banheira, com água até o queixo.

Fiquei mesmo obcecada pela pintura. Talvez você esteja certa, é uma imagem estilizada de alguém capturado, paralisado. E você meio que se encaixa, bem no centro da composição, perfeitamente construída na frente de um arco dividido em partes iguais. Até o azul do fundo tem a ver com o fim de tarde. Eu li em algum lugar que o pintor insinuou um céu repleto de mosquitos em referência à malária.

Mal-ária, ar ruim, algo nessa direção?

É que nem a faiança que você mencionou. Os europeus trazendo escravos, faianças e a malária também, e desembarcando no Novo Mundo com tudo isso, quando teu retrato foi pintado por Bronzino.

Toca a "Mal-Ária" pra mim. No piano. Vai ser nossa canção.

Na banheira Eleonora não se parecia mais com a jovem duquesa envolta num fundo lápis-lazúli, vestida em seu bordado de pérolas e tessituras com fios de ouro. Das coisas que dizia, estava mais para uma indígena em suas cicatrizes. E seus olhos *sanpaku* enigmáticos não deixavam de ser um convite, embora oferecessem alguma resistência. Eleonora era assim, e era disso talvez que eu quisesse me livrar.

Quando ela me perguntou se havia alguma relação entre meu jeito de tocar piano e meu corpo, eu lhe disse que estava ciente do ritmo da minha respiração. Pensando no trabalho da miçanga, era como se meu corpo se fragmentasse também. A pontuação falha, a manipulação da linha, eram como os meus músculos, os tendões das mãos, tudo em movimento.

E o som era uma intervenção externa, falei, mas também tinha a vibração interna. Quando interpretava a música de um compositor, outra pessoa, penetrava um território estrangeiro, e nesse estado vulnerável alcançaria outra vibração. Por isso a minha linguagem auditiva estava relacionada à carne. E ao espírito. A música, expliquei a Eleonora, era o que me tornava maleável no mundo.

Fomos para a cama, rindo do frio que fazia, e pior ainda foi sentir o lençol gelado. Ao contrário do que fizera na banheira, abrindo espaço para me acomodar, ela enroscou braços e pernas no meu corpo. Ficamos bem abraçadas, esfregando os corpos, tentando nos aquecer. O que eu não esperava era que choraríamos juntas, e nem sei direito como começou. Eleonora foi ficando triste ao me contar das saudades que sentia do Matias, e eu também, justamente pelo fato de ela pensar nele quando estava comigo, além da estranheza de não me lembrar direito nem do seu rosto. Matias, aquele idiota que nos unia. Bateu um desespero.

    Durante horas sussurramos uma no ouvido da outra, pequenas histórias, e ela voltou a falar do Matias. Contou da família dele, por exemplo, que não só se mudou, mas sumiu do mapa. A casa ficou à venda por alguns anos, tornando-se um daqueles imóveis malditos onde as pessoas tiravam fotos e que alguns adolescentes até invadiam pela reputação de mal-assombrada que adquiriu, até que um homem comprou pela metade do valor anunciado. O novo proprietário chegou com seus três pit bulls e usava uma medalha de ouro no peito. Era o dono de uma rede de estacionamentos, cansado de morar em esconderijos no subúrbio, ela me disse.

    A primeira vez que a gente se encontrou foi no portão de casa, continuou Eleonora. O tal vizinho, um cara de uns quarenta anos, me cumprimentou com cerimônia fingida, sabe, alisando a cabeça raspada enquanto me examinava, dizendo que tinha ouvido falar muito de mim. O nome dele é Sérgio. Sei lá, achei ele meio esquisito, daqueles que botam todas as fichas no próprio magnetismo.

Lembro de ter acordado com Eleonora deitada ao meu lado, enrolada no lençol, numa exuberância selvagem. Enquanto esperava clarear, fiquei olhando para ela, que dormia. Ela se encostou em mim e, embora eu não pudesse ver seu rosto voltado para a parede, sua respiração era pesada e calma, um sossego que a carregava para longe.

O relógio bateu sete vezes e eu não sabia bem se tinha adormecido novamente. Eleonora murmurou, numa voz que implorava, que horas são, e se levantou, foi até o banheiro, ajeitando um lado da calcinha enfiada no meio da bunda, e depois voltou para se aninhar comigo, puxando-me para seu corpo recolhido, cruzando os braços contra meu peito, como se me fechasse nela, de lado. O ombro esquerdo para cima, o direito ligeiramente encurvado para acomodar o peito.

Àquela hora, ela estaria esperando pelo café da manhã na cela, ouvindo as boieiras chegarem em meio a toda a bateção metálica da qual Eleonora fazia parte, acordando de vez as encarceradas. Acho que dormi de novo porque, quando abri os olhos, ela estava diferente, com o olhar parado em mim. Aquele instante durou muito tempo, tanto tempo que meus olhos arderam. Que foi, Éli?

Seu cabelo cobria parte do rosto, mas dava para ver os cílios sobre os olhos que não piscavam. Os pequenos mamilos endurecidos despontavam entre os ombros encolhidos, enquanto a tatuagem ressurgia conforme ela voltava a se esticar na cama. Eu a abracei na esperança de dormir um pouco mais. Queria esquecer os estrondos metálicos e o gosto de margarina na boca de Eleonora dentro da cela. Ela soltou um suspiro de sono tranquilo, mas de repente perguntou por que eu não dormia. Antes de me deixar responder, pressionou seu corpo contra o meu, puxando minha calcinha para baixo. Com o pé, acabou de arrancar a peça.

Ana, ela ordenou no meu ouvido. Me esquenta. Tô morrendo de frio.

Não saímos para caminhar, mas paramos o jipe em frente ao mar, na praia principal. Entre maio e setembro, sobre o deque havia alguns quiosques e dava para sentar na sombra com um sanduíche e ficar ali mesmo, contemplando as ondas. Agora estava tudo quieto, a não ser por um pequeno movimento de organizadores do mergulho coletivo que marca o primeiro dia do ano. Eleonora achou aquilo engraçado, e imaginou o arrastão desengonçado dos moradores, gritando para juntar um pouco de coragem antes de encarar a água gelada. Não queria perder o espetáculo da comunidade local.

Amanhã ao meio-dia.

A gente vem. É sempre mais fácil ser valente quando ainda não passou a bebedeira.

É essa a ideia.

Ainda sentia seu gosto na minha boca, e quando ela se aproximava de mim no carro, reanimava a lembrança da manhã.

Bonita você, disse a ela.

Tá me paquerando, é? Eleonora riu, segurou meu rosto entre as mãos e me deu um beijo na boca.

Estávamos alinhadas com outros três carros. Eram todos de homens que nos espiavam discretamente, entre o café e o jornal. A praia era um escape de suas casas. As ondas dobravam em si, aquietadas. Não havia vento. A praia era uma mistura de areia e neve.

Vou mudar, Eleonora disse de repente.

Do Morumbi?

Então. Sim, ela falou, indicando os veículos ao redor. A gente tem quatro carros na garagem, sendo que minha mãe nem dirige. Eu me sinto estagnada. Cansei de depender deles.

Mas vai seguir trabalhando com teu pai?

Ué. Sair de casa não é romper com a família. Ainda vou poder visitar. Mãe. Pai. Meu irmão não fala mais comigo, mas também não mora mais lá. Quero continuar vendo o Wagner.

E não é por uma questão afetiva, imagino?

Seria muito estranho se a gente morasse junto? Ele e eu? Incomum, mas estranho não.

O Wagner foi nosso empregado a vida toda, mas isso não me preocupa. Talvez um pouco, mas eu quero estar com quem me faz bem, com quem eu confio. Ele é um cara bom, e o sexo costumava ser ótimo. Não tem diploma universitário, é meio calado, mas e daí? Eu também não tenho diploma nenhum.

As coisas não precisam ser definitivas. Volta e vê. Pede ele em casamento.

Vai, Ana. O que estou dizendo é que esse tipo de atração é tão subjetivo que é praticamente impossível de entender. Olha você e o Nick. Um dia funciona, outro dia nem tanto.

Tínhamos dormido juntas e transado até, mas isso não a tornava amante, namorada, nem ficante. Nem sabia se seguiríamos conversando depois que ela fosse embora, mas de repente me ocorreu que seria impossível viver sem ela. O que tínhamos era forte e verdadeiro.

Quem quis fui eu. Botei pressão nele. Tinha treze anos e meus pais nunca perceberam. Imagina se descobrissem. Ficaria desempregado e provavelmente seria preso.

Quando é o menino da casa tendo a tal iniciação sexual com a empregada, ninguém fala nada.

Total. No meu caso, a narrativa fica invertida. É o negro pobre sem educação que violenta a menina branca e rica. Diriam também que ele queria o que eu tinha. O mar inteiro, ela sorriu, abrindo os braços.

É. Foi pegar o faz-tudo da casa só pra você!

Viu. Mas a primeira vez fiquei tão dolorida. Puta que o pariu. Parecia que tinha sido picada por um milhão de formigas na xoxota, Eleonora riu.

Mas quem te ferrou mesmo foi o Matias. Ou não?

Acho que foi sim. Do tipo... foi ele quem desencadeou a minha violência contra meu próprio corpo.

Para de ser irônica.

Não, é verdade. A violência que só ficou aparente quando eu comecei a me cortar. Não vou botar a culpa nele, mas já botando, algumas vezes foi ele mesmo quem passou a faca em mim, filetando minha pele pra ver o sangue sair. Matias era um cara meticuloso, ele dizia isso de si mesmo.

E o Wagner ficou sabendo?

Nossa, ficou louco. Foi lá pressionar meu vizinho, apareceu no quarto dele. Daí o Matias ameaçou o Wagner, dizendo que ia contar pra minha família que ele tava me violentando, me fodendo. Ficaria feio pro Wagner.

Bom, você era menor. Mas e ele? Não fez nada?

Calou. Ficou só assistindo a relação estreita entre mim e o Matias, enquanto eu tinha outra com ele. Muito mais saudável.

Eleonora abriu a porta do carro para jogar o copo do café no lixo, ao mesmo tempo que o cara do nosso lado, que desceu para dar uma volta com o cachorro.

A música que ouvia entrou no nosso carro. *Clouds in my coffee, and you're so vain, you probably think this song is about you.*

Por outro lado, acho que nossa relação só foi possível a partir da longa distância, Ana.

A tua e a minha?

Eu acho.

Como foi a volta pra casa? Rever o Wagner e entender que o Matias não tava mais ali do lado?

23

Olho por olho, os manifestantes repetiam indignados, em frente da penitenciária. A aglomeração era enorme, parecia que as pessoas se multiplicavam na luz do sol. Como você pode imaginar, ninguém queria a minha liberdade, o que não era surpresa, considerando o modo como reagiram quando estava no semiaberto e saía pra estudar com tornozeleira eletrônica. Pena de morte, alguém gritou, era um fiapo de voz, vozinha de criança mesmo.

Daí você vê o Wagner e você sabe que ele veio te buscar, e as pessoas ficam mais irritadas. Pra elas, você teve privilégios. Não veem que você tá apenas no estágio seguinte em direção à liberdade, que passou pra um regime aberto. Tecnicamente você ainda tá presa.

Wagner estacionou com dificuldade a três quadras da entrada da penitenciária. Não era dia de visita, mas a excitação era grande dentro do complexo. Wagner e eu esperamos no carro uns minutos, até que decidimos arrancar de vez, bem quando a toada de protestos aumentava. E não adianta me encarar com essa serenidade singular. Eu sei que a tua saída foi bem mais tranquila. Você foi pra albergue antes e tal. É que no meu caso, já viu, a imprensa noticiou que estava saindo da penitenciária, foi isso.

Você podia acompanhar pela internet. Fizeram de tudo. Teve quem dormiu em frente à penitenciária envolvido em papelão, como o nosso Nawa Mudu, e o papelão com palavras escritas já servia de protesto. Injustiça, lia-se. E não me leve a mal, eles tinham o direito de protestar, mas o que mais eu poderia fazer?

Cara. Não vou imitar o coro de ativistas, mas tá aqui na minha cabeça. Diversas lideranças indígenas estavam presentes, aproveitaram a minha ida pro regime aberto pra fazer um ato político maior. Pediam proteção, chamando a atenção para as queimadas generalizadas das suas florestas, para a necessidade da regularização fundiária, e até para a revitalização de línguas de certas etnias em escolas indígenas de educação básica. Outros faziam fumaça pra lembrar como o Nawa foi morto, enquanto os camelôs pegavam carona no movimento todo. Montaram suas barraquinhas e se puseram a vender cocares, miçangas, bijuterias, incenso. Até camiseta do Dia da Árvore tinha ali.

E você fica me observando, pensando como foi que armei essa confusão. Desde que virei notícia, quer dizer, viramos, a coisa nunca mais mudou. Chamava a atenção quando abria a boca pra dizer qualquer coisa. Você, talvez por ser menor, teve mais proteção. E talvez tenha escolhido um caminho mais simples. Teve a Amanda lá dentro, e ela sempre deixou claro que não queria te iludir. Foi posta em liberdade antes de você, e quando foi a tua vez, você sumiu atrás dos montes, no interior paulista. E depois veio pra cá, pros Estados Unidos.

Então, Ana. Depois que eu entrei no carro, Wagner percebeu que tava difícil dirigir. Tinha muita gente mesmo. Ele me observava pelo retrovisor. A testa franzida me fazia pensar que a gente já tava bem longe. Era também como se ele reavaliasse o melhor caminho pra evitar o trânsito na volta para casa, como em algum dia normal do passado. Não parecia tenso, mas quanto mais me olhava, mais devia se lembrar de situações inusitadas e violentas de anos antes. Logo depois que eu fui detida, um certo piromaníaco passou a rondar nossa rua, por exemplo.

Mas só de te levar pra casa, Lê. Nem acredito que a gente tá aqui, ele falou, alisando a camisa por hábito. Sabe, o Wagner tem todo um jeito. É do tipo que presta atenção se o sapato tá engraxado, se a camisa tá bem passada. Assim, alisa a camisa assim, quando acha que ninguém tá olhando.

E ele falava com carinho, sabe? E repetia. Nem acredito que tô te levando pra casa. A minha patroinha. Daí eu disse, patroinha não. Ele estendeu a mão pesada sobre o banco de trás, assim, e eu peguei nela, daí ele disse que me levaria pra casa. E que dona Isabel preparava uma recepção.

Que tipo de recepção?

Uma recepção especial. Queijo brie com mel e champanhe. Você sabe, Lê, ele falou com aquela voz grave e contida. Queijo brie com mel e champanhe.

Imagina que você está se aproximando da tua casa e tem um grupo tentando impedir a tua entrada. Só de ver o carro, o pessoal desenrola uma faixa, querem que ela fique bem na tua cara, no momento de apertar o controle remoto pra entrar na garagem.

Indígenas, indigentes ou inocentes? E o grupo gritava o que tava escrito ali, e os policiais empurravam pra eles saírem do caminho. Mesmo impedidos de nos bloquear, repetiam com mais força, aos berros, punhos pro alto.

Abaixa aí, se esconde porque o povo é louco mesmo, avisou Wagner, limpando o suor na calça.

Sabe, Ana, você fica com medo, mas a vontade que dá é de sair do carro e peitar a multidão. Que me deixassem em paz, afinal tinha sido julgada e tinha cumprido minha pena corretamente até ali. E seguiria cumprindo.

Wagner chamou pelo celular mais dois seguranças. As coisas mudaram um pouco por aqui, dona Eleonora, ele disse. Adotava esse tom formal na frente dos outros, pra mostrar que era um profissional. Na frente dos outros, eu não era mais Lê,

Patroinha, Baixinha. Além dos dois caras que apareceram armados, tinha os seguranças particulares da rua, mais a polícia de plantão, que viera especialmente pra garantir minha entrada em casa. E a vizinhança puta da vida.

Eleonora revivia sua saída com a cabeça firme e a postura corrigida a cada momento. De vez em quando ria, jogando a cabeça para trás, tecendo o trajeto até em casa, entrecortado por refrões cantados de protesto de pessoas que não a abandonaram.

Como Wagner, eu estava ao volante, ouvindo-a, percebendo que não conseguia dar ré. Para quem via de fora, éramos duas amigas fazendo um balanço no último dia do ano, cheias de promessas para um novo ciclo. Parou de nevar e o céu congestionado de nuvens trazia uma luz quente e concentrada. Notei que Eleonora tinha o rosto molhado e, sem dizer nada, abriu a porta do carro, mas não saiu. Parecia enxergar o portão da sua garagem em São Paulo abrindo-se vagarosamente.

Fiquei emocionada, sabe? Foi só chegar ali, pisar na sala, ela disse. Acontece que o tempo não passa dentro de casa.

E na prisão passa?

Claro que sim. Eleonora prendeu as mãos por baixo das pernas. Suspirou, franzindo a testa, olhando fixamente para o mar.

Com o ar-condicionado ligado, o protesto até parecia passivo, e quase não dava pra entender o que gritavam. O queijo brie com mel estava lá sim, não tinha como o Wagner errar. Estava numa bandeja, assim como castanhas, pães, azeitonas. E a champanhe também. Era como se eu tivesse ganhado um prêmio e nunca mais teria sossego. Seria sempre lembrada. Para isso serviam as recepções.

Ao me ver, meu pai tirou os óculos e chorou. Fez igual a anos antes, quando viu no jornal a minha foto ao ser condenada.

Depois fiquei sabendo que, quando estava presa, ele até considerou se mandar de São Paulo, como os Schulz, mas iria sozinho, sem minha mãe. Isabel então disse que fugir da própria vida não resolveria as quimeras deles. Passaram a fazer terapia de casal.

Durante as sessões, André jurava que sentia cheiro de queimado, que associava a seus pesadelos recentes, e dizia não se lembrar das imagens dos pesadelos, talvez porque estivessem cobertas de cinzas. E geralmente eram vozes de protestos que o despertavam. Que caralho ele e sua esposa tinham a ver com aqueles movimentos pró-indígenas? E bem em frente de casa?

Minha mãe assentia. Enquanto André acordava por causa dos pesadelos, ela sofria de insônia associada a crises terríveis de taquicardia, sempre por volta das três da manhã. Eram os nervos, ela explicava com um sorriso brando. Estava na hora de mudar o medicamento.

Então, você que gosta de comida. Você entende o que é chegar em casa com esses aromas do passado, especialmente quando você vem com um gosto da cela difícil de definir. Você olha ao redor e é isso.

Os vasos altos estavam bem distribuídos na sala e o cheiro de jasmim se misturava ao do pão de queijo inflando no forno, até que a crosta rachasse. As recepções em casa eram assim, feitas no mesmo formato profissional das que minha mãe organizava na empresa do André ou no seu próprio negócio. Os sanduichinhos de lagosta eram tão perfeitos que pareciam comida falsa de mostruário, e os sucos em jarras de cristal. E o grande número de empregados não dava conta. Reconheci dois deles, vieram emprestados do trabalho da minha mãe, deram um tchauzinho de volta, ocupados com o mundaréu de parentes e alguns amigos do casal. Meus amigos não estavam. Antes de cumprimentar minha mãe, no momento em que ia até ela, lembro de ter tido a percepção clara de que eu só frequentava o vizinho.

    Isabel retirou a campânula de vidro de um prato grande com queijos sobre a mesa da sala e parou diante do armário contra a parede. Estava abstraída dos sons da rua, e até das pessoas que passavam por ela. Estava em seu papel, não ouvir o chamado de meu pai quando eu entrei e voltar às toalhas guardadas na parte de baixo de um armário da sala, dar-se um momento para pegar o crochê certo que faltava para enfeitar a cesta de pães. Ela se apoiou no quadrado de madeira pra se reerguer e ajeitou o colar enroscado no botão da blusa. Caminhei em sua direção e ela me viu de repente, e manteve os olhos fixos em mim. Como uma presa encurralada, esteve prestes a avançar, mas hesitou.

Ajeitou meu cabelo atrás da orelha e me deu um abraço apertado. Depois arrumou o colar enroscado no botão da blusa. Tem pão de queijo no forno, do jeito que você gosta.

    Que bom, obrigada. Cadê o Gabi?
    Ele não veio. Viajou com a namorada, ela é um amor de pessoa, já vai conhecer. Foram para Ubatuba. Sabia que teu irmão está surfando?
    Sei.
    Sabe o quê.
    Nada. Eu só queria ver o Gabriel, outra hora a gente se cruza.
    Filha, não me leva a mal, mas o Gabi tem a vida dele. Não é nada contra você. Vem aqui, Eleonora, ela disse, me puxando para o sofá.
    Reorganizou as almofadas, pondo a de camurça vermelha no colo. Sentei ao seu lado e desde a esquina notei Dipe lá fora. Wagner foi me visitar algumas vezes na penitenciária, mas eu não tinha coragem de perguntar sobre o Dipe, talvez porque achasse que um dia ele fosse me dizer que o cachorro tinha morrido.

Dipe observava as pessoas passando na sua frente, com seus reflexos, inquieto também pelos protestos que pareciam aumentar.

Queria dormir um pouco, ficar no meu quarto. Dei um beijo na minha mãe. Algum sinal deles?

De quem?

Indiquei o cachorro e ela dirigiu o olhar para o jardim, fixando-o nos azulejos da parede do fundo. Já tinha gostado mais do Athos Bulcão, daquelas ondas geométricas triangulares. Agora essa paisagem me parecia muito formal. Rígida, talvez, embora a dança do branco e do azul fosse bonita. Suspirou fundo, reagindo à gritaria na rua.

Os Schulz foram embora, disse minha mãe. Não quiseram deixar contato, nada. Nem insistimos, na verdade.

Faz sentido. Desculpa, mãe. E pensar que eram tão amigos.

Mas estamos muito felizes, você aqui conosco é o mais importante para nós todos, disse Isabel, tirando a almofada do colo. Eu só sei que o pai do Matias aceitou um convite na Cidade do México para a Ferrari, mas, apesar dos esforços de um grupo de empresários, parece que o autódromo não foi reativado para a Fórmula 1. Não do jeito que esperavam. E o que é que eu sei de Fórmula 1? De todo modo, não funcionou para eles, então os Schulz voltaram para a Alemanha.

Minha mãe me fez um afago, senti seu carinho na nuca, ao tocar meu cabelo. Tocou com a ponta dos dedos a minha cicatriz e logo me abraçou, pedindo que esquecesse o passado porque era meu direito. Não era a primeira vez que ouvia isso dela.

Você tem o direito de esquecer.

Direito, mãe?

Sim, é um direito. O direito ao esquecimento. O sorriso de Isabel revelava uma ilusão profunda. Sempre foi uma mãe distante pra mim, e agora tentava lidar com a própria depressão. E olha só você, tão bonita.

Eu matei uma pessoa.

Eleonora, vamos mudar de assunto? Vamos ter tempo de sobra para falar sobre isso. Agora, tá todo mundo aí.

Estava tudo ali, ela quis dizer. As paredes verdes, as estátuas, as cadeiras de madeira maciça que pretendiam rusticidade. Todos bons exemplos de suas paixões e imperativos, mas agora encolhiam no tempo. Em sua mente, tudo tinha sido tão rápido que não teve tempo para ajeitar as coisas antes de eu chegar. Ela provavelmente estava se perguntando se eu tinha notado o cheiro de casa limpa, da madeira polida, enquanto Wagner sentaria na cozinha dos empregados para dar uma olhada no jornal não lido, ver se tinha alguma notícia.

Levantei num pulo e me aproximei da porta de vidro que se abria para o jardim.

Dipe, o rottweiler.

Forçou o focinho contra o vidro. Abri a porta de correr e me ajoelhei. Lembro que ainda levantei a bochecha dele pra examinar os dentes, uma coisa que sempre fazia. A sensação de aspereza da pelagem curta só acentuava a robustez e a agilidade do bicho que pulava e me lambia sem parar.

Ô seu bobão. Vem cá, vem cá. Ficou com saudades de mim, ficou? Eu fui passear. Passear. E não levei você, sorte tua.

Dipelique deitou, expôs a barriga, abanando o rabo. Segurei o cachorro pelas patas dianteiras e o abracei, lembrando de Matias quando explicou que Dipe tinha a mesma origem que sua família, a cidadezinha medieval chamada Rottweil.

Do meu jardim em São Paulo visualizei o lugar próximo da Floresta Negra. Não falava alemão, portanto não entendia nada quando me sentava à mesa com os pais de Matias.

Ninguém esquecia. Cada vez que o tema voltava aos jornais, o tempo recuava. Meu retrato voltava pra internet, pros cartazes das ruas. Assim como o seu.

Falava-se em injustiça social e as pessoas se multiplicavam de novo, acumulando lixo e excrementos na porta de casa, e a polícia demorava cada vez mais para aparecer. Os vizinhos chegaram a fazer mais de um abaixo-assinado para que minha família se mudasse. O filho de um deles cuspiu no rosto do meu irmão. Disse que, se eu aparecesse por lá, iriam botar fogo em mim. Ativistas armavam tendas. Ninguém mais continha ninguém. Fui elevada, assim como você, a símbolo da injustiça.

Não é de estranhar que as janelas na casa dos meus pais ficassem o tempo todo fechadas. Soube das insônias de Isabel, eu os visualizei. André e ela, primeiro dando as mãos, numa tentativa de conforto, e depois de costas um para o outro, mergulhados na escuridão da madrugada.

Eleonora foi me contando como aquilo tudo afetou sua família, que fingia normalidade diante do lixo que atiravam nos muros da casa desde que fora presa e que passaram a atirar mais ainda quando ela voltou a morar lá.

Sentia-se sufocada, e os soluços a impediam de dizer qualquer coisa que fizesse sentido. Os Schulz tinham ido embora para sempre, e o lugar virara um campo minado de protestos a qualquer hora contra a injustiça nas ruas da capital. Era como se a barbárie daquela brincadeira brutal dos três adolescentes culminasse ali para sempre. Até que ganhasse o esquecimento.

As pessoas tampouco esqueciam a declaração de Eleonora diante das câmeras ao ser condenada, quando disse que não sabia que se tratava de um indígena, pensou que fosse apenas um morador de rua. Matias morreu e quase não se falou mais nele, como se tivesse sido apagado da noite. Acho que isso acendeu a fantasia das pessoas em torno das duas moças perversas e diabólicas. Teve quem nos chamou de feministas radicais. Na mesma linha, era o que o excesso de liberdade poderia provocar, disseram.

E aqui estou, Ana, exercendo meu direito ao esquecimento.

24

Não me sinto tão livre quanto as extremidades abertas do meu nome. Talvez isso possa servir de consolo, porque não gosto de imaginar que as coisas estejam fora de controle, e estar ancorada no meu nome me traz uma certa tranquilidade. O fato é que minha história, começando por Ana, é um palíndromo.

Mesmo que as variações se multipliquem infinitamente, como dizia Max durante seus exercícios musicais, o fim sempre encontra o começo.

Nesse contexto, diria que meu olhar é transparente, mas cuidadosamente construído, é o olhar de quem passou para o outro lado, de quem já foi e voltou. A força de persuasão está na transparência, ouvi isso uma vez da minha mãe. E na gentileza. Já descreveram meu sorriso como paciente e inofensivo. Ele é também resiliente.

A lista de adjetivos poderia se transformar também numa lista interminável de acusações. O fato é que o azul dos meus olhos é tão claro que sugere inocência dentro da minha alienação do mundo. Claro como o céu sueco. O céu sueco. Eis um palíndromo que só funciona em português. Qualquer um que preste atenção em mim por mais tempo, talvez ache que me divirto às custas dos outros.

Conversávamos sobre escolha de repertório, Max e eu, quando tomávamos um café à tarde. Max falava da sua vida profissional, de como tudo havia sido mais ou menos premeditado, do início ao fim. E vice-versa. Argumentava que era um concertista reconhecido e que seu sucesso estava baseado no mesmo repertório com que começara.

Quem decide?, perguntava, para responder por mim logo em seguida. Depende do pianista. Porque os grandes concertistas, e estou me referindo aos caras com carreira internacional, como eu, muitas vezes não podem se dar ao luxo de tocar o que lhes dê na telha. Isso porque muitos já são identificados pelo público a partir de certo repertório. Há exceções, claro. A Martha Argerich, por exemplo. Se ela subir no palco e anunciar que só vai tocar Thelonious Monk, ninguém vai abrir a boca. Vão reverenciar, isso sim.

E como você acaba sendo identificado pela primeira vez com um repertório? Você não escolhe pelo menos um pouco?

Por exemplo. Entra de gaiato para substituir alguém muito famoso com uma peça famosa, digamos. Se o jovem pianista faz bem, já desce do palco com o estigma de o novo grande intérprete, por exemplo, do Chopin.

Você tá dizendo que se o pianista é uma estrela, mas não como a Martha Argerich, que pode ser espontânea o quanto quiser, ele vai ter que tocar um troço premeditado?

Comigo foi assim. Mas se eu anunciasse que a partir de agora só vou tocar Schönberg em vez de Chopin, provavelmente perderia meu público, as salas de concerto, o contrato com a Steinway e com a Gramophone. Minha carreira chegaria ao fim.

Que fatalista, Max.

As pessoas querem ouvir o que conhecem.

Inclusive a mesma versão dos fatos. Soa familiar?

A primeira. A primeira é a que fica.

Diferentemente do que acontece com a carreira bem trabalhada de tantos pianistas, como a de Max, por exemplo, não houve preparação nem ensaio. Houve adrenalina. Da madrugada, lembro o calafrio que senti quando Matias anunciou que ia ligar para a polícia. Moí o cristal, joguei no gim e assisti Matias beber sua própria resina. Não sobreviveu e ligamos para a polícia. Teria poupado a sua vida se o tivesse deixado fazer a ligação. Mas não. Chutei o celular para debaixo da cama e fui ao banheiro preparar seu último drinque.

Matias começou a suar ainda mais, seu corpo fervia e ele teve convulsões. Eleonora e eu, no momento em que ele parou de se mexer, quisemos acreditar que seu silêncio era mais um de seus embustes, mas essa impressão não durou. Minha reação foi sacudir Matias pelos ombros, estapeá-lo. Eleonora ficou quieta. Depois colou seus lábios nos dele e chorou sem som.

No motel dissemos à polícia que ele nos forçou àquilo. Em pânico, Eleonora contou que Matias tinha tido uma overdose e se referiu a mim como uma menor no quarto de um motel.

Falei com rapidez, e sob o efeito das drogas minha fala saía arrastada, não sabia se me entendiam direito. Fiquei nesse estado durante horas, e horas depois, na delegacia, notei que minhas mãos queimavam por dentro, enquanto tentava dizer que nada fora premeditado. O encontro na casa de Eleonora, o consumo de álcool e drogas. Disse que fui induzida por Matias a ir para um motel depois que ele vendeu sua mercadoria nas festas. Mercadoria, anotaram. Foi a única palavra que me ocorreu. O mais importante até ali era que a minha versão batia com a defesa de Eleonora, que Matias tinha sido amigo de uma e namorado de outra, até o momento em que parou de respirar. Também era um grande manipulador.

Omitimos a parte da avenida Angélica. Eram papelões, afinal. Mas a nossa foto rodou. E as marcas no carro estavam conectadas à morte de Nawa. O maldito ketchup que Matias deixara cair no carro, por exemplo, tinha que ter vindo de algum lugar.

O que me doía na equação toda era não conseguir lembrar os detalhes exatos da noite do crime. Quero dizer, em recordações borradas, eu conseguia. Passei dias na cama fingindo uma gripe, enquanto tentava ruminar os fatos, que chegavam a princípio em raios soltos e desconexos. Como num pesadelo, detalhes eram esparsos. O ataque à vítima às 2h42. Ele não queimou até os ossos, mas a pele tostou que nem torresmo. Do que estou segura é que, quando fugimos do local, o fogo brilhava no escuro. Ouvi os gritos, e até hoje eles voltam, mas não sei se acabei somando esse detalhe à minha conjunção de certezas para dar mais veracidade àquela noite.

Policiais e bombeiros bloquearam a avenida, e o primeiro que parou diante do fogo foi um motoqueiro. De tão nervoso esqueceu onde estava. Deu entrevista na TV, e contou que tentou aliviar a dor do homem jogando sua jaqueta no corpo queimado.

Saí de casa uma semana depois, num carro de polícia, para passar quase quarenta e cinco dias na unidade provisória da Fundação Casa. Lembro dos fogos de artifício do Ano-Novo, quando fui ligando a textura da minha pele seca à pele queimada da vítima, e as cicatrizes dos meus cortes aos riscos no céu.

Da promotoria o caso foi para o juiz, e meus advogados me instruíram a colaborar com a polícia, mas sempre apontando Matias como o cabeça do crime, apesar de eu ter jogado a gasolina pela janela e provocado a explosão.

Quando o caso estava sendo investigado, a promotoria decidiu que na acusação constaria homicídio doloso triplamente qualificado. Considerando-se as poucas horas que passamos juntas, Eleonora e eu atingimos um placar homicida absurdo: motivo fútil e torpe, meio cruel e dificultação de defesa. Se não tivéssemos ligado do motel para a polícia, teríamos sido acusadas do acobertamento de outro crime. A pena estipulada para

Eleonora foi reduzida porque quem instigou o crime foi Matias, e a minha seria de apenas três anos porque era menor de idade.

Levou tempo para criar algum tipo de intimidade na Fundação Casa, mas um dia, durante o almoço, algumas meninas me perguntaram como eu tinha ido parar lá. Claro que a pergunta vinha com um certo revide no olhar, de que talvez o sistema judiciário brasileiro fosse, de alguma forma, justo e competente. Nem os ricos se safam, foi o que uma delas afirmou.

E teus pais, os dois são advogados, você disse. Porque tudo poderia ter sido resolvido na delegacia por isso, sugeriu Amanda, sentada ao meu lado. Ela falava com seriedade. Quem sabe até na própria madrugada do crime. O que deu errado?

Foi culpa do Instagram.

Ele ainda estava quente quando lhe dei um beijo, chorando em cima do seu rosto. O que mais me incomodou foi seu olhar fixo. Os olhos não fechavam, como se Matias tentasse se segurar em algo. Momentos antes chegara a reclamar que os olhos doíam, que tinha uma nuvem na frente. Falei para se acalmar, assim poderíamos ir juntos à polícia, enquanto imaginava seu corpo queimando por dentro.

Eleonora também vomitou. Foi logo dizendo que aquilo era normal, talvez para não entrar em pânico, e mencionou a frequência cardíaca elevada de Matias e seus tremores. E seguiu vomitando. Parecia que alucinava, estava muito tensa, salivando, cheia de suores.

Eu chorava. Queria manter a calma e entender se Matias tivera uma overdose, se foram os rins que viraram gelatina ou o fígado, se ele sofreu hipertermia grave ou o quê. Eleonora secava a própria boca, empurrando o cabelo desgrenhado para trás.

Cadê meu brinco?

Você não tava de brinco.

Na delegacia fiquei imaginando se tivéssemos nos livrado do corpo do Matias. Teríamos circulado pela cidade com ele enrolado num lençol, dentro do porta-malas, sem ideia do que fazer.

Passei a madrugada inteira em claro, e a ordem dos fatos começava a latejar ainda mais. A casa de Eleonora, a foto, as festas, os caminhos percorridos na cidade, desde uma rua paralela ao Mercado Municipal, cheia de caixas e caminhões, até o Hospital Samaritano, onde as ambulâncias estacionadas me pareceram em movimento. Foi quando Matias enfiou o pé no acelerador. Por onde passávamos, íamos deixando pistas. Nossa noite estava em todas as partes.

Tentava imaginar se sumir com o corpo teria sido melhor, mas até na delegacia éramos duas perdidas. Antes de a polícia chegar ao motel, Eleonora inventou uma explicação confusa para tudo aquilo, mas estava tão chapada por causa das drogas e da bebedeira que voltou a engasgar com o vômito quando quis falar.

Eu tentava me firmar na versão que tinha inventado para mim mesma, como se ela fosse me salvar. Na beira de um barranco na Rodovia Anchieta, a velha Caminho do Mar, o corpo nem precisaria de impulso. Deixaríamos Matias cair, o lençol desenrolando, até que ele se fosse de vez. De repente sentiria medo da luz do dia. Os pássaros cantariam enlouquecidamente.

Sedutora, essa descida ao vandalismo, disse Max uma vez.
Tudo o que é imediato é muitas vezes violento, respondi. Adrenalina, Max, sei lá. Às vezes sinto que estamos orientados numa só direção. Na direção da destruição, ou autodestruição.
Max não disse nada.
Quando me olho no espelho, vejo o inimaginável. Não quero mais voltar a viver o que vivi, mas não tem jeito. Fiz o que fiz

só para ver no que ia dar. Lembro que durante a infância escolhíamos nossos times, e tinha vezes que brincávamos de matar porque sim, e tinha o fascínio pelo sangue e pela morte. E a linguagem impactante copiada dos filmes que antecipava o grande final. Morra!

O curioso é que em diversas cosmologias, Eleonora me contou, as relações entre os humanos e os demais seres existem justamente pela predação. A caça e a guerra também vêm de muitas trocas. E a miçanga está nessa fronteira simbólica, por isso não deixa de ser um artefato quimérico que só existe carregando a força do inimigo.

Por outro lado, fui prevenida contra as ruas. Minha mãe me ensinou a pular os bueiros com cuidado e a desviar de gente esquisita. A rua era isso. Uma série de obstáculos a serem vencidos. Na praticidade de saltar obstáculos, tornei-me uma grande teórica das misérias no mundo, mas sem me envolver com nenhuma população acobreada da sarjeta.

Na minha vida ordinária de princesa, passei a exercer o lado da inocência e da perversidade de simplesmente não ver.

Mais de dez anos depois, penso no que fiz. O cheiro de carne humana queimando.

Numa noite fui a dona do fogo, interceptando a viagem de um pajé que atravessou o país para se abastecer de miçangas na cidade. Viajou até São Paulo para escolher as melhores contas das importadoras, as miçangas brilhantes e resistentes de vidro que ele chamava de *samuras* porque, segundo um dos mitos da origem das miçangas, cresciam em profusão da sumaúma, a maior árvore da floresta. Os Kaxinawá iam longe atrás dessas contas coloridas, e por isso elas sempre estiveram associadas às viagens e ao inimigo. O trajeto do pajé com elas acabou na esquina da Angélica.

Os brancos fabricavam esses olhinhos de vidro, as mulheres indígenas artesãs os transformavam num desenho abstrato cheio dessa força exógena, concentrada nas contas que vêm de fora e absorvida pelo corpo adornado com elas.

Eleonora me disse que os Kaxinawá depositam na tessitura das miçangas um conhecimento ancestral da história e da cosmologia da sua gente.

As miçangas com seus grafismos quase simétricos se equiparam à música, sempre em movimento. São enredadas e costuradas por modulações em duas mãos, em duas vozes, como uma reflexão de dois mundos.

É um entrelaçado de desenhos, isso eu consigo ver, Ana. Numa transmutação constante de formas, com pontos inesperados de conexão. Sua geometria é um jogo que brinca com o mundo visível e o invisível. Por isso, Ana, as contas são presenças, e, perdoa meu truísmo, viver no agora é viver diante da morte. De qualquer maneira, isso nos serviria pra lembrar nossa condição de mortais.

Lembrei que esbarrei com o pé no ioiô que estava no carro. Matias me disse que, num dos quase duzentos dialetos filipinos, *ioiô* quer dizer "volta aqui".

Em todo caso, o brinquedo que mantinha no bolso da calça caiu no carro, e talvez ele o tenha devolvido ao seu lugar. Já não importava. Era um dos restos do seu monopólio, junto com suas pedras e seu aparelhinho para asma.

Quando olho nos teus olhos, Eleonora, tento entender qual foi nossa motivação. O fascínio pelo fogo, talvez? Não, não foi. Estava conectado à adrenalina de fazer algo proibido, parecia uma força transformadora. Digo isso agora, mas lá atrás, não sei. Só acho que a noite não precisava terminar assim.

Não diga.

Acontece que ele se achava intocável.

Lembro da cara dele no retrovisor, você ao seu lado, ele tentando te impressionar, com os arranques de velocidade.

Naquele momento comecei a achar Matias um idiota, mas ainda assim queria estar ali, fazer parte do time, digamos. Idiota era eu. Vocês me enchendo o saco porque eu queria tentar medicina. O que era aquilo? Acabei nem tentando, nunca. E nem você nem o Matias terminaram farmácia.

Mas você sabe. O problema não era exclusivamente meu e dele, Eleonora riu.

Não.

E olha a gente aqui, procurando ninho de cisne no jardim dos teus avós. Qual vai ser teu desejo pro ano que vem?

Meu desejo?

Vai, Ana, aposto que você quer ser uma caçadora de palíndromos. Justificar a tua existência pelas palavras trocadas, vidas trocadas, e pontas que se parecem. Que lindo.

Eleonora tinha razão. Tentava ler nas nuvens, nos cantos, no bosque dos cedros, nos dedos, nas minhas marcas digitais no teclado o que unia as coisas no labirinto das voltas.

O destino dá voltas?, perguntei.

Uma volta. Uma e meia, vai. Roma me tem amor, ela disse.

Sorri.

Confesso que dei uma espiada num caderninho em português do Max em cima da cômoda do quarto. Que cara mais maluco, Ana, ele fica escrevendo essas coisas. Olha outro, sorriu Eleonora. O teu dueto.

Osso, eu disse a Eleonora. Ame o poema.

O curioso é que um palíndromo não tem começo nem fim, ele existe em si mesmo. Isso também tava escrito no caderninho do Max.

É, eu sei, respondi. Por isso é tentador.

É como um mito. Leda e o cisne.

As conversas com Eleonora iam e vinham. Demos uma volta pelo jardim, eu lhe mostrei um lugar onde havia um ninho de cisne.

O cisne volta a cada ano e se enfia no meio do capim seco, fica completamente exposto.

Um avestruz escondido só com a cabeça na terra, né?, Eleonora disse.

Parece que o cisne meio que sabe disso, porque dá as costas para a casa, fica sozinho na paisagem.

A imagem do cisne solitário me lembrou o mito do desaninhador de pássaros, que conecta os donos do fogo, ou o povo celeste, aos humanos. Imagina um homem que se fecha nas plumas dentro de um ninho e nos próprios cabelos, pra se aquecer ou pra se disfarçar de natureza mesmo, e levar o fogo consigo. Porque ele tá próximo do céu.

Ouvi Eleonora. Falou do desequilíbrio do meio ambiente que esse mito também representava, no momento em que o homem, a partir do fogo, simbolizava a passagem da natureza para a cultura, e do homem branco entre os indígenas, em seu modo predador. Era o equivalente a Prometeu, que roubou o fogo dos deuses para dar aos homens, lembrei.

Prometeu em grego significa "premeditação", falou de repente. Li em algum lugar. De volta aos palíndromos, parece o tal destino que dá volta. Acho que isso nos leva de volta a nós. O resto é confusão, riu Eleonora. A gente vai mesmo hoje naquela balada de Ano-Novo no barzinho daqui?

Não é bem uma balada, é só um bar, mas considerando que tá tudo fechado por essas bandas, um bar com uma dúzia de pessoas não deixa de ser uma balada.

Eleonora seguia falando dos mitos. Andou à frente bastante empolgada, voltando-se para mencionar uma passagem da antropologia clássica de Lévi-Strauss, acho que era de *O cru e o cozido*.

Fala do fogo e da humanidade, que o fogo na nossa história ajuda a lidar com a culpa inconsciente de dominar e destruir tudo o que tem por aí.

Faz sentido, Éli.

Ao nosso redor, só havia os vincos descoloridos do inverno, um resto de neve do meio-dia e a promessa de um cisne que chocaria seus ovos em março. De novo escurecia, e em poucos minutos sobraria pouco para ser visto a olho nu. Só as estrelas e a passagem de um carro, gerando um clarão que refletiria nos vidros da casa.

Eleonora conduzia o caminho, esfregando as mãos. Seguiu em frente, sem olhar para trás, com sua respiração quente, na direção do entardecer que tornava a natureza azul naquela última tarde do ano. Subiu os degraus de uma vez, entrando pela porta da cozinha, como se tivesse feito aquele percurso durante toda a sua vida.

25

Na disparada do Mergulho do Urso-Polar, foram todos. Homens, mulheres, crianças, entre gritaria e risos histéricos, atropelando-se para chegar o mais rápido possível à água. Deixaram para trás uma trincheira entusiasmada, carregada de toalhas. Eu segurava um café e na outra mão uma toalha seca para Eleonora, dando a ela todo o meu apoio moral, do deque à orla.

Só de ver o mar, estremeci. Eram tantas mãos no ar, evitando o inevitável, entrar na água tão gelada que chegava a queimar. Antes do mergulho, o povo implorava por Jesus e chocolate quente, e Eleonora ria ao tirar os sapatos, e seus pés ficaram rosados ao contato com a areia que se misturava à neve. Meus olhos ardiam no frio e minha pele se arrepiou quando as pessoas começaram a gritar. De aflição, furei o fundo dos bolsos com os dedos.

Max tinha ligado na noite anterior para desejar um feliz ano-novo, mas principalmente para contar que machucara a mão. Logo veio a pergunta que não me deixaria dormir. Queria saber se eu poderia substituí-lo. De cara, disse que não. Acrescentei em seguida que não conseguiria me preparar para tocar o concerto.

Max, eu disse. Minha voz ainda ecoava em minha cabeça enquanto observava Eleonora misturar-se às pessoas, algumas fantasiadas de sereia, pirata, peixinhos. Havia também um jovem polvo de óculos com uma boia no meio. Não vou poder, disse a ele. Sinto muito.

Depois de desligar, a sensação de tontura e de estar presa em meus pensamentos me fez reabrir minhas cicatrizes. Foi a maneira que encontrei de sentir alívio. No bar, mais tarde, só piorou. Eleonora cantava e dançava, enquanto eu tentava escapar daquele zumbido, que não identificava se vinha de dentro de mim ou de fora. A ideia de tocar numa sala de concerto de verdade para uma audiência seguia despencando dentro de mim. Já ouvia as vaias porque não conseguia me lembrar do concerto e, ao buscar na partitura, a música não correspondia. Um pesadelo.

Na praia, as pessoas se cumprimentavam, comiam cachorro-quente, era tudo parte do desafio que havia se tornado uma grande festa comunitária. Senti o ardor nas pernas, dos cortes que fizera à noite. Estava coberta pelos curativos que Eleonora aplicara em mim, depois de ter me dado um tapa na cara, de tão puta da vida que ficara. Disse que não conseguia acreditar que eu tinha voltado a dissecar meus medos com uma faca. Aquilo era uma covardia. Saiu da sala, apenas para implodir de volta anunciando que eu iria tocar, sim. E ergueu a mão no ar em ameaça.

Eleonora correu vestindo só o maiô que encontrara na casa, e eu prendi o ar enquanto segurava a roupa dela contra meu corpo, antecipando sua tortura por causa do frio. Tinha um sem-fim de cicatrizes nas pernas e braços. Era óbvio que havia se cortado metodicamente anos antes.

Pensei em nós duas no trem, quando imaginei se ela teria outras marcas. Não era o desenho gráfico indecifrável que me assustava, mas a incisão no pescoço, por exemplo, e eu sem coragem de perguntar o motivo daquilo até que ela me disse. No trem, mal sabia dos seus cortes múltiplos, que obedeciam a uma ordem, ou a uma simetria perfeita — as linhas de zebra, como ela mesma chamou. Algo que eu também fiz. E a Amanda, e muitas de nós.

As cicatrizes traziam à tona os sentimentos mais abstratos de quando eu costumava me cortar com frequência nas coxas e nos braços, aqueles riscos relacionados ao desespero, ao escape, e agora os via refletidos no corpo de Eleonora, incorporada na multidão.

Feliz ano-novo!, alguém gritou do meu lado, à espera da disparada. Como uma criança, Eleonora virou-se para se certificar de que eu ainda a estava olhando. Iam dar a largada. O salva-vidas já estava com o apito na boca. Forcei um sorriso diante de sua espontaneidade corajosa e por querer congelar os miolos, e acenei de volta, notando que meu estado de alerta não tinha nada a ver com o dela. Eu estava com o pensamento fixo no convite que Max me fizera, de tocar para uma plateia de nova-iorquinos, imaginando que todos eram conhecedores de Chopin.

No momento em que deram a largada para a corrida na direção do mar, eu saí do tumulto. Sem notar, levei comigo o que tinha nas mãos. Entrei no carro e voltei para casa, deixando Eleonora na praia, só de maiô. A temperatura estava abaixo de zero.

Estava sentada no chão, recostada contra a parede, prestes a perceber o que tinha feito, quando Eleonora entrou. Ela me empurrou e me chutou. Bati nela de volta, inicialmente tentando me defender, mas ela perdeu o equilíbrio e caiu, então me puxou pela perna e bati a cabeça na quina do sofá. Sangrou.

Tá louca?

Me largou na praia assim? Sua filha da puta.

Você também já saiu andando uma vez, que eu me lembre.

Ah, então foi isso. A história do trem.

Claro que não.

Eleonora tirou uma toalha de cima do ombro, dizendo que lhe deram uma carona até a casa, e que tivera dificuldades para lembrar como chegar ao endereço.

Desculpa.
Vai se foder.
Puxei as alças do maiô e toquei sua pele molhada. Apoiei minhas mãos em seu peito.
Tá morrendo de frio. Desculpa.
Da próxima vez eu te mato.
Eu sei disso.
Então hoje você tá com sorte. Ela terminou de tirar o maiô e prendeu minhas mãos nas suas. Tão doendo os cortes ainda?
Foi por isso que eu fui embora.
Mentirosa. Você foi embora porque é uma covarde. Tá morrendo de medo do tal concerto. Ela deitou sobre mim e eu acariciei suas costas. Ela me beijou na boca. Ana. Abre a boca.
Outro beijo, nos pelos molhados. Minha língua parou dentro dela, sentindo o salgado do mar. Eleonora pouco a pouco foi se mexendo, buscando acomodar toda a sua vontade sobre mim, segurando o olhar assombrado de prazer. Suspendeu na boca o grito, como se não quisesse que ninguém a ouvisse.
Lembrei da sua descrição da ocasião em que perdera a virgindade e me perguntei se ela ainda associava aquilo com as saúvas, uma trilha viva que conduziria seus olhos na surpresa das picadas. Queimava, era visível, mas vinha de uma sensação eletrizada de prazer que eu via nos seus olhos. Sua falta de pudor me fez rir.
Que foi, Ana, qual é a graça.
Nada.
Deitamos no sofá e ficamos imobilizadas sob uma manta, enfurnadas no nosso calor. Eleonora dobrou o corpo sobre o meu colo e aninhou a cabeça de lado.
Viu, Ana.
Quê.
Você me deve um favor depois dessa.
Manda.

Você não vai recusar o convite do Max, ela afirmou com simplicidade.

Eleonora, eu já te disse.

Em primeiro lugar, vai parar de se cortar. Chega disso. Coisa cafona, tão démodé.

Eu não vou tocar, Eleonora, não adianta.

Vai, sim. É suficiente viver trancada em casa com medo do mundo? Tem que ficar esperta pras oportunidades. Ensinar, fazer música de câmara, colaborar com cantores e essas coisas todas que você sabe mais do que eu. Que tal substituir um grande nome numa sala de concerto?

Eu não consigo.

Para de ser bunda-mole. Você tem duas semanas pra repassar o que já conhece. Daí os ensaios com a orquestra. Você me disse que sabe o concerto de cor. Ou você toca, ou eu te picoto inteirinha.

Ah, vai, Eleonora. Cala a boca.

Fomos direto para o chuveiro e almoçamos um sanduíche improvisado. Estava tão frio que nada esquentava. Acendi a lareira, enrolei um cachecol no pescoço dela e fui para o piano com um copo de conhaque.

O que você acha dessa peça?

Então. Parece premeditada, ela riu.

Sonhei com você, falei.

Me deixa fora dos teus pesadelos.

Sério. Sonhei que a gente era uma pessoa só, na verdade éramos essas lâminas transparentes de enciclopédia, sabe?

As que ficavam sobrepostas?

Isso, bom pra entender anatomia. Um órgão se desprega do outro, conforme você vira as páginas. É uma imagem recorrente pra mim.

Foi assim que me senti quando Max me pediu que o substituísse tocando seu repertório de Chopin.
 Mas o que mudou?
 Como assim?
 Ué. Quando foi que ele passou a te considerar uma boa pianista? Boa não, excelente. Pra te convidar assim.
 Acho que foi mais o contrário. Foi ter ouvido dele alguma coisa boa, que encaixava no meu modo de encarar o instrumento, de tocar do meu jeito. Na verdade, faz só dois meses.
 Dois meses? O que aconteceu?
 Meu pai veio.
 E?
 Chegou meio de surpresa, foi abrindo a porta, e Max tava lá comigo, ao redor do piano. A gente já ia parar pra almoçar. Daí ouvi o som da chave na fechadura, depois a campainha. Aí uma espera, em seguida novamente a porta, revirando o metal truncado da fechadura. Apareceu do nada, disse que veio para resolver questões da sua empresa.
 Meu pai olhou em torno, um pouco desorientado pelo próprio desaviso e por me encontrar praticamente na frente dele. Oi, Ana, eu vim, disse, sem achar uma maneira imediata para me contar que estava lá. Dá um abraço.
 Eleonora me ouvia com um sorriso ligeiro, parecia que tinha me flagrado em algum esconderijo.
 James vinha duas vezes por ano, mas não costumava entrar assim. Uma das persianas estava abaixada, e pelas frestas entrava uma luz intensa. O sol não chegava a colorir os móveis naquele horário, mas senti o calor da luz no seu rosto. Esfreguei a palma das mãos sobre os quadris para me livrar daquela sensação cavernosa que sua presença me trazia.
 James usava um casaco azul-marinho, numa elegância bem abotoada de um homem que vem de longe sem um propósito específico, a não ser o esforço aferrado de viajar, com

a desculpa de que vinha por uns documentos. Um acordo. Uma reunião.

Pai. Que surpresa.

Ele me abraçou. Senti a pressão dos seus dedos nas costas.

Você viu a vovó ontem à noite?, perguntei.

Ela me mataria se eu não fosse vê-la.

Ambos rimos, sabendo que não era verdade. Nunca foram próximos. Quando se encontravam, apenas coexistiam.

Nas poucas vezes em que fora me visitar na Fundação Casa, chegara meio de surpresa, assim como daquela vez em Nova York. E de repente lá estava ele, diante de mim, truncado em sua reserva, o velho ianque dos trópicos acinzentados.

James, Max se aproximara. Como vai? Venha almoçar conosco.

Não quero atrapalhar os planos de vocês.

Pensei na gritaria do pátio, no calor úmido do fim do verão na Fundação. Foi a primeira vez que veio sem minha mãe. Ficou parado, sem corpo, sem representação, perguntando como eu estava. Sua tez bronzeada se acentuava nas rugas, nas unhas de gato que repuxavam seus olhos claros para os lados, e seu olhar não chegava a expressar grande curiosidade. Parecia um pouco desconfiado, talvez abatido. A voz saía rouca, reduzida.

Então. Tua mãe não pôde vir.

Depois de sentar-se, cruzou os braços apoiando os cotovelos sobre a mesa, como quem descansa sobre o mundo. A sensação era a de uma lembrança, como se ele tivesse ido me buscar na escola e, de repente, estava naquela espécie de cantina transformada em salão de visitas com a fórmica verde-clara típica das escolas públicas. Foi essa a sensação. Perguntei-me se nas escolas dos Estados Unidos usavam nas mesas o mesmo material de revestimento.

James, com seu aspecto manso, sabia da própria melancolia, e tentava disfarçar na minha frente. Acordei cedo hoje, disse.

Ai, que desculpa, pai. Tem essa cara de sono desde sempre e fica aí fingindo que é só hoje.

Tentei tornar minha risada mais expressiva, mas meu pai, na Fundação Casa, não achava nada engraçado.

Durante o almoço, Max contou ao meu pai que eu tinha progredido muito no piano e que estava orgulhoso de mim. Minha reação foi de surpresa. Não imaginei Max me elogiando assim, nem mesmo para agradar meu pai. Almoçávamos no salão do prédio, o que era raro fazermos, e Max estava bem-humorado. Chegou a me comparar a Serena Williams. Sabia que meu pai acompanhava tênis e que o comentário faria sentido ali. Ela é a Williams do piano, disse, olhando-o diretamente, divertindo-se com as próprias palavras.

Ela é perfeccionista, meu pai falou, enquanto mastigava e tentava esvaziar a boca com um gole de vinho.

Fiquei olhando os dois. Pela primeira vez quis descobrir que tipo de pianista eu era, como se isso fosse me ajudar a me recolocar no mundo. Minha lógica de estudo era bem luterana, era tudo o que conseguia supor, apenas porque era o que dizia minha avó. Ela sempre deu importância ao trabalho árduo.

Estudei todas as partitas de Bach. Todos os études de Chopin e de Liszt. Parecia difícil, mas no final era só trabalhoso, e eu não sabia a qual lugar eu pertencia. Ao piano, eu seria uma força da natureza, uma concertista de alto impacto, ou era uma introvertida?

Max apontou para mim. Muito boa, disse em português. Você me lembra a Valentina Lisitsa tocando Liszt. Estudou um tempo praticamente isolada e se tornou uma grande pianista.

Simples assim, eu disse, e meu pai levantou a taça. Aos corajosos, aos insubmissos e à minha filha, que é os dois.

Em seguida dedicou mais um brinde aos viradores de página. *Just to be safe.*

26

Antes de cruzarmos o túnel de volta para Manhattan, Eleonora pareceu despertar do marasmo que a levava de um devaneio a outro. Apoiou a testa na janela do ônibus.

Viajar não atrapalha?, perguntou, enquanto roía as unhas, distraída.

O fim da tarde incidia no engarrafamento, e foi quando a luz mudou. O olhar de Eleonora se estendeu comprido sobre uma pequena Torre Eiffel em neon plantada no topo de um hotel. O céu nublado tornava o neon eletricidade pura. A construção do Queens com o trofeuzinho kitsch espetado na silhueta da cidade não deixava de ser um prelúdio de Manhattan, ainda mais porque o monumento francês reproduzido não passava de alguns metros de altura, dando a ilusão de distância para quem estava na estrada.

Olha, uma Torre Eiffel. Eleonora me encarou com um sorriso amplo, apontando com o dedo, à direita. Parece um chaveiro.

Dentro do território das Estatuazinhas da Liberdade, diria que sim.

Só porque a gente tá chegando, você fica aí no maior nervosismo, você disfarça, mas acha que eu não tô vendo, Ana? Fica quebrando os dedos, que aflição. Agora para. Você precisa deles.

Olha quem fala. Roeu as unhas a viagem inteira.

Mas eu não tenho um concerto, respondeu, puxando minhas mãos para si, e logo encaixando suas palmas embaixo. Vai, quer sentir dor? Fica esperta porque vai levar tapa. Tapinha, ela riu, e deu um tapa ardido na minha mão esquerda.

Ai, Eleonora.

Ai, Ana. Vou te imobilizar pelas forças superpoderosas que vêm com as miçangas, disse, fazendo cara de suspense, com os olhos arregalados. Tá achando que é brincadeira, Ana? A miçanga se transforma no corpo de quem a usa. Tô falando, ela tem força própria pra incorporar as forças de fora, do inimigo. Por isso miçanga não é só enfeite. Sabia que a miçanga, no canto ritual, é atribuída ao Inka, o deus canibal que participa do destino do morto? Depois que a pessoa morre, ela vai se encontrar com o Inka, por isso a miçanga tá vinculada aos dentes do outro, ou do inimigo. E o Inka tá associado ao branco. Engraçado, né?

Por isso você escolheu a cor branca pra mim.

É a mais especial. Porque também protege as juntas. E olha que eu nem sabia dessa tua mania besta de ficar girando os pulsos e estalando os dedos. Uma hora você vai se machucar pra valer. Então para com isso.

Passei mais uma manhã ensaiando com a orquestra e toda a tarde repassando o concerto que já conhecia. Era essa a rotina na cidade depois de passar duas semanas na praia com Eleonora. Começar pela última nota e ir de trás para a frente, era uma técnica de memorização que aprendi quando criança. Tocava e tocava sem pensar mais no assunto. Até que a música se tornasse parte de mim.

Deve ter sido difícil para Max convencer seu manager de que eu estava preparada para executar o *Concerto nº 1* de Chopin para piano e orquestra, porque era algo que poucos pianistas tinham pronto assim, na ponta dos dedos. Ele me conhecia das nossas andanças profissionais, mas eu não tinha nenhum concerto no meu currículo de pianista. Aliás, esse papel inexistia. Max teve uma longa conversa com o regente e acompanhou alguns ensaios.

Chegou com a mão enfaixada, decidido a esquecer as burocracias, concentrando-se só no programa. Enfatizou que estava fácil. Entraria apenas depois do intervalo porque o Mozart e o Stravinski eram só para orquestra.

Aos poucos, e com muito cuidado, porque aquilo devia doer muito, desenrolou a gaze e mostrou o anular e o mindinho bastante inchados e enegrecidos, tudo por causa de uma mulher que entrava na loja do tio e prensou os dedos dele na porta que tinha uma mola meio impossível de lidar, mas não entendi direito como a coisa aconteceu. Eleonora disse que era uma desculpa esfarrapada para que eu tocasse no seu lugar.

Voltou a cobrir a mão e sentou ao meu lado como se fosse meu professor particular, na mesma posição em que eu sentava como a sua viradora de páginas, e discutimos cada passagem durante horas. Tinha momentos em que ele parecia um treinador esportivo, perguntando o que eu comera e falando em resistência.

Chopin era um mestre da expressão poética, como você. O piano era como uma extensão do seu corpo, e ele sabia criar humores coloridos e texturas eficazes, influenciando diretamente as expectativas e as impressões do ouvinte. Nem preciso te dizer nada disso porque tudo está dentro de você, ele disse, olhando bem para mim. *Sweetheart*, você consegue.

Max.

Quê.

Não sei se ele sabia que quanto mais falava, mais eu me sentia próxima de um abismo. Naquele instante teria preferido um manual prático de sobrevivência, mas ali estava Max, fazendo observações cuidadosas e abrangentes, e aquilo ia me dando uma sensação de vertigem, o que só fez piorar quando Eleonora apareceu na sala. Eu me desconcentrei. Ou pior, percebi que não tinha conseguido me concentrar até então. Ela entrou anunciando que ia dar um passeio para não atrapalhar.

Vou procurar um retrato pintado de alguma Ana no museu.

Embora estivesse brincando, aquilo ficou em mim. Era como se um fantasma meio impostor ganhasse forma ali na porta de entrada do apartamento, por onde ela acabava de sair. Pareceu até que sorria.

Perguntei-me em silêncio, mas fingindo que ouvia Max com atenção, se o passado não me deixaria em paz. Senti raiva ao teclar o piano, deixando mais e mais digitais, provocando aquela sensação de que tudo o que fazia vinha à tona.

Na noite anterior ao concerto, Eleonora insistiu em cozinhar, sugerindo assim que eu poderia continuar praticando piano por mais tempo. Fez macarrão com molho de tomate e, só para a refeição não parecer tão simples, abriu uma lata de anchovas.

Conversávamos sobre música e perguntei se ela sabia de algo relacionado ao canto ritual kaxinawá. Eleonora me contou que o canto evocava os pontos rituais do crescimento de um indivíduo. Falava das sementes que formariam os ossos, os olhos e os dentes do bebê, e de como essas sementes vindas do mundo do Inka criavam raízes nos corpos que habitavam.

O índio foi buscar em São Paulo essas continhas dos inimigos, material xamanístico puro pra fazer os desenhos geométricos deles. E as miçangas, por fim, disse, dividindo o espaguete em dois pratos, estão sempre no centro desses cantos rituais, porque as contas não só enfeitam o corpo, como eu dizia no ônibus, mas ajudam na sua formação também. Como os dentes, as contas desencadeiam essa mágica.

Deveria estar na sala de concerto quatro horas antes para discutir os últimos detalhes com o afinador. De repente isso tinha virado uma preocupação para mim. Se o instrumento estava afinado. Respirei fundo.

Eleonora me ajudou a escolher um vestido, era um longo negro com um pouco de brilho nas pontas. Tinha gola alta e mangas compridas. Eu me olhei no espelho, ao lado de Eleonora.

Tá linda, ela disse.

Queria que você ficasse comigo. Aqui. Não quer?

Imagina, Ana, se eu ainda nem saí da casa dos meus pais. Preciso crescer, e felizmente tenho um grande exemplo do meu lado.

Vai. Eu praticamente fugi da minha vida no Brasil.

Hoje você vai subir no palco e vai arrebentar. Vai se colocar no mundo que você escolheu.

Eleonora fez um carinho nas minhas costas, onde o vestido abria em V.

De manhã passei horas no piano, como se fiasse e desfiasse as notas, ou as contas, tecendo e desenhando padrões a partir da respiração e dos dedos e dos sons que pareciam tão pequenos quanto sementes.

Estava para entrar no palco, olhara tanto para meu vestido com as pontas deitadas no chão do camarim que já via o rastro das pérolas nele. Tinha aqueles brilhozinhos de miçanga, e eu já não tentava escapar de mais nada, à espera apenas, entre as quatro paredes.

Vieram me chamar no intervalo. Fiquei aguardando o sinal, na boca do palco. A sensação de acompanhar Max era diferente. Estiquei os dedos num tique nervoso pensando em Eleonora. Não adiantava, ri baixinho, nervosa com o som das pessoas se reacomodando nas cadeiras, as tosses seguramente vinham das senhoras que visitavam os baleiros dispostos nos corredores, abastecendo-se de mãos-cheias para guardar discretamente os doces em suas bolsas. *Ricola ladies*, era assim que Max as chamava.

Entrei no palco sob aplauso intenso, concentrando-me nos meus passos. Não queria pensar em nada, repetia para mim mesma, e naquele momento percebi a falta de dois bolsos laterais no meu vestido arrastado. Apertei a mão do regente e dobrei o torso na direção da plateia.

Observei minhas mãos ao sentar diante do piano, fechei os olhos e esperei a orquestra.

Agradecimentos

Gostaria de deixar meu profundo agradecimento a todos que me auxiliaram na pesquisa deste romance, desde advogados, psiquiatras, jornalistas, antropólogos e detentas entrevistadas.

Com carinho especial, cito os antropólogos Els Lagrou e Marco Antônio Gonçalves, que me introduziram generosamente na arte da miçanga, principalmente dos Kaxinawá.

Agradeço ao pianista e compositor Jed Distler pelas observações valorosas e expressivas da prática do piano e seu repertório, bem como à Orquestra Filarmônica de Nova York pela utilização de seus arquivos, e também ao meu filho e jovem compositor, Felix Casaer.

Sou muito grata à Fundação Casa, que me recebeu amavelmente, e às respectivas adolescentes, corajosas por abrir-se em conversas entranhadas e extremamente pessoais.

Deixo um carinho especial às minhas queridas amigas Sylvia Colombo e Eugenia Lai pelas leituras e o apoio constante nesta jornada.

© Lucrecia Zappi, 2023

Todos os direitos desta edição reservados à Todavia.

Grafia atualizada segundo o Acordo Ortográfico da Língua Portuguesa de 1990, que entrou em vigor no Brasil em 2009.

capa
Daniel Trench
obra de capa
"Eleonora di Toledo", de Agnolo Bronzino
composição
Jussara Fino
preparação
Márcia Copola
revisão
Ana Alvares
Jane Pessoa

Dados Internacionais de Catalogação na Publicação (CIP)

Zappi, Lucrecia (1972-)
  Degelo / Lucrecia Zappi. — 1. ed. — São Paulo : Todavia, 2023.

  ISBN 978-65-5692-441-0

  1. Literatura brasileira. 2. Romance. I. Título.

CDD B869.93

Índice para catálogo sistemático:
1. Literatura brasileira : Romance B869.93

Bruna Heller — Bibliotecária — CRB 10/2348

---

todavia
Rua Luís Anhaia, 44
05433.020 São Paulo SP
T. 55 11 3094 0500
www.todavialivros.com.br

fonte
Register*
papel
Pólen natural 80 g/m²
impressão
Geográfica